Victoria Wolf

Tod im Morgengrauen

Kriminalroman

Victoria Wolf, geboren 1969 in Linz, lebt heute mit ihrem Mann und ihren vier Kindern in Unterach am Attersee, wo sie auch ihren Krimi angesiedelt hat. Sie ist seit vielen Jahren in der Medizin und Pharmazie im Vertriebsaußendienst tätig und findet im Schreiben kleine Auszeiten aus dem Alltag. Mit ihrem ersten Krimi hat sie sich einen Kindheitstraum erfüllt.

Victoria Wolf

Tod im Morgengrauen

Kriminalroman

feder frei
www.federfrei.at

1. Auflage
Marchtrenk, 2016
www.federfrei.at

Umschlagabbildung: © Jürgen Fälchle, Fotolia
Lektorat: S. Bähr
Satz und Layout: Verlag Federfrei
Druck und Bindung: Finidr s.r.o.

ISBN 978-3-903092-14-3

Ein herzliches Dankeschön all jenen, die mich darin bestärkt haben endlich ein Buch zu schreiben, und nicht nur davon zu träumen.

Allen voran meinem Mann Wolfgang für seine Zuversicht, Geduld, Aufmunterung und das kritische Probelesen. Ihm möchte ich dieses Buch mit einem dicken Kuss widmen.

Meinen Kindern Andreas, Domenik, Clemens und Victoria für die vielen Stunden die sie mir schenkten, damit ich ungestört arbeiten konnte. Und natürlich auch meinen vier Hunden die geduldig aufs »Gassi gehen« gewartet haben, wenn ich wieder einmal eine Schreibattacke hatte.

Meinen Freundinnen Ingrid und Birgit, für ihren Glauben an mein Projekt. Meinen Ärzten, die hier namentlich nicht genannt werden möchten, für ihre Hilfe bei der Recherche zu medizinischen Fragen und ihre zahlreichen Inspirationen.

Wolfgang Grosz und Wolfgang Mayr dafür, dass sie die Attersee Schreibakademie ins Leben gerufen haben. Eine wunderbare Institution, die ich allen nur wärmstens empfehlen kann.

Prolog
Montag, 10. März

Hans Fellhofer jagte seinen Jeep in halsbrecherischem Tempo die schmale Bergstraße zu seinem Stall hinauf.

»Scheiß Weiber!«, schimpfte er und hieb mit der Faust auf sein Lenkrad. Er war wütend. Wütend auf seine Mutter, die sich den Knöchel geprellt hatte, und wütend auf Frau Dr. Reinisch, diese hochnäsige Kuh.

»Ich habe deiner Mutter strenge Bettruhe für mindestens eine Woche verordnet. Du wirst wohl oder übel die Stallarbeit die nächsten Wochen alleine machen müssen«, hatte Dr. Reinisch gemeint.

Nur, weil sie einen weißen Arztkittel trug, hatte sie noch lange kein Recht, so schulmeisterlich mit ihm zu reden. Er brauchte niemanden. Er kam mit seinen Rindviechern auch ganz gut alleine zurecht. Erst vor zwei Jahren hatte er hier oben den Freilaufstall mit einer vollautomatischen Melkanlage für seine fünfzig Kühe gebaut. Nächstes Jahr würde er auch noch ein Wohnhaus anbauen, denn von der Anhöhe aus hatte man einen herrlichen Blick auf das Tal und den angrenzenden Mondsee.

An diesem tristen Märzmorgen jedoch blieb die Aussicht bedeckt. Der Schneefall der Nacht war nun in Regen übergegangen, und der auffrischende Wind trieb dicke Nebelschwaden vom See den Hang herauf. Bald würde der Nebel hier alles einhüllen.

Eine Sturmböe erfasste seinen Jeep und reizte seine ohnehin schon angespannten Nerven noch mehr. Sein Fahrzeug schlingerte um die letzte Kurve, als ihm der Atem stockte. STIRB DU SCHWEIN prangte in riesigen knallroten Lettern auf dem Metalltor. Die herabgeronnenen Farbnasen wirkten wie Blutstropfen und riefen einen eisigen Schauer in ihm hervor. Er schluckte und starrte ungläubig auf die Worte. Dann stieg er aus seinem Wagen, den Blick gebannt auf das Geschmiere gerichtet. Ein Rascheln hinter dem dichten Heckenrosenbusch zu seiner Linken ließ ihn erschrocken herumfahren. Angestrengt spähte er in die Richtung, aus der das Geräusch kam, konnte aber nichts Verdächtiges ausmachen. »Idiot, das war doch nur der Wind«, schimpfte er sich selbst, und sein Wut-Pegel erreichte einen neuen Höchststand. Der Weyrich, der Polizeiinspektor, musste her. Der würde diesen feigen Schmierfink schon finden. Er hatte auch schon einen leisen Verdacht, wer dieser herumpinselnde Armleuchter war. Sicher steckte der Toni, dieser Mistkerl, hinter der Aktion. Seit er Tonis Frau beim letzten Sommerfest an ihr Hinterteil gefasst hatte, war dieser nicht mehr gut auf ihn zu sprechen.

»Finger weg von meiner Vroni, sonst bring ich dich um«, hatte der Toni geschrien.

Dabei hätte die Vroni sicher eine Freude daran gehabt, endlich einmal einen richtigen Mann, einen Mann wie IHN, zu spüren. Aber niemand drohte ihm ungestraft! Seitdem verweigerte er dem Toni die Zufahrt zu dessen Bienenstöcken und zur Waldwiese. Denn um dort hinzukommen, musste der Toni seinen Weg benutzen. Auf Tonis Weideland hatte er es ohnehin schon lange abgesehen. Er brauchte das Futter für seine Kühe, aber der Toni hatte jedes ehrliche Pachtangebot von ihm stets ausgeschlagen. So hatte er am Ende doch bekommen, was er wollte: Und das Gras von Tonis Wiese verfütterte er nun an seine Kühe, und der Toni musste zu Fuß zu seinen Bienenstöcken laufen. Dummer Toni, hinterhältiger Dreckskerl!

Vergebens kramte er in seinen Hosentaschen nach dem Handy. Sicher hatte er es wieder einmal auf dem Küchentisch liegen lassen. Er beschloss, den Inspektor später anzurufen, jetzt musste er an die Arbeit, er war ohnehin schon viel zu spät dran.

War der Schmierfink noch auf dem Gelände? Er überlegte kurz, dann betrat er den Stall nicht wie gewohnt durch das Tor, sondern über die Tür zur Milchkammer, die gleich daneben lag, und verschloss diese sorgfältig. Im Vorbeigehen schnappte er sich die Heugabel, bereit, sich damit gegen jeden ungebetenen Eindringling zur Wehr zu setzen. Angriffslustig ließ Hans Fellhofer seinen Blick durch die Halle schweifen, die von einigen wenigen Deckenlampen matt beleuchtet wurde. Außer seinen Kühen schien niemand hier zu sein. Links und rechts der Stallgasse reihten sich je fünfundzwanzig Metallboxen, die Melkstände mit den computergesteuerten Melkrobotern. Hinter den Boxen befanden sich die Liegeflächen für die Rinder.

Mit schweren Schritten stapfte er über den Mittelgang ans gegenüberliegende Ende, öffnete die Türe zur Futterkammer und befüllte eine Schubkarre mit einer Mischung aus Heu, Mais und Kraftfutter. Dann verteilte er sie vor den Melkständen.

»Na, was is los mit euch?«, wunderte er sich. »Sonst lasst's euch doch a net zweimal bitten, wenn's Futter gibt.«

Aber heute waren die Tiere seltsam unruhig. Sogar die gelassene Rosl, seine achtjährige Schwarzgescheckte, scharrte nervös mit den Hufen, wetzte ihren Kopf an der Wand und klatschte ihren Schwanz unruhig hin und her, als müsse sie eine Horde lästiger Fliegen verscheuchen. Er unterbrach seine Arbeit, lehnte die Heugabel an das Gitter vor Rosls Box und versuchte, das Tier zu beruhigen. Eine Windböe pfiff um das Gebäude. Rosl stampfte heftig mit ihren Hufen. »Ruhig, meine Schöne, es ist nur der Wind«, raunte er seiner Lieblingskuh ins Ohr, nahm sie am Halsband und führte sie in den Melkstand.

Dabei streifte ihn ein Luftzug. Verdutzt warf er einen Blick zur Türe zum Hof. Sie stand sperrangelweit offen. Dabei hatte er sie doch vorhin ganz sicher geschlossen, als er eben in die Milchkammer gekommen war.

»Wer da?«

Er bekam keine Antwort. Stattdessen war es plötzlich merkwürdig still, selbst die Kühe gaben kein Geräusch mehr, gerade so als würden auch sie angestrengt lauschen, und sogar der Sturm hatte eine Pause eingelegt. Ein mulmiges Gefühl breitete sich in seiner Magengrube aus. Er schnappte sich abermals die Heugabel, stapfte entschlossen zur Tür und lugte in den Hof. Niemand war zu sehen. Knurrend verriegelte er die Tür von innen und kehrte zu seiner Arbeit zurück. Er trieb eben eine weitere Kuh in die Melkanlage, als auf der anderen Stallseite etwas mit metallischem Klappern zu Boden fiel. Er zuckte zusammen, beruhigte sich dann aber sofort wieder. Vermutlich war wieder einmal die Schaufel, die immer hinten beim großen Metalltor lehnte, umgefallen. Das passierte nicht das erste Mal. Eine der Kühe war wohl versehentlich dagegen getreten, so unruhig wie die Viecher heute waren. Doch irgendwie spürte er, dass es diesmal nicht so war. Nein, jemand war hier, irgendjemand beobachtete ihn. Er spähte zum Tor hinüber.

»Wer stört?«, schnauzte er unwirsch. »I hab koa Zeit.« Erneut packte er die Heugabel und umklammerte den Griff noch fester.

Auch diesmal erhielt er keine Antwort. Angestrengt starrte er in die Richtung, aus der das Geräusch gekommen war, konnte aber in dem schummrigen Licht nichts erkennen.

Dann schälte sich plötzlich eine Gestalt aus dem Schatten. Sie war in einen Umhang gehüllt, ein breitkrempiger Hut bedeckte den Kopf, und die Stiefel reichten ihr fast bis zu den Knien. Langsam näherte sie sich ihm. Etwa zehn Meter vor ihm machte sie halt. Erst jetzt erkannte er das Gesicht unter dem voluminösen Hut.

»Ach, du bist's«, stieß er erleichtert aus und ließ seine Mistgabel wieder sinken. Die Gestalt antwortete nicht, stand nur stumm da, beobachtete ihn, wartete.

»Was stehst'n so da? Und was willst überhaupt noch? Wir ham doch alles ausg'redt. Host du etwa STIRB DU SCHWEIN auf mei Stadltor g'schmiert?«

Wiederum kam keine Antwort, stattdessen führte die Gestalt etwas zum Mund. »Bist narrisch, im Stall wird net g'raucht«, wollte er schon zornig erwidern. Aber statt dem Zünden eines Feuerzeugs war lediglich ein leises Pustegeräusch zu vernehmen. Unmittelbar darauf spürte er einen leichten Stich am Hals. »Verdammt, was hast du …«, der Satz blieb unvollendet, denn im selben Moment breitete sich ein höllisches Brennen in seinem Körper aus, als stünde er in Flammen. Seine Atemwege schwollen in Sekundenschnelle zu. Verzweifelt rang er nach Luft. Angst erfasste ihn. Sein Kopf drohte zu zerspringen. Ein wahnsinniger, tödlicher Schwindel erfasste ihn. Bilder stürzten auf ihn ein – wie der Toni, der gerade sein Stalltor mit der hässlichen Parole beschmierte, sich zu ihm umdrehte. Aus seinem Pinsel troff Blut. »Das ist dein Blut«, schrie der Toni ihm zu und lachte höhnisch auf. Dann das Bild seiner Mutter mit ihrem geprellten Knöchel und Frau Dr. Reinisch, die hämisch grinste, weil er nun die Stallarbeit allein machen musste. Der Boden unter seinen Füßen begann, sich zu drehen. Er schien abwärts zu rasen. Er stöhnte auf. Die Visionen wurden abgelöst von einem schwarzen Loch, das unaufhörlich wuchs und schließlich alles zu vernichten drohte, was an ihm lebendig war.

Die Gestalt trat zurück in den Schatten, verschwommen merkte er, dass sie ihn weiter beobachtete. Verzweifelt versuchte er, um Hilfe zu bitten, aber seiner Kehle entrang sich nur ein

Röcheln. Halt suchend taumelte er gegen eine Kuh. Übelkeit kroch in ihm hoch, und er übergab sich in einem Schwall auf den Stallboden.

»Luft, ich brauche Luft.«

Das war der letzte klare Gedanke, den Hans Fellhofer noch fassen konnte, bevor er zusammenbrach. Heftige Zuckungen schüttelten minutenlang seinen Körper. Dann breitete sich Stille aus.

Acht lange, qualvolle Minuten hatte sein Kampf gedauert.

1. Kapitel
Dienstag, 11. März – vormittags

»Unterach?«, hakte Bianca ungläubig nach.

»Ja, Sie haben ganz recht verstanden, Baldinger«, erwiderte Oberinspektor Haller, ohne sich umzudrehen. Er stand am Fenster und starrte in den Innenhof des Kommissariats.

»Ich hab gar nichts verstanden. Am wenigsten versteh ich aber das Wort UNTERACH. Was soll ich denn dort, die haben doch bestimmt einen Kollegen, der vor Ort für Recht und Ordnung sorgt, oder? Und außerdem will ich gar nicht von hier weg. Ich habe mich doch für den Posten der Gruppenleitung in der Stadt Salzburg beworben und nicht für die Pampas.«

»Herrschaft, Baldinger! Ich kann's auch nicht ändern, Anordnung von oben.«

»Von oben?«, wollte Bianca ironisch erwidern, aber Haller bot ihr keine Gelegenheit.

»Baldinger, Sie sehen das Ganze viel zu negativ. Das ist Ihre Chance, Karriere zu machen. Inspektor Weyrich aus Unterach geht in drei Monaten in Pension. Wir brauchen eine engagierte Polizeibeamtin für diese wichtige Außenstelle. Und da fiel die Wahl auf Sie. Gratuliere zur BEFÖRDERUNG, Baldinger!«, stieß Haller erfreut aus, wandte sich ihr zu und lächelte süffisant. »Nun sollten Sie sich aber auf den Weg machen, Sie haben sicher noch jede Menge zu packen und dann auf nach Unterach. Sie werden schon von Ihrem neuen Kollegen erwartet.«

Biancas Mund klappte auf und zu, unfähig zu antworten, aber ihr Chef hatte ihr ohnehin erneut den Rücken zugekehrt und starrte wieder in den Hof. Sie kannte ihn lang genug, um zu wissen, dass das Gespräch für ihn beendet war.

Als sie kurz vor zwölf Uhr mittags ihren neuen Dienstort erreichte, schüttete es in Strömen. Was sie Haller nicht verraten hatte: Sie kannte diesen Ort gut. Mit ihren Großeltern hatte sie als Kind hier die Ferien verbracht. Am südwestlichen Ufer des Attersees gelegen, tummelten sich im Sommer zahlreiche Badehungrige in der idyllischen Bucht von Unterach. Jetzt im März glich der Ort jedoch einer Geisterstadt.

Bianca parkte ihren VW Golf direkt vor dem Gemeindehaus, in dem auch das Polizeirevier untergebracht war. Sie musterte den schmucklosen Bau aus den Siebzigern. Der einstmals gelbe Anstrich war im Laufe der Jahre verblichen, der Putz bröckelte an einigen Stellen. Eine Raiffeisenbank und ein mit Holzschindeln gedecktes Wohnhaus auf der anderen Straßenseite bildeten das Zentrum von Unterach. Der Platz war menschenleer. Bianca seufzte deprimiert. Hier sollte sie also ihre nächsten Monate, vielleicht sogar Jahre verbringen? In dieser Einöde? Sie vermisste das Kommissariat in Salzburg schon jetzt, und erst recht ihre Kollegin und Freundin Doris. Sie musste hier wieder weg, so rasch als möglich.

»Suchen Sie jemanden?«, vernahm sie plötzlich eine Stimme hinter sich. Erschrocken fuhr sie herum. Dem grauen Kittel und ihrem Wischmopp zu entnehmen, musste es sich bei der Frau wohl um eine Putzfrau handeln.

»Ja, ich suche in der Tat jemanden: Herrn Inspektor Herbert Weyrich«, antwortete Bianca höflich. Da ihr Gegenüber sie argwöhnisch musterte, fügte sie rasch hinzu: »Ich bin seine neue Kollegin.«

»Ach, dann sind Sie ihm bei den Ermittlungen im Fall Fellhofer behilflich? Ich hab's ja gleich g'sagt, dass der Fellhofer nicht eines natürlichen Todes gestorb'n ist. ›STIRB DU SCHWEIN‹ soll ja am Stalltor gestanden ham – des hat mir zumindest der Franz erzählt, unser Briefträger. Na ja, wundern tät's mich ja nicht, wenn den jemand umbracht hätt. Hat ihn ja keiner mög'n, außer mir natürlich.«

»Ach, das ist ja interessant, da komme ich gerne noch einmal auf Sie zurück, aber könnten Sie mir jetzt vielleicht erst einmal sagen, wo ich Herrn Inspektor Weyrich finde?«, unterbrach Bianca den Redefluss der Putzfrau.

»Dort drüben.« Sie deutete auf das Haus mit dem Holzschindeldach auf der gegenüberliegenden Straßenseite. »I bin die Aicher Anni, die Facility Managerin. Sie finden mi in der Gemeinde, falls mi brauchen.«

Bianca bedankte sich und machte sich auf den Weg zum Wohnhaus des Kollegen. Noch ehe sie klopfte, wurde ihr geöffnet. »Typische Dorfidylle, hier haben die Wände Augen und Ohren«, dachte Bianca.

Eine kleine, mollige Frau mit grauem Haar empfing sie herzlich.

»Grüß Gott, Sie müssen die neue Kollegin vom Herbert sein. Wir haben schon auf Sie gewartet. Ich bin übrigens die Rosa.«

»Ja, und ich heiße Bianca Baldinger, freut mich.«

»Na, dann geh'n wir den Herbert mal such'n!« Mit diesen Worten schloss sie die Türe und forderte Bianca auf, ihr zu folgen.

»HERBERT! HERBERT!«

Er antwortete nicht.

»Himmelarschundzwirn! Wo steckt denn das Mannsbild schon wieder?« Sie nahm die verdutzte Bianca an der Hand und zog sie hinter sich in die dunkle, holzgetäfelte Stube.

»Ach, das hätte ich mir ja gleich denken können, dass ich dich hier finde.«

Polizeiinspektor Herbert Weyrich hob kurz den Kopf, wandte sich aber sofort wieder seinem Motorradmagazin zu.

»Was willst du denn, Rosa?«, brummte er. »Hast du nichts zum Arbeiten? Du solltest eigentlich in der Küche stehen, bald ist es zwölf Uhr, und ich habe immer noch nichts zum Essen. Also, mach schnell. Ich lese inzwischen in Ruhe meine Zeitschrift weiter.«

»Nein, nicht jetzt. Du hast Besuch.«

Sie schob Bianca nach vorne, riss dem augenscheinlich verblüfften Polizeiinspektor das Magazin aus den Händen und ergriff die Flucht.

»Rosa, bring mir sofort meine Zeitung wieder zurück«, polterte Weyrich, aber Rosa war schon aus der Stube geeilt. Murrend vertiefte Weyrich sich in die vor ihm ausgebreitete Landkarte und studierte sie eingehend. Bewusst ignorierte er Bianca, doch diese hatte nicht vor, sich von dem alten Grantler einschüchtern zu lassen, und streckte ihm die Hand entgegen.

»Grüß Gott, Herr Kollege! Mein Name ist Bianca Baldinger, ich bin Ihre neue Kollegin.«

Er erwiderte ihren Gruß nicht, sondern starrte weiter auf die Karte vor ihm. Bianca deutete mit dem Finger auf die Landkarte und startete einen neuen Versuch, den Kollegen zum Reden zu bringen.

»Störe ich gerade in den Ermittlungen im Fall Fellhofer? Die Frau Aicher hat mir eben davon erzählt«, fragte Bianca neugierig und nahm unaufgefordert auf dem Stuhl gegenüber von Weyrich Platz.

»Ach ja, unsere liebe Frau Aicher, die Tratschtante«, brummte er verächtlich. »Na, du störst mich nicht bei den Ermittlungen, sondern bei der Planung meiner Motorradtour, die ich in drei Monaten unternehmen werde. Drei Monate noch, dann kann ich endlich tun und lassen, was ich will. Lange genug habe ich hart gearbeitet.«

»Ja, das sieht man«, wollte Bianca schon entgegnen, behielt es dann aber doch für sich. Sie wollte ihn nicht unnötig reizen.

»Und die Ermittlungen im Todesfall Fellhofer?«, bohrte sie weiter.

»Sind schon abgeschlossen. Todesursache war ein anaphylaktischer Schock. Ein Pech für den Fellhofer-Bauern, dass er auf Bienengift allergisch war. Das ist halt die Ironie des Schicksals, jahrelang hat er sein Gift unter die Leute verspritzt – und am End bringt ihn das Gift selber um. Ständig war er wegen einer Anzeige gegen diesen oder jenen Nachbarn bei mir am Polizeirevier.«

»Ja, aber das Stalltor soll ja mit einer Morddrohung beschmiert gewesen sein, hab ich gehört.«

»So! Hast des g'hört? Von der Aicherin?« Herbert Weyrich blickte nun doch von seiner Karte auf und musterte Bianca eindringlich.

»Die Ermittlungen im Fall Fellhofer sind ABGESCHLOSSEN! Wenn du anderer Meinung bist, dann musst du sie wieder aufnehmen, aber ohne mich. Ich muss mich nicht mehr beweisen, noch habe ich Bockmist gebaut, Frau Kollegin!« Mit diesen Worten ließ er Bianca in der Stube zurück. Kurz darauf fiel die Haustüre krachend ins Schloss.

Na toll, das konnte wohl nicht sein Ernst sein? Er würde doch sicher gleich wiederkommen? Oder? Bianca sprang auf, eilte zum Fenster und sah Weyrich gerade noch im Gemeindehaus verschwinden.

»Ja, verzieh dich nur aufs Revier! Am besten gleich bis zu deiner Pensionierung«, maulte Bianca ihm trotzig hinterher. Ihre Finger krallten sich um den Autoschlüssel in ihrer Jackentasche. Sie musste hier weg, weg aus Unterach, weg von diesem mürrischen alten Kollegen. Am Ende würde sie hier noch genauso verbittert werden wie er. Aber wo sollte sie denn hin?

Nach Salzburg? Ausgeschlossen, Haller hatte sie doch hierher versetzt.

Entschlossen reckte sie ihr Kinn nach vorne und hieb mit der Faust aufs Fensterbrett. Nein, so schnell gab eine Bianca Baldinger nicht auf! Auch wenn dieser Fall für ihren Kollegen abgeschlossen war, für sie war er es noch lange nicht. Diese Morddrohung am Stalltor, und dann verstirbt der Bauer ganz zufällig am gleichen Tag durch einen tragischen Unfall? Alles Zufall? Ein Kribbeln in Biancas Magengrube meldete sich. Sie kannte dieses Gefühl. Sie spürte es immer, wenn an einer Sache etwas faul war. Und ihr Instinkt hatte sie noch nie im Stich gelassen.

»Na, dann werde ich mich eben alleine an die Arbeit machen, bevor ich hier noch versaure. Je eher ich den Fall löse, desto schneller komme ich aus diesem trostlosen Kaff wieder raus. Euch werde ich's zeigen, vor allem dem Weyrich, diesem alten Griesgram!«, murrte Bianca.

»Recht hast! – Und wenn'st magst, helf ich dir dabei.«

Bianca schreckte hoch, sie hatte Rosa nicht kommen hören.

»Weißt, eigentlich ist mein Bruder ja eine Seele von Mensch, aber seit seine Liesl vor zehn Jahren g'storb'n ist, mag er sich selber nimmer«, meinte sie, und deutete mit dem Kopf auf das Foto einer attraktiven Dunkelhaarigen im Herrgottswinkel der Stube. »Schaust ihr sogar ein bissal ähnlich – die Haar, aber vor allem hast auch so eine außergewöhnliche bernsteinfarbene Augenfarb wie d' Liesl. Hast den Herbert sicher an sie erinnert. Ist zwar schon zehn Jahr her, aber manche Wunden heilen halt nie, auch wenn's ein Mann nicht zugeben würd.«

»Seine Frau?«, fragte Bianca.

»Nein, d' Liesl war seine Tochter. Ein schrecklicher Unfall, aber das ist eine lange Geschicht, die erzähl ich dir später einmal. Du bist sicher hungrig. Komm mit in die Küch, ich hab einen guten Apfelschmarrn g'macht, und du kannst eine Stärkung vertrag'n, bist eh so schlank. Während du isst, geh ich die Akte von dem Fall such'n. Hoffentlich hat der Herbert sie noch nicht aufs Revier mitg'nommen. Aber wie ich den alten Schlamphans kenn, liegt die sicher noch irgendwo herum, wahrscheinlich auf der Kredenz in der Stub'n. Ich schau schnell, und du lässt dir's in der Zwischenzeit ordentlich schmeck'n.«

»Aber ...«

»Keine Widerred, ich hab nicht umsonst geback'n, und mein Schmarrn wirkt wahre Wunder an Leib und Seele!« Mit diesen Worten eilte Rosa davon.

Lustlos nahm Bianca einen Bissen, aber Rosa hatte nicht zu viel versprochen. Der flaumig weiche Teig verschmolz mit dem süß-säuerlichen Geschmack des Apfels und dem Gemisch von Zimt und Zucker auf Biancas Zunge. Und obwohl ihr nicht nach Essen zumute war, schaufelte sie genüsslich in sich hinein. Mit jedem Bissen verflog ihr Zorn. Ob es wirklich an Rosas »Wunderschmarrn« lag, konnte sie nicht sagen, aber sie füllte sich den Teller noch einmal voll. Rosa, die kurz darauf mit der Akte in der Hand zurück in die Küche kam, quittierte ihren Appetit mit einem zufriedenen Lächeln. »So gefällt's mir. Und? Schmeckt's dir?«

»Ja danke, Rosa, der ist wirklich himmlisch«, strahlte Bianca und stippte mit ihrem Zeigefinger ein paar Zuckerkrümel auf, die auf die Tischplatte gefallen waren, und leckte sie genüsslich vom Finger. Sie schnappte sich die Unterlagen, die Rosa ihr gebracht hatte. Drei Fotos zeigten den toten Hans Fellhofer, eines davon eine Nahaufnahme vom Kopf des Bauern. Bianca steckte sie sofort wieder in den Umschlag zurück. Tote und Essen vertrugen sich erfahrungsgemäß nicht so gut. Den Leichenfotos würde sie sich später widmen. Bianca entschloss sich für die harmloseren Aufnahmen. Auf ihnen war das beschmierte Tor abgelichtet. STIRB DU SCHWEIN stand da in dicken roten Lettern, wie die Aicherin ihr heute früh schon erzählt hatte. Ein Schauer lief über Biancas Rücken. Sie schluckte, legte das Bild zur Seite und nahm sich die weiteren Unterlagen vor.

»Das Protokoll vom Herrn Kollegen, ein weiteres von einer Frau Doktor Reinisch«, murmelte sie halblaut vor sich hin.

»Ja, das ist unsere Hausärztin, eine ganz eine liebe … und eine sehr genaue Ärztin«, ereiferte Rosa sich, aber Bianca war zu vertieft, um etwas erwidern zu können.

»Laut dieser Frau Doktor trat der Tod durch Ersticken ein. An der linken Halsseite findet sich eine Einstichstelle – vermutlich die eines Insekts, das einen anaphylaktischen Schock ausgelöst haben könnte. Zur genauen Abklärung Überstellung des Toten an Doktor Moser auf die Gerichtsmedizin Linz«, zitierte Bianca die Ärztin.

Der Obduktionsbericht war noch ausständig. Sie speicherte sich Namen und Telefonnummer von Frau Dr. Reinisch in ihr Diensthandy, sie würde später mit ihr Kontakt aufnehmen.

Gedankenverloren nippte sie an der Tasse Kaffee, die Rosa ihr unaufgefordert serviert hatte, und fischte abermals die Bilder des Toten aus dem Umschlag. Zwei Fotos zeigten Fellhofer in einer Lache aus Erbrochenem auf dem Stallboden liegen. Sein Gesicht blau verfärbt, die Augen schreckensstarr aufgerissen und von feinen Einblutungen übersät. Petechien nannte man diese im Fachjargon. Dr. Lorenz Lacher, ein Pathologe der Gerichtsmedizin Linz, hatte Bianca diese Anzeichen einmal erklärt. Sie waren ein typischer Hinweis darauf, dass der Tod durch Ersticken eingetreten sein musste. Auf der Nahaufnahme vom Kopf konnte man dies noch deutlicher erkennen. Die Einstichstelle am Hals war für die Fotodokumentation farblich markiert worden. Bianca nickte anerkennend. Saubere Arbeit, das musste sie ihrem Kollegen zugestehen. Doch irgendetwas an der Aufnahme machte sie stutzig. Nur was? Sie starrte einige Sekunden auf das Bild, ehe sie es nachdenklich beiseitelegte. Sie müsste sich erst einmal selbst ein Bild vom Ort des Geschehens machen. Später würde sie wegen des fehlenden Obduktionsberichtes Dr. Lacher kontaktieren. Im Gedanken kehrte sie zu jener rauschenden Ballnacht vor fünf Jahren zurück, als sie sich kennengelernt hatten. Ein versonnenes Lächeln huschte dabei über Biancas Gesicht. Rasch rief sie sich aber wieder zur Ordnung, jetzt war keine Zeit für Schwärmereien, schließlich galt es, einen Fall zu lösen.

»Na, dann statten wir der Familie Fellhofer einen Besuch ab, oder was meinst du, Rosa?«

»Wie – wir?«, erwiderte diese ungläubig und legte das Geschirrtuch beiseite, mit dem sie eben den letzten Teller abgetrocknet hatte.

»Willst d' mich wirklich mitnehmen? Bekommen wir da keinen Ärger, Bianca? Der Herbert, der hat das nie g'macht. Er hat mir ja nicht einmal etwas von seinen Ermittlungen erzählt – Dienstgeheimnis hat er immer g'sagt – und dass die Frauen ohnehin nichts davon verstehen würden, denn die g'hör'n an den Herd, hat er g'sagt.«

»Na ja, dann wollen wir deinem Bruder einmal zeigen, was wir Frauen noch so können außer kochen und putzen. Und mit den Dienstvorschriften scheint man's ja hier auch nicht so genau zu nehmen, sonst hätte auch die Akte sicher am Posten verschlossen werden müssen – allein schon wegen dem Datenschutz. Außerdem brauche ich eine ortskundige Person, die mir den Weg zeigt, und deshalb ernenne ich dich hiermit zu meiner Assistentin. Also, Rosa, bist bereit?«

»Bin bereit, Frau Inspektor«, meldete Rosa diensteifrig und strahlte übers ganze Gesicht.

Bianca ignorierte das Kribbeln in ihrem Bauch. Sie wusste auch so, dass der nächste Ärger mit ihrem Kollegen bereits vorprogrammiert war.

2. Kapitel
Dienstag, 11. März – nachmittags

Verwahrlost war das erste Wort, das Bianca in den Kopf schoss, als sie auf das Anwesen der Fellhofers fuhren. Sie parkte ihren VW Golf hinter einem rostigen alten Geländewagen. Um ihn herum hatten ein paar Hühner in der matschigen Erde nach Futter gescharrt. Aufgeschreckt von den beiden Neuankömmlingen, stoben sie nun unter lautem Gegacker in die Garage, die offen stand und von Gerümpel geradezu überquoll. Das Wohnhaus, das südseitig anschloss, bot den gleichen trostlosen Anblick. Einige der Fensterläden hingen schief in den Angeln oder fehlten zur Gänze. Der einstmals weiße Anstrich war einem Schiefergrau gewichen. Hans Fellhofer hatte den Hof ganz schön verkommen lassen.

Rosa öffnete die Haustüre und wollte gerade eintreten.

»Wart kurz«, bat Bianca. »Ich möchte noch schnell den Lorenz, meinen befreundeten Gerichtsmediziner aus Linz, anrufen, und ihn bitten, sich den Toten noch einmal selbst vorzunehmen. Sein Kollege, dieser Doktor Moser, der mit der Untersuchung betraut war, trinkt hin und wieder mal ein paar Gläschen gegen den Durst. Na ja, bei dem Job kann's ihm keiner verübeln. Leider übersieht er dabei gern kleine, aber wichtige Details. Und vielleicht ist auch schon der Bericht der Spurensicherung fertig.«

Sie kramte ihr Handy aus der Tasche und wählte seine Nummer. Es meldete sich jedoch nur Dr. Lachers Sekretärin am anderen Ende der Leitung. Lorenz war gerade in einer Besprechung. Bianca schilderte ihr Anliegen, ersuchte um einen Rückruf des Gerichtsmediziners und folgte Rosa ins dunkle Vorhaus.

»Hallo! Ist jemand zu Hause?«, rief Bianca. Eine rot getigerte Katze huschte an ihnen vorbei ins obere Stockwerk, sonst rührte sich nichts. Doch aus einem der Zimmer waren Stimmen zu hören.

»I glaub, des kommt aus da Stub'n, da vorne rechts.«

Rosa deutete auf eine Türe am Ende des Flurs. Sie gingen näher und hörten, wie sich zwei Männer stritten, dann fiel ein Schuss.

Instinktiv griff Bianca nach ihrer Dienstwaffe, aber Rosa fasste sie am Arm und hielt sie zurück.

»Wart! I glaub, da läuft nur der Fernseher.«

Irritiert hielt Bianca inne, lauschte und murmelte schließlich beschämt: »Danke, Rosa! Das wäre ja jetzt eine schöne Blamage geworden, wenn ich da mit der Waffe im Anschlag in die Stube gestürmt wäre. Verrate das bloß nicht deinem Bruder«, bat sie kleinlaut. »Sonst versetzt man mich am Ende noch nach Tschiputi.«

»Koa Sorg«, lachte Rosa. »Die Männer müss'n ja net alles wissen.«

Bianca klopfte zaghaft, und als niemand antwortete, noch einmal etwas heftiger.

»Komm halt rein«, meldete eine kratzige Frauenstimme sich von drinnen.

Bianca öffnete die Tür und wurde augenblicklich von einer dichten Wolke aus muffigem Geruch und abgestandenem Zigarettenrauch eingehüllt, dass ihr fast übel wurde. Hier war offensichtlich schon lange nicht mehr gelüftet worden.

»Frau Fellhofer?«

»Wer will's wissen?«, knurrte die Alte. Sie lag auf einem zerschlissenen Sofa, dessen Farbe früher wohl einmal dunkelblau gewesen war, im Laufe der Jahre aber eine undefinierbare schlammgraue Färbung angenommen hatte. Die schwarze Wollhose und der ebenfalls schwarze Pullover aus billigem Nylon hingen schlapp an ihrem von der schweren Arbeit ausgemergelten Körper herab. Ihre grau-braunen Haare waren zu einem Zopf geflochten. Einzelne Strähnen hatten sich gelöst und hingen ihr fettig ins Gesicht. Argwöhnisch musterte sie die beiden Besucher.

»Polizeiinspektorin Bianca Baldinger, und die Frau Weyrich kennen Sie ja sicherlich. Sie war so nett, mich zu begleiten. Grüß Gott.« Sie streckte ihr die Hand zum Gruß entgegen. Doch die Altbäuerin machte weder Anstalten, ihn zu erwidern, noch sich vom Sofa zu erheben.

»Traust dich auch wieder mal zu uns heim«, keifte sie Rosa feindselig an, ohne diese dabei eines Blickes zu würdigen. »Is ja schon lang her, dass wir uns geseh'n hab'n, des war …«

»Beim Begräbnis von unserer Liesl vor zehn Jahr«, antwortete Rosa knapp.

»Na, jetzt hat dein Bruder endlich sein Seelenfrieden, jetzt, wo mein Bua auch tot is, oder?«

»Maria, lass die alten Geschicht'n. Wie die Frau Inspektor g'sagt hat, ich bin nur zur Begleitung mitkommen.«

Die Männer im Fernsehen stritten erneut, weitere Schüsse fielen, die Begleitmusik ließ Biancas Trommelfelle vibrieren.

»Könnten Sie vielleicht wenigstens den Fernseher leiser stellen?«, forderte Bianca entnervt.

Endlich bequemte die Fellhoferin sich dazu, sich aufzusetzen.

»Was wollt's denn noch von mir? Ich hab doch schon alles deinem Bruder, dem Herbert, g'sagt«, fragte sie gereizt.

»Zunächst einmal möchten wir Ihnen unser herzliches Beileid zum Verlust Ihres Sohnes aussprechen.«

»Des kannst dir spar'n, lasst's mich in Ruh.«

»Ich kann gut verstehen, dass Sie nicht gestört werden möchten, aber ich hätte da grad ein paar Fragen an Sie.«

»Fragen«, fauchte die Alte sie zornig an. »Fragen, davon wird mein Bua auch nicht mehr lebendig.«

Sie fischte sich eine Zigarette aus der Packung auf dem Couchtisch, zündete sie an und nahm einen tiefen Zug, ehe sie weitersprach. »Und einer Zuag'roasten wie dir beantwort ich schon gleich koane Frag'n.«

Abermals sog sie gierig an ihrem Glimmstängel, fixierte Bianca mit zusammengekniffenen Augen und blies ihr schließlich eine Qualmwolke entgegen.

»Vor zwoa Jahr is unsere Tochter, die Franzi, g'storben. Brustkrebs hat s' g'habt. Und jetzt is auch der Hans nimma. Übrig is nur mehr no der Helmut, unser nichtsnutziger Schwiegersohn, der liaba heut als morgen alles verkaufen tät. Aber, was will so ein junges Ding wia du schon von Trauer versteh'n?«

Viel zu viel, hätte Bianca ihr am liebsten ins Gesicht geschrien. Obwohl der Tod ihres Vaters schon sechzehn Jahre zurücklag, schmerzte sein Verlust sie wie am ersten Tag. Und erst die Bilder. Noch heute sah sie die Kollegen, die mit gesenkten Köpfen vor ihrer Haustüre gestanden hatten. Wie sie betreten ihre Dienstmützen in den Händen kneteten, als sie ihrer Mutter die Nachricht vom Tod des Vaters überbracht hatten. Sie hatte hinter ihrer Mutter gestanden und alles mitangehört. Ein schrecklicher Unfall in Ausübung seines Dienstes – der Querschläger eines Projektils – mitten in die Stirn – sofort tot. Diese Worte hatten sich Bianca ins Hirn gebrannt, ebenso wie die surreale Reaktion ihrer Mutter. Mit einem Lappen polierte sie wieder und immer wieder über ein Familienfoto, das auf der Kommode im Vorzimmer gestanden hatte, als ob sie die Hiobsbotschaft damit einfach wegwischen könnte.

»Was versteht so a jung's Frauenzimmer wia du scho von Trauer?«

Die Worte der Alten trafen Bianca, als hätte sie die Schüsse abbekommen, die gerade wieder im Fernsehen abgefeuert wurden. Am liebsten wäre sie zur Türe raus, raus von diesen furchtbaren Menschen, weit weg von diesem schrecklichen Ort. Stattdessen stapfte Bianca trotzig zum Fernsehapparat und schaltete das Gerät kurzerhand aus. Ohne sich zu den beiden Frauen umzudrehen, ging sie zum Fenster, riss es auf und inhalierte gierig die frische Luft.

»Maria, sei g'scheit, die Frau Inspektor will dir doch nur helf'n«, hörte sie Rosa beschwichtigend auf die Altbäuerin einreden.

Wie lange Bianca am Fenster gestanden hatte, konnte sie nicht sagen. Die kühle Brise tat ihr gut, allmählich beruhigte sich ihr erhitztes Gemüt. Die Bilder verblassten. Sie nahm einen letzten tiefen Atemzug, schloss das Fenster und wandte sich wieder den beiden Frauen zu.

Rosa, die neben der Altbäuerin auf dem schäbigen Sofa Platz genommen hatte, rempelte sie leicht mit dem Ellbogen in die Seite und meinte energisch: »So, Maria, und jetzt reiß dich z'samm' und beantwort der Frau Inspektor Baldinger ihre Fragen. Ich lass euch beide jetzt allein miteinander red'n. Wenn's fertig seit's, schreit's mir. Ich geh rauf und besuch den Heinrich. Dein Mann liegt doch oben im Zimmer, oder?«

»Is recht, Rosa«, murrte die Alte. »Aber zuerst bringst uns noch einen Schnaps, für d' Nerven. Der steht eh dort drüben.« Sie deutete auf eine Kredenz gleich neben dem Fernseher.

Bianca wollte dankend ablehnen, aber Rosa gab ihr durch ein Handzeichen zu verstehen, dass sie das Angebot nicht ausschlagen durfte. Also nahm Bianca auf dem Sofa neben der Altbäuerin Platz. Steif wie ein Zinnsoldat saß diese neben ihr, starrte

Löcher in den Boden und sprach kein Wort. Na, das kann ja heiter werden. Hoffentlich löst der Alkohol ihre Zunge, dachte Bianca und war froh, als Rosa endlich mit dem Gewünschten kam. Kaum hatte sie der Alten das Glas gefüllt, hatte diese es auch schon in einem Zug geleert und schenkte sich gleich noch einmal nach.

»Trink«, forderte sie nun auch Bianca auf.

Widerwillig würgte Bianca den Hochprozentigen hinunter, wischte sich über den Mund und begann zu sprechen.

»Frau Fellhofer, ich weiß ja, es ist schlimm. Das Schlimmste, was einem widerfahren kann, aber würden Sie mir nun ein paar Fragen beantworten?«

Die Alte nickte, und Bianca fuhr fort:

»Wann haben Sie Ihren Sohn das letzte Mal gesehen?«

Die Fellhoferin überlegte kurz, kippte sich einen weiteren Schnaps hinein und begann zögerlich zu sprechen.

»Des war am Montag, in der Früh. Er is wia immer um sechs Uhr runterkomm'n in die Kuchl. Glei' woar er grantig, weils Frühstück net g'richt war. Aber i hob ja net aufsteh'n können mit meinem verstaucht'n Haxen«, warf sie entschuldigend ein.

Bianca nickte verständnisvoll und lehnte ein weiteres Stamperl dankend ab.

»Kurz drauf is dann d' Frau Doktor kommen.«

»Die Frau Doktor Reinisch, die Allgemeinmedizinerin hier im Ort, oder?«, hakte Bianca nach.

»Ja genau«, bestätigte die Alte. »Die kommt ja zwoa mal die Woch immer montags und donnerstags zu mein Mann. Schaut kurz nach eam, und nachher fahrt eam die Rettung zur Dialyse nach Salzburg ins Krankenhaus rein. Ja und an dem Montag hat's gleich mein wehen Knöchl a no ang'schaut und g'meint, i soll glei mitfahren zum Röntgen.«

»Und da war Ihr Sohn auch noch im Haus, wie die Frau Doktor Sie untersucht hat?«

»Freili! Die hat ihm ja auch g'sagt, dass er d' Arbeit die nächste Woch ohne mi mach'n muss. Dann is a zornig bei da Tür außi und in Stall aufigerast mit seinem Auto.«

Die Fellhoferin schluchzte laut auf, und wider Erwarten rann der spröden Frau eine kleine Träne über ihre faltigen Wangen. Unbeholfen legte Bianca einen Arm auf die Schulter der Alten, griff mit der anderen in ihre Jackentasche, fischte ein Taschentuch hervor und reichte es ihr.

»Dank schön!«, murmelte diese verlegen und schnäuzte sich geräuschvoll die Nase.

»Frau Fellhofer, wussten Sie eigentlich von der Bienengiftallergie Ihres Sohnes?«

Ein zustimmendes Nicken war die Antwort.

»Und wussten auch andere darüber Bescheid?«

Die Altbäuerin sah ihr direkt in die Augen, ehe sie antwortete.

»Alle ham's gewusst! Vor zwei Jahr hat ihn doch beim Wirt unten im Dorf eine Biene g'stoch'n. Fast erstickt wär er damals, kaum dass ihn des depperte Vieh erwischt hat. Zum Glück war d' Frau Doktor gleich da und hat ihn versorgt. Seitdem hat er immer a Notfallspritz'n dabei. Aber wer rechnet denn schon im März mit einer Biene? So was hab i dert noch nie erlebt!«, meinte sie und schüttelte verständnislos den Kopf.

Bianca nickte zustimmend, stand auf, ging zum Fenster und starrte nachdenklich nach draußen. Die Fellhoferin hatte recht. Gab es überhaupt Bienen im März, vor allem bei dem Hundewetter? Die letzten Wochen hatte es abwechselnd geschneit oder heftig geregnet. Würde da auch nur eine von ihnen ihren Stock verlassen? Diese Fragen würde sie später am besten mit einem Imker klären.

»Frau Fellhofer?«, fragte Bianca und wandte sich dabei wieder der Alten zu. »Hatte der Hans viele Freunde?«

»Freunde?« Die Alte lachte bitter auf. »Wer hat schon Freunde, wenn's zum Arbeiten is? Und bei uns Bauern gibt's halt ständig was zu tun.« Sie schüttelte den Kopf. »Na, Freund hat mei Bub koane g'habt. Sogar d' Freundin is ihm abg'haut, obwohl s' schon im sechsten Monat schwanger war. Die wollt auch nix arbeit'n.«

Sie schenkte sich noch ein weiteres Stamperl Schnaps ein, ließ es aber unberührt, nahm sich stattdessen eine Zigarette aus der Packung und zündete sie an.

»Und wie hat seine Freundin geheißen?« Bianca konnte dem Impuls nicht widerstehen und öffnete das Fenster. Ein wenig Frischluft würde auch der Fellhoferin nicht schaden.

»Des war die Nina Gruber, die ledige Tochter von unserm Briefträger, dem Steinlechner Franz.«

Bianca zückte ein kleines Notizheft mit Bleistift aus der Brusttasche ihrer Jacke und notierte sich rasch die beiden Namen.

»Wo wir doch gerade über die Freunde gesprochen haben, Frau Fellhofer, hatte Ihr Sohn vielleicht auch Feinde?«, wagte Bianca sich weiter vor.

»Mehr als genug, die ham doch alle an Neid, weil wir den größten Hof vom ganzen Dorf ham. Und erst unser neuer hochmoderner Stall«, antwortete die Alte stolz.

Bianca dachte an ihren ersten Eindruck vom Anwesen und verkniff sich eine sarkastische Bemerkung. Nein, Neid auf diesen alten Kasten, das konnte sie sich beim besten Willen nicht vorstellen.

»Erst am Freitag hat er beim Wirt'n mit dem Helminger Toni g'stritt'n. Wahrscheinlich wieder wegen da Vroni, dem Toni seiner Frau. Aber genau weiß i's net. Hat nia viel erzählt, mei Bua.«

Wie die Mutter, so der Sohn, wollte Bianca am liebsten erwidern. Die nächsten Worte der Fellhoferin ließen sie aber aufhorchen.

»I glaub, des war koa Unfall, des war a Mord! Des hab i schon dem Weyrich g'sagt, natürlich hat er net auf mi g'hört. Du«, und dabei deutete sie mit dem Finger auf Bianca, »du bist schlau, du findst den Mörder von meinem Bua! Schreib dir die Namen auf, die i dir jetzt sag!«

Die Liste der Verdächtigen war lang. Allein schon zwölf Mitglieder fasste der hiesige Imkereiortsverband. Darunter befand sich auch Helmut Oberschmid, Fellhofers Schwiegersohn. Versorgt den Hof, ist Alleinerbe, keine weiteren Verwandten, notierte Bianca als Stichwörter. Ein weiterer Name erregte ihre Aufmerksamkeit. Sie versah ihn mit drei Ausrufezeichen.

»Ach ja, die Aicher Anni. Die musst a aufschreiben. G'schimpft und g'flucht hat s', wia s' aus ihrer alten, windschiefen Hüttn raus müssen hat. Aber die hat doch dem neuen Stall von uns Platz machen müss'n«, gähnte die Alte müde. Wenn es nach ihr geht, müsste ich ja den halben Ort einsperren, dachte Bianca zynisch.

Es klopfte, und kurz darauf hielt Rosa ihren Kopf zur Tür rein. »Na, seid's fertig?«

Bianca warf einen Blick auf die Altbäuerin, die sich wieder auf das schäbige Sofa gelegt hatte. Benebelt von dem vielen Schnaps, würde sie wohl bald einschlafen. Bianca schloss das Fenster und nickte Rosa zu.

»Pfiat Gott, Maria!«

Ein tiefes Schnarchen war die Antwort der Fellhoferin.

Als die beiden ins Auto steigen wollten, vibrierte Biancas Diensthandy in ihrer Tasche. Dr. Lacher war am anderen Ende der Leitung.

»Hallo, Lorenz, danke für deinen Rückruf. Schon lange nichts von dir gehört. Hast du Neuigkeiten im Fall Fellhofer?«

»Hallo, Bianca! Du, ich bin gerade auf dem Weg zu meinem Onkel.«

Sie kannte ihn gut genug, um zu wissen, dass er gerade sehr aufgeregt war. Er holte dann immer zu einer ellenlangen Geschichte aus, bevor er auf den springenden Punkt zu sprechen kam. Doch Bianca hatte heute keine Lust für ausschweifende Verwandtschaftsgeschichten.

»Lorenz«, stoppte sie ihn bestimmt, dennoch charmant, »schön, dass du deinen Onkel besuchst. Der wird sich sicher freuen. Aber hat das vielleicht mit meinem toten Bauern zu tun?«

»Mein Onkel ist …«

Es knackte in der Leitung.

»Lorenz, bist noch am Apparat? Ich habe dich nicht verstanden. Was ist dein Onkel?«

Wieder ein Knacken.

»'Tschuldigung, die Verbindung ist miserabel und der Akku so gut wie leer. Wo waren wir jetzt noch mal gleich stehen geblieben …?« Es folgte eine kurze Pause. »Ach ja, genau! Mein Onkel ist Hobbyimker.«

Wieder war die Verbindung kurz unterbrochen. Biancas Puls beschleunigte sich. Der Besuch hatte doch mit ihrem Fall zu tun, oder?

»Bianca, ich ho… du hör… mich no… Bei dem Toten fehlt der …« Tututu, die Verbindung war endgültig unterbrochen.

»Sch…«, Bianca unterdrückte einen leisen Fluch. Hastig drückte sie die Wiederwahltaste erneut. Sofort meldete sich die Mobilboxansage. Verdammter Mist, vor morgen früh würde sie Lorenz wohl nicht mehr erreichen. Was hatte er entdeckt? Zum Teufel noch mal! Was fehlte bei dem Toten?

3. Kapitel
Dienstag, 11. März – abends

»Auch schon zu Hause?«, empfing Weyrich die beiden, als sie kurz nach sechs Uhr durch die Tür traten. Draußen dämmerte es bereits. Bianca seufzte innerlich auf. Nach der Auseinandersetzung mit ihrem Kollegen heute Mittag verspürte sie keine große Lust auf eine Fortsetzung. Schuldbewusst kaute sie an ihrer Unterlippe. Hätte sie Rosa nach ihrem Besuch bei Maria Fellhofer bloß nicht zu einem Bummel in Mondsee überredet.

»Wo waren denn die Damen so lange?«, bohrte Weyrich nach. Er hatte seine Arme hinter dem Rücken verschränkt und baute sich breitbeinig vor ihnen im Vorhaus auf.

Rosa ignorierte seine Frage. Gelassen hängte sie ihren Mantel an die Garderobe, schlüpfte aus ihren Schuhen und reichte Bianca ein Paar Filzpantoffeln, das sie aus der Kommode fischte.

»Steh um«, schnauzte sie ihren Bruder schließlich an, da er immer noch den Flur blockierte. Weyrich reckte sein Kinn trotzig nach vorne, machte aber keine Anstalten, sich vom Fleck zu rühren.

»Was hattet ihr denn bei den Fellhofers zu suchen?« Triumphierend zückte er die Akte mit den Ermittlungsunterlagen hinter seinem Rücken hervor und fuchtelte damit vor Rosa herum. »Eine Privatperson in die Ermittlungen einzubeziehen«, insistierte er weiter, »verstößt gegen die Dienstvorschriften, Frau Kollegin. Eigentlich müsste ich dieses Vergehen unserem Vorgesetzten melden.« Weyrich nickte und sah die beiden herausfordernd an.

Bianca wollte etwas erwidern, aber Rosa fasste sie am Arm und hielt sie zurück.

»Wir sind d' koa Rechenschaft schuldig, was ma g'macht hab'n. Aber bevor's di z'reißt, sag i's dir halt. Den Heinrich hab i besucht. D' Bianca war so nett und hat mi mitg'nommen. I glaub net, dass das verboten is, oder?«

»Das nicht ...«, setzte Weyrich an, aber Rosa ließ sich nicht unterbrechen.

»Schaust halt in deine Dienstvorschriften nach, falls d' net sicher bist. A Auffrischung würd dir eh net schad'n«, stichelte sie weiter.

Weyrich grinste überlegen. Auf die Provokation seiner Schwester ging er nicht weiter ein.

»Ach, und weil ma grad dabei sind«, setzte sie nach. »Wo hast dich denn du die ganze Zeit herumtrieb'n?«

Touché, dachte Bianca. Das Grinsen in Weyrichs Gesicht gefror. Er trat nervös von einem Bein aufs andere und kratzte sich verlegen hinterm Ohr, ehe er antwortete.

»Wichtige Ermittlungen«, meinte er schließlich kurz angebunden.

»Dass i net lach!«, wandte Rosa sich über ihre Schulter an Bianca. »Bei eurem Kollegen war er, beim Eder Karli. Und da haben's ermittelt, wer von den beiden mehr Bier und Schnaps vertragt. Hab i recht, Herbert?«, fixierte sie ihn nun wieder.

Weyrich schien verzweifelt nach einer passenden Antwort zu suchen.

»Lüg mi ja net an«, kam Rosa ihm zuvor. »Sonst pack i meine Koffer und geh!«

Sein linkes Augenlid begann, verdächtig zu zucken. Schuldbewusst senkte er den Blick, starrte auf seine Schuhspitzen und schwieg betreten. Seine Schwester ließ nicht locker. Sie trat ganz nah an ihn heran. Ihre Nasenspitzen berührten sich beinahe. Sie schnupperte wie ein Spürhund. Unsicher wich Weyrich einen Schritt zurück.

»Volltreffer!«, nickte Rosa triumphierend. »Schäm dich! Sauft am helllichten Tag und lasst d' Bianca allein ermitteln. A sauberer Kolleg bist d'. So, und jetzt verziag di in Stub'n, damit i's Nachtmahl richt'n kann. Du alter Möchtegern-Moralapostel.«

Sie schob ihren Bruder energisch zur Seite, packte Bianca bei der Hand und zog sie hinter sich her in die Küche.

»Alte Beißzang«, maulte Weyrich ihr nach.

»Das hab i g'hört! I sag dir's, mach mi ja net narrisch …«

»Sonst packst deine Koffer! Ja, ja, immer der gleiche Spruch.«

»Irgendwann bin i wirklich dahin, wirst scho seh'n! Und jetzt lass uns in Ruh, du Grantscherm.«

Als sie die Tür hinter ihnen zuschlug, fand Bianca endlich ihre Sprache wieder.

»Es tut mir leid. Ich wollte dich nicht in Schwierigkeiten bringen«, sprudelte es aus ihr heraus.

Rosa winkte ab.

»Wenn's jemandem leidtun sollt, dann meinem Bruder. Weiß a net, was in das Mannsbild gefahr'n is.«

Sie ging zur Anrichte, öffnete einen Schrank und holte einen Topf hervor. Bianca schob sich einen Stuhl zurecht und nahm am Küchentisch Platz. Sie gähnte. Der heutige Tag hatte es in sich gehabt! Zuerst die Versetzung, dann das Fiasko mit dem Kollegen und schließlich die bockige Fellhofer-Bäuerin. Sie freute sich endlich auf ein wenig Ruhe und Privatsphäre.

»Jetzt mach i uns a schöne Tasse Tee, richt a Kleinigkeit zum Essen, und nachher zeig i dir die Wohnung«, zwinkerte Rosa ihr zu, als hätte sie ihre Gedanken gelesen.

»Danke, Rosa, aber mir ist der Appetit vergangen.«

In der Küche hing immer noch der köstliche Duft von Rosas Apfelschmarrn. Ein trotziges Knurren in Biancas Magengegend strafte sie Lügen.

»Bist doch hungrig?«, lachte Rosa, die gerade das Teewasser aufsetzte. »Das is die gute Landluft.«

»Nein, wohl eher deine ausgezeichnete Küche«, erwiderte Bianca schmunzelnd. »Wenn du mich jeden Tag so bekochen würdest, wäre ich nach einem Jahr wahrscheinlich um mindestens zehn Kilo schwerer trotz täglichem Joggen. Aber in meinen vier Wänden ist der Kühlschrank eh die meiste Zeit leer, weil ich aufs Einkaufen vergesse. In unserer WG in Salzburg hat das immer meine Freundin, die Doris, erledigt.«

Rosa stellte zwei große Tassen dampfenden Tee auf den Tisch, ging in die Speisekammer nebenan und brachte eine Flasche Rum. Ohne zu fragen, goss sie einen ordentlichen Schluck ein.

»Trink«, forderte sie Bianca auf. »Das vertreibt das Heimweh. Und dass d' uns net vom Fleisch fallst, dafür sorg i schon.«

Bianca gehorchte. Warm rann das süße Gebräu ihre Kehle hinunter und breitete sich schließlich in ihrem Magen und über den ganzen Körper aus. Langsam entspannte sie sich. Ob die Wirkung nun durch die Kräuter oder den Alkohol zustande kam, vermochte sie nicht zu sagen. Doch die wehmütigen Gedanken verblassten. Bianca erinnerte sich wieder an das Gespräch von vorhin.

»Rosa, wer ist eigentlich dieser Kollege, von dem du gesprochen hast?«

»Der Eder Karli?« Rosa nahm einen großen Schluck, ehe sie antwortete.

»Das is d' Postenkommandant von Unterach. Zwanzig Jahr haben d' Herbert und er miteinander gearbeitet. A lieber Mensch, net so a Grantler wia mei Bruder.«

»Mit ihm werde ich also zusammenarbeiten, wenn der Herbert in Pension geht«, schlussfolgerte Bianca. Erleichtert atmete sie auf.

Rosa leerte ihre Tasse, winkte ab und prustete los.

»Da Herbert, in Pension?« Rosa schüttelte sich vor Lachen. Als sie Biancas bestürztes Gesicht sah, wurde sie wieder ernst.

»Der is do erst 54 Jahr. Freili, mit seine grauen Haar und dem Glatzerl schaut er älter aus.«

Sie stand auf, nahm die beiden Tassen und trug sie zur Abwasch.

»In Karli schicken's in die Frühpension, weil er vor zwoa Monat an Herzinfarkt g'habt hat. Is halt viel z' fett.«

»Aber«, stotterte Bianca. Die Farbe war aus ihrem Gesicht gewichen. »Mein Ex-Chef, der Haller, hat mir gesagt, dass der Herbert in Pension geht. Das heißt ja dann, dass der Herbert und ich …«

»Dass du dich mit diesem Rindvieh leider doch noch z'samm'rauf'n musst«, vollendete Rosa den Satz. »Koa Sorg, der beruhigt sich scho wieder. Weißt, die Männer sind halt Gewohnheitstiere. Z' viel Veränderung auf einmal, und scho rasten's aus.«

»Aber er hat doch von einer Motorradtour gesprochen, die er in drei Monaten unternimmt und zu der er dann endlich Zeit hat«, startete Bianca einen letzten, verzweifelten Versuch.

»Blödsinn«, winkte Rosa energisch ab. »Von der redet er scho seit dreißig Jahr. So, jetzt mach i uns aber was zum Essen.« Ohne eine Antwort abzuwarten, machte Rosa sich in der Küche zu schaffen.

Bianca stand wie betäubt vom Küchentisch auf und ging ihr zur Hand. Sie deckte den Tisch, während Rosa im Handumdrehen eine herzhafte Jause auftischte. Speck, kalter Schweinsbraten mit Kren und frisch geschnittener Emmentaler Käse verbreiteten ein herzhaftes Aroma, dass einem das Wasser im Munde zusammenlief. Nach dieser neuerlichen Hiobsbotschaft war Bianca allerdings der Appetit gehörig vergangen. Wenigstens hatte sie eine eigene Bleibe, versuchte sie, sich zu trösten.

»Ist die Wohnung im Ortszentrum?«, fragte Bianca.

Rosa nickte, stellte einen Korb mit Schwarzbrot auf den Tisch und bat Bianca, Platz zu nehmen.

»Wart, i hab ja no was vergess'n!«

Sie eilte in die Speisekammer und brachte ein Glas Honig.

»So, dann greif zu«, forderte sie Bianca auf. Sie setzte sich ebenfalls an den Tisch und nahm sich selbst eine dicke Scheibe, die sie mit Butter bestrich.

»Den Honig musst unbedingt probieren. Den macht der Herbert selber. Er is Hobbyimker mit Leib und Seele«, erzählte Rosa stolz. Sie langte selber kräftig zu und biss herzhaft in ihr Honigbrot.

»Macht er das schon lange?«, erkundigte Bianca sich.

»Nach d' Liesl ihrem Tod hat er damit ang'fangen. Das hat ihm g'holfen, Trauer und Zorn über den schrecklichen Verlust zu überwind'n.«

Bianca würgte ihren Bissen hinunter. Die Worte der Fellhofer-Bäuerin kamen ihr in den Sinn. »Jetzt hat der Weyrich seinen Seelenfrieden, jetzt, wo mein Bub tot ist«, hatte die Alte gemeint. Was genau war damals passiert? Hatte der Kollege am Ende etwas mit dem Tod von Hans Fellhofer zu tun? War er vielleicht sogar der …? Bianca wollte diesen Gedanken am liebsten sofort wieder verdrängen, andererseits hatte sie schon von verspäteter Rache gehört. Entsetzt schnappte sie nach Luft, verschluckte sich dabei und bekam einen heftigen Hustenanfall. Bianca japste nach Luft. Rosa eilte ihr zu Hilfe. Sie klopfte ihr auf den Rücken. Allmählich legte sich der Reiz.

Dankbar nahm Bianca das Glas mit frischem Leitungswasser, das Rosa ihr reichte.

»Geht's wieder?«, erkundigte sich diese mitfühlend.

Bianca trank langsam ein paar Schlucke.

»Ja«, krächzte sie leise und schob ihren Teller beiseite.

»Du hast ja gar net viel gegessen. Schmeckt dir da Honig net?«, fragte Rosa enttäuscht.

»Doch, doch!«, beeilte sich Bianca zu antworten. »Der ist wirklich köstlich, aber mein Hunger war wohl doch nicht so groß. Wenn du mir nicht böse bist, würde ich mich jetzt gerne zurückziehen.«

Rosa nickte.

»Ist sie weit weg?«, erkundigte Bianca sich.

»Wer?«

»Na, die Wohnung. Muss ich mit dem Auto hinfahren, oder kann ich sie auch zu Fuß von da aus erreichen?«

Der fragende Blick, den Rosa ihr zuwarf, verhieß nichts Gutes.

»Am besten holst erst einmal d' Koffer aus deinem Auto rein. In der Zwischenzeit bring i in Herbert a Jaus'n, bevor a wieder herumgrantl'n anfangt. Dann geh'n wir rauf.«

Rauf? Was meinte Rosa damit? Das wohlbekannte Kribbeln machte sich in ihrer Magengegend breit. Wartete da am Ende die nächste böse Überraschung auf sie?

Frustriert warf Bianca sich aufs Bett. Der Lattenrost knackte gefährlich unter der Wucht des Aufpralls. Zum dritten Mal versuchte sie nun schon, ihre Freundin Doris telefonisch zu erreichen. Auch diesmal kam lediglich die Mobilbox-Ansage. Wo steckte sie bloß? Bianca brauchte dringend ihren Rat. Was sollte sie tun? Dass Haller sie hierher versetzt hatte, war die eine Sache und schlimm genug, mit dem Kollegen auch künftig zusammenarbeiten zu müssen, sich nun aber auch noch mit ihm ein Dach über dem Kopf zu teilen, das ging ihr entschieden zu weit! Die Dienstwohnung befand sich im Dachgeschoss von Weyrichs Haus. Obwohl Rosa sich alle Mühe der Welt gegeben hatte, ihr das kleine Reich so hübsch wie möglich zu gestalten, war Biancas Stimmung auf dem Tiefpunkt angelangt. Der frische Strauß Rosen, den Weyrichs Schwester auf einem Tischchen neben dem Bett aufgestellt hatte, verströmte einen betörend süßen Duft. Bianca liebte diesen Geruch. Heute wurde ihr davon aber nur übel.

Sie sprang auf, stieß sich dabei fast den Kopf an der niedrigen Decke und riss das Fenster auf. Unruhig tigerte sie in dem kleinen Raum auf und ab. Beinahe stolperte sie über ihr Gepäck, das sie lustlos in eine Ecke geworfen hatte. Morgen, ja, morgen würde sie Haller anrufen und mit ihm sprechen. Wahrscheinlich war das einer seiner dummen Scherze, für die er weit über das Kommissariat hinaus bekannt war. Der Vorfall zwischen ihnen war doch nichts als ein dummes Missverständnis. Sie hatten beide überreagiert. Darüber konnte man doch in aller Ruhe reden. Und die Kollegen würden kein Sterbenswort von ihr erfahren. Morgen holte er sie sicher wieder nach Salzburg zurück. Und falls nicht?

Bianca verdrängte diesen Gedanken rasch. Entschlossen packte sie die Vase und brachte sie ins Wohnzimmer. Dann warf sie einen kurzen Blick auf ihre Uhr. Erst halb zehn. Normalerweise traf sie sich um diese Zeit mit Freunden in der Stadt auf ein Getränk. Oder Doris und sie kuschelten sich unter eine weiche Decke und zelebrierten ihren Girlsabend mit Unmengen Schokolade, Popcorn, ein oder mehreren Gläsern Wein und schnulzigen DVDs. Bianca seufzte. Sie stellte die Blumen auf dem gläsernen Couchtisch ab und setzte sich auf das Sofa, das mit einer bunten Häkeldecke überzogen war. Auf einem Tischchen an der gegenüberliegenden Wand stand ein Fernseher. Sie konnte sich nicht erinnern, wann sie ein solches Röhrengerät zum letzten Mal gesehen, geschweige denn in Betrieb genommen hatte. Ob der noch funktionierte oder ihr am Ende gleich um die Ohren flog, sobald sie ihn anstellte? Andererseits hatte sie ohnehin keine Lust, allein fernzusehen. Sie schaltete das Licht aus, zog die Türe hinter sich zu und trottete zurück ins Schlafzimmer. Bianca öffnete ihren Koffer, entnahm ihm den Kulturbeutel und ging damit ins angrenzende Badezimmer. Im Gegensatz zur dunklen Einrichtung im Schlafraum war dieser Raum ganz in Weiß gehalten. Lediglich über dem Waschtisch hatte jemand einen Schwarm bunter Fische als Dekoration auf die Fliesen geklebt. Im Regal daneben sorgten rote Handtücher für einen Farbklecks. Bianca gönnte sich eine ausgiebige Dusche, zog sich T-Shirt und Jogginghose über und schlüpfte ins Bett. Das Läuten ihres Handys hörte sie nicht mehr.

Bianca war gerade unterwegs in ihr Lieblingslokal, um sich mit ein paar Freunden zu treffen. Es war kurz nach 21.30 Uhr, als ihr Chef sie anrief. Haller bat sie um ein Treffen in seinem Büro. Seltsam, dachte Bianca, aber vielleicht hatte es ja etwas mit ihrem Antrag für die Stelle als Gruppeninspektorin zu tun. Der lag zumindest auf Hallers Schreibtisch. Seine Unterschrift fehlte allerdings noch. Auf dem Tischchen neben der dunklen Ledercoach standen zwei leere Sektgläser und eine Kerze. Vielleicht wollte er ja auf ihre Beförderung anstoßen? Aber wo war er? Sicher würde er bald kommen. Bianca ging zum Fenster. Von hier aus hatte man einen herrlichen Blick auf den Salzburger Dom und den Mönchsberg mit der Festung. Bianca war so in ihren Betrachtungen versunken, dass sie Haller erst bemerkte, als er hinter ihr stand. Sie zuckte zusammen.

»Ich wollte dich nicht erschrecken«, entschuldigte Haller sich. »Ich liebe diesen Ausblick«, raunte er ihr ins Ohr, drückte ihr ein Glas Champagner in die Hand und prostete ihr von hinten zu. »Auf deine glänzende Karriere, meine Liebe.«

Verlegen trank Bianca einen Schluck, während ihr Chef sein Glas in einem Zug leerte und sofort nachschenkte. Sie spürte seinen Atem in ihrem Nacken. Seine Nähe wurde ihr zunehmend unangenehm. Sie musste ein wenig auf Distanz gehen. Aber wie? Vorsichtig schielte Bianca nach beiden Seiten.

Schockiert musste sie erkennen, dass Haller sie von hinten regelrecht eingekesselt hatte. Mit seiner Rechten stützte er sich auf dem wuchtigen Eichenholzschreibtisch ab, der Bianca den Fluchtweg auf dieser Seite blockierte. Auf der anderen Seite stellte er eben sein Glas Champagner auf dem Fenstersims ab. Blieb immer noch die Möglichkeit eines klärenden Gesprächs. Doch ehe sich Bianca versah, packte ihr Chef sie kraftvoll mit beiden Händen von hinten an den Hüften und schob sie gierig unter ihr T-Shirt, hinauf zu ihren Brüsten. Gleichzeitig bedeckte er ihren Nacken mit fordernden Küssen. Sein Atem ging schwer, während sie seine Erregung deutlich an ihrem Gesäß spüren konnte. Entsetzt versuchte Bianca, sich zu befreien, doch das erregte ihn nur noch mehr. Er drückte sie stärker gegen das Fenstersims. Sie wollte aufschreien. Schroff befahl Haller ihr zu schweigen. Er zerrte ihren Kopf nach hinten. Hielt ihr mit der linken Hand den Mund zu, während seine Rechte grob ihren Busen begrapschte. Biancas Hirn arbeitete auf Hochtouren. Sie war allein. Niemand würde ihr helfen, selbst die Putzfrauen hatten das Gebäude bereits verlassen. Sie musste handeln. Chef hin oder her.

Bianca hatte nur eine Möglichkeit. Seine Hand ruhte immer noch auf ihrem Mund. Sie riss ihn auf, so weit sie konnte, bekam einen von Hallers Fingern zu fassen und biss mit aller Kraft zu. Entsetzt schrie er auf, zog seine Hand zurück und wich etwas nach hinten. Damit hatte Bianca gerechnet. Sie stieß sich vom

Fensterbrett ab, drehte sich blitzschnell um und verpasste ihm einen schwungvollen Tritt zwischen die Beine. Während Haller kreidebleich in die Knie ging, schnappte Bianca sich ihre Tasche und lief, so schnell sie konnte, aus dem Büro. Sie rannte aus dem Kommissariat, weiter über Straßen, Plätze, durch Parks, bis sie schließlich das schützende Heim erreichte. Noch immer zitternd, stieß sie die Tür auf und sank schwer atmend in die Knie.

»Na, hast Bockmist gebaut?«, empfing jemand sie hämisch. Es war nicht die Stimme von Doris, sondern die eines Mannes. Bianca hatte sie schon gehört. Es wollte ihr aber nicht und nicht einfallen, wem sie gehörte. Erst jetzt registrierte Bianca ihre Umgebung. Sie war nicht zu Hause. Sie war …? In einem Stall! Wie kam sie hierher? Panik erfasste sie. Sie wollte aufstehen, loslaufen, aber ihre Beine gehorchten ihr nicht. Langsam gewöhnten ihre Augen sich an das diffuse Licht. Etwa hundertfünfzig Meter von ihr entfernt beugte ein Mann sich über etwas, das auf dem Boden lag. Eine Glatze blitzte im matten Licht kurz auf, umgeben von einem grauen Haarkranz. Er drehte sich zu ihr um. Wieder dieses heimtückische Grinsen im Gesicht.

»Du hast Bockmist gebaut!«, wiederholte er mit Bestimmtheit.

Jetzt erkannte sie ihn und auch die Gestalt, über der er kniete. Blankes Grauen erfasste sie. Sie wusste, was folgen würde, folgen musste …

»HALT, NICHT!«, brüllte Bianca. Sie strampelte verzweifelt, doch etwas hielt sie zurück. Die Gestalt wandte sich von ihr ab und stach auf sein wehrloses Opfer ein.

»NEEEEEEEEEEEIN!«, heulte sie auf, dann krachte etwas Hartes gegen ihren Schädel.

4. Kapitel

Mittwoch, 12. März – vormittags

Bianca schreckte hoch. Ihr Puls raste, das T-Shirt klebte schweißnass an ihrem Körper, und ihr Schädel brummte, als hätte jemand einen Presslufthammer darin angeworfen. Vorsichtig tastete sie ihren Kopf ab, aber da war nichts, weder eine Beule noch Blut, nicht einmal eine Schramme. Verwirrt blickte sie sich um. Sie lag nicht auf einem dreckigen Stallboden, sondern in einem fein säuberlich überzogenen Bett. Die Bettdecke war nach unten gerutscht und hatte sich um ihre Beine geschlungen. Bianca schüttelte die Tuchent auf, kuschelte sich wieder darin ein und sank erleichtert in die Kissen zurück. Reglos lauschte sie auf die Geräusche, die durch das geöffnete Fenster drangen. Sechs Schläge der Kirchenglocke verkündeten die frühe Uhrzeit. Irgendwo wurde eine Autotür zugeworfen, ein Hund bellte, dann wurde es wieder still. Biancas Blick wanderte durchs Zimmer und blieb auf ihrem geöffneten Koffer hängen. Er war immer noch gepackt. Heute musste sie eine Entscheidung treffen. Zu dumm, dass sie Doris gestern nicht erreicht hatte. Apropos Doris. Wo war eigentlich ihr Handy? Suchend tastete sie danach und fand es schließlich eingeklemmt in dem Spalt zwischen Matratze und Betthaupt. Das Display blinkte. Ein Rückruf von ihrer Freundin um 23.10 Uhr und eine SMS von Lorenz nur fünf Minuten später. Beide hatte Bianca nicht gehört, obwohl sie sonst einen sehr leichten Schlaf hatte. Bianca überlegte kurz. Ihre Freundin schlief sicher noch tief und fest. Keine gute Idee, sie morgens zu wecken.

Sie war der schlimmste Morgenmuffel, den Bianca kannte. Also entschied sie sich, den Anruf auf eine spätere Uhrzeit zu verschieben, und öffnete stattdessen die SMS.

Interessante Neuigkeiten!! Treffen morgen – 9 Uhr – Café Frauenschuh, Mondsee, glg Lo

Mit einem Schlag war Bianca hellwach. Zum Schlafen war ihr nach dem Albtraum der letzten Nacht ohnehin nicht mehr zumute. Sie sprang aus dem Bett und stürmte ins Badezimmer. Augenblicklich schremmte der Presslufthammer in Biancas Kopf auf Hochtouren los. Sie kramte eine Kopfschmerztablette aus ihrem Kulturbeutel und spülte sie mit etwas Wasser hinunter. Nach der Dusche fühlte sie sich besser. Mittlerweile war es kurz vor sieben Uhr. Immer noch zu früh für ein Gespräch mit Doris. Aber angesichts der neuen Entwicklungen würde sie ohnehin mit ihrer Entscheidung noch zuwarten. Was Lorenz wohl für Neuigkeiten hatte? Bianca versuchte, sich abzulenken, indem sie ihre Mails überflog. Es fiel ihr schwer, sich darauf zu konzentrieren. Immer wieder musste sie an die SMS denken. Schließlich hielt sie es nicht mehr aus und wählte seine Nummer. Nach dem dritten Läuten ging er endlich an den Apparat.

»Entschuldige, Bianca, aber ich bin etwas im Stress. Ich muss mich in fünf Minuten in eine wichtige Telefonkonferenz einwählen«, erklärte er gehetzt. »Wir sehen uns später.«

»Wart kurz«, bettelte Bianca. »Auf was bist du gestoßen? Was fehlte dem Toten?«, knüpfte Bianca übergangslos an ihr gestriges Gespräch an. »Gib mir zumindest einen kleinen Tipp, bevor ich vor Neugier platze.«

»Okay, du Nervensäge«, lachte er. »Da war nirgendwo ein Stachel zu finden! Was das heißt, erkläre ich dir später. Ciao, Bella!«

Und weg war er. Warum konnten Männer keine vernünftigen Telefonate führen? Zugegeben, Frauengespräche waren meist lang, mitunter sogar sehr lang, aber dafür war auch jedes noch so winzige Detail besprochen worden, und man war voll im Bilde. Jetzt hingegen war sie genauso schlau wie vorher. Sie musste sich wohl oder übel damit abfinden, noch zwei Stunden zu zappeln. Die Schmerztablette begann zu wirken. Bianca öffnete das Badezimmerfenster und warf einen Blick nach draußen. Es hatte endlich aufgehört zu regnen. Ihr Treffen war für neun Uhr in Mondsee vereinbart. Es blieb also noch genug Zeit, eine Runde zu joggen. Ein wenig Frischluft war nach dieser Nacht genau das Richtige. Entschlossen ging sie ins Schlafzimmer zurück, öffnete ihre Sporttasche, die sie neben ihrem Koffer abgestellt hatte, und packte Laufschuhe und Kleidung aus. Ihr Handy steckte sie ans Ladegerät. Kurz darauf verließ sie das Haus.

Zielstrebig wählte Bianca die gleiche Route, auf der sie gestern mit Rosa zu den Fellhofers gefahren war. Der Fußweg entlang der B151 verlief parallel zur See-Ache. Von Rosa wusste sie, dass dieser Fluss nicht nur die Grenze zwischen dem Bundesland Oberösterreich und Salzburg bildete, sondern auch den Mondsee mit dem Attersee verband. Daher leitete sich auch der Name Unterach ab, der erstmals in einem Codex des Benediktinerordens als Untraha Erwähnung fand, was so viel wie Zwischenwasser bedeutete.

Mit jedem Schritt, den sie tat, wurde ihr Kopf freier. Das liebte Bianca an diesem Sport. Losgelöst von allen Problemen und Fragen des Alltags, ganz fokussiert auf den Körper und seinen Rhythmus. Bianca war derart versunken, dass sie jäh zusammenzuckte, als ein anderer Läufer sie an der Weggabelung zum Recyclinghof überholte. Er grinste, hob kurz die Hand zum Gruß an die Stirn und lief zügig an ihr vorbei. Biancas Ehrgeiz war geweckt. Sie versuchte aufzuholen. Der Fremde war um gut zwei Köpfe größer als sie. Sein muskulöser Körperbau zeugte von beständigem Training. Bianca gelang es, den Abstand zu verringern. Beinahe sah es so aus, als könnte sie ihn einholen. Dann legte er einen Sprint ein, dem Bianca nicht mehr gewachsen war. Ein verdächtiges Ziehen und Stechen in ihrer Hüftgegend zwang sie, ihr Tempo zu verringern. Verärgert fügte sie sich. Gut sechzig Meter vor ihr querte ihr Kontrahent gerade die Straße und hielt auf das Anwesen des toten Bauern zu. Was hatte er dort zu suchen?

Wenig später bog sie ebenfalls in die kleine Querstraße ein, die hinter dem Hof bergauf führte. Ihr Mitstreiter war verschwunden. Bianca kniete sich nieder, gab vor, ihre Schuhbänder zu binden – nur für den Fall, dass jemand sie beobachtete –, und sondierte unauffällig die Rückseite des Gebäudes. Auf dieser Seite waren nur zwei schmale, dreckverkrustete Fenster, etwa in Kniehöhe. Die Kellerräume in Bauernhöfen wurden früher häufig als Viehställe genutzt, daran konnte Bianca sich noch aus ihrer Kindheit im Salzburger Lungau erinnern. Forderndes Gemeckere drang aus dem Inneren und bestätigte ihre Vermutung. Aber wo war der Fremde so schnell hin verschwunden? Eine Tür? Fehlanzeige! Erst als ihr Blick zum Holzschuppen wanderte, an dem sie vorbeigelaufen war, entdeckte sie einen schmalen Einlass. Den musste er genommen haben. Sie wollte eben weiterjoggen, als sie Stimmen hinter einem der gekippten Oberlichter hörte. Offensichtlich war ihr Kontrahent vom Schuppen aus in den angrenzenden Stall gelangt. Bianca ging in die Hocke und spähte vorsichtig nach drinnen. Abgesehen von ein paar Ziegen konnte sie von ihrer Position aus niemanden sehen.

»Lass mi in Ruh, du Erbschleicher«, keifte eine kratzige Frauenstimme. Bianca erkannte sie sofort und rückte aufgeregt näher, um besser zu lauschen. Die Person, die da sprach, war keine andere als Maria Fellhofer, die Mutter des toten Bauern.

»Du bist stur wie a Maulesel. Seit der Hans tot is, schuft i mi jeden Tag für euch ab. Da ist's doch mein gutes Recht, einen Anteil zu fordern. Außerdem fangt's mit dem Stall da oben eh nichts an. Kannst d' Arbeit doch gar nicht mehr allein schaff'n«, setzte eine dunkle, sonore Männerstimme ihr zu.

Etwas Metallisches scharrte über den Boden. Vermutlich waren die beiden gerade damit beschäftigt, den Stall auszumisten, schlussfolgerte Bianca.

»Schämen sollst di. Mei Bub is noch nicht einmal unter der Erd, und die Geier kreisen scho. Wird net lang dauern, dass d' Nina auftaucht und für ihren ledigen G'schrapp a noch den Erbteil fordert. Aber z'erst muss s' einmal beweisen, ob's überhaupt in Hans sein Kind is.«

Wieder dieses Geräusch, diesmal lauter, energischer.

»Bei dir is der Fall einfacher. Als Schwiegersohn hast rechtlich g'sehn überhaupt koan Anspruch auf a Erbschaft. Aber mir is schon kloar, warum d' so drängst.«

»So, so. Und warum denn?«, fragte die Männerstimme leicht gereizt.

»Schulden hast! Und nicht z' wenig. Vor allem bei deinem Busenfreund, beim Hias. I weiß a, woher die kommen. Im Handumdrehen wär das da oben verkauft. Der Hias war ja immer ganz scharf auf das Grundstückl. Aber da spiel i net mit. Solang i no zwoa g'sunde Händ zum Arbeit'n hab, bleibt alles in unserm Besitz. Steh um, Cilly«, fuhr sie eine der Ziegen an, die protestierend meckerte.

»Ein so ein Blödsinn, was du dir da z'sammspinnst. I will doch a nur, dass der schöne ...«

»Lüg mi net an«, fuhr die Alte ihn scharf an. »Ich bin vielleicht alt, aber blöd bin ich net. Bei dir zählt nurs Geld, alles andere is dir einerlei. Gestern war übrigens a junge Frau Inspektor bei mir. Hat eine Menge Frag'n g'stellt. I hab ihr g'sagt, was i mir denk.«

»Und, was denkst?«

»Das mei Bua umbracht worden ist!« Sie machte eine kurze Atempause, ehe sie weitersprach.

Biancas Beine waren beinahe taub. Halt durch, ermunterte sie sich selbst und biss die Zähne zusammen. Bianca wagte es nicht, ihre Position zu verändern, aus Angst, sie könnte etwas Wichtiges überhören.

»Vielleicht sogar wegen einer Erbschaft?«, setzte die Alte nach.

»Willst damit sagen …«

»I sag gar nichts, solang'st mich in Ruh lässt!«, fiel die Altbäuerin ihm streng ins Wort. »Und jetzt pack an und bring mirs Futter für die Zieg'n, bevor ich mir's anders überleg.«

»Such'n S' was?«

Bianca schrak zusammen. Sie war so in das Gespräch der beiden vertieft gewesen, dass sie die Frau nicht bemerkt hatte, die auf der gegenüberliegenden Straßenseite stand und Bianca misstrauisch musterte. Auch die beiden im Stall mussten die Nachbarin gehört haben, denn sie verstummten. Bianca musste dringend von hier verschwinden. Rasch formte sie mit ihrer rechten Hand ein Schüsselchen und ging auf die junge Frau zu, die mittlerweile ihren Mülleimer entleert hatte.

»Blöde Kontaktlinse. Mir ist beim Laufen etwas ins Auge gekommen, deshalb musste ich sie rausnehmen, und dabei ist sie mir auf den Boden gefallen. Ein Glück, dass ich sie wieder gefunden habe. Dürfte ich vielleicht ihr Bad benutzen, damit ich das Ding abspülen kann, bevor ich sie mir wieder einsetze?«

Die Angesprochene schien zu überlegen. Bianca trat der Schweiß aus allen Poren. Sie ließ den Schuppen nicht aus den Augen, jeden Moment konnte jemand herauskommen.

»Bitte, es ist ein Notfall! Ohne das Ding sehe ich nichts!«, drängte sie.

Endlich willigte sie ein. Keine Minute zu früh, denn auf der anderen Straßenseite bestätigte ein unüberhörbares Quietschen Biancas Befürchtungen.

»Is wer da?«, hörte sie die Männerstimme forschend fragen. Aber Bianca war ihrer Retterin schon ins Treppenhaus gefolgt.

Sie ließ sich lange Zeit im Bad, um sicherzugehen, dass der Mann wieder an die Arbeit gegangen war.

»Tut mir leid, wenn ich sie aufhalte. Aber irgendwie will die Linse nicht rein«, flunkerte Bianca. Die Junge patrouillierte indessen ungeduldig vor der geschlossenen Tür auf und ab. Schließlich blieb sie stehen und trommelte mit den Fingern dagegen.

»I will Sie ja ungern drängen. Aber es is schon Viertel nach acht, und i hab meiner Oma versprochen, sie pünktlich vom Arzt abzuholen.«

Bianca erschrak. Sie hatte ganz auf ihr Treffen mit Lorenz vergessen. Auf keinen Fall würde sie es jetzt noch rechtzeitig nach Mondsee schaffen, außer …

Bianca zupfte sich rasch ein Taschentuch aus einer Packung, die am Fenstersims stand, presste es an ihr Auge und öffnete die Badezimmertür.

»Sagen Sie«, wandte sie sich an ihr Gegenüber: »Fahren Sie zufällig nach Unterach, in den Ort?«

Die Angesprochene nickte.

»Würden Sie mich mitnehmen? Mit meinem Auge«, schwindelte Bianca, »traue ich mich nicht mehr zurücklaufen.«

»Sicher«, erwiderte die Junge erleichtert. »Wir sind's ja eh g'wöhnt, dass sich unsere Touris ständig übernehmen. Sie sind net die Erste, die ich rett. Können S' gleich die Frau Doktor aufsuchen.«

»Zum Glück habe ich Augentropfen mit. Die helfen bestimmt«, erwiderte Bianca erleichtert.

Fünf Minuten später hüpfte sie bei der Ordination von Frau Dr. Reinisch aus dem Auto und bedankte sich überschwänglich. Als sie außer Sichtweite war, steckte sie das Taschentuch in ihre Hosentasche und lief das letzte Stück nach Hause.

»Wo warst d' denn so lang? I hab mir scho Sorgen um dich g'macht!«, begrüßte Rosa sie, als sie zur Tür hereinkam.

»Ich war nur joggen und habe dabei fast die Zeit übersehen. Zum Glück war die Nachbarin von den Fellhofers so nett und hat mich mit ihrem Auto ein Stück mitgenommen«, lachte Bianca.

»Ach, das war die Eder Sonja. Ein liabes Mädl! Die arbeitet bei unsrem Bäcker, beim Auinger. Aber Bianca – joggen, und das scho in aller Herrgottsfrüh?« Abschätzig schüttelte Rosa den Kopf. »Ohne a ordentliches Frühstück. Das kann a net g'sund sein. Jetzt komm, setz dich und trink erst mal einen Kaffee, und dann mach i was zum Essen.«

»Danke, Rosa! Ich komme gern auf dein Angebot mit dem Kaffee zurück, aber zuvor gehe ich mich noch rasch duschen und umziehen. Zum Essen habe ich keine Zeit. Ich muss nachher gleich weg, hab um neun einen Termin in Mondsee mit dem Lorenz.«

Bianca wollte die Treppe hochsprinten, aber Rosa hielt sie zurück.

»Halt, Bianca! Der Doktor Lacher hat bei uns am Festnetz ang'rufen, nachdem er dich am Handy nicht erreicht hat. I soll dir von ihm ausrichten, dass er sich um eine Viertelstund verspätet. Um zwölf kommt dann das ganze Team beim Stadlerwirt in Unterach z'samm'.«

»Und wieso trifft er sich dann nicht gleich beim Gasthof mit mir?«, fragte Bianca kopfschüttelnd.

»Weil der im März erst mittags aufsperrt«, klärte Rosa sie auf. »Aber i hab deinem Doktor g'sagt, dass er zu uns kommen soll. Der Herbert hat sich eh aufs Revier verzogen, und i fahr nachher mit der Aicher Anni auf den Wochenmarkt nach Vöcklabruck. Dann könnt's hier alles ungestört besprechen. I richt euch noch a gutes Frühstück.«

»Danke, Rosa, du bist wirklich eine perfekte Assistentin! Dann geh ich jetzt hinauf und kann auch noch in Ruhe meinen Koffer auspacken.«

»Bleibst also doch?«, strahlte sie übers ganze Gesicht. Sie war sichtlich erleichtert.

»Ja, warum denn nicht?«, fragte Bianca verwundert nach.

»Na ja – da hat auch noch eine Frau Doris ang'rufen, und die hat g'fragt, ob d' schon deine Koffer packt hast und abg'haut bist.«

Bianca sah das betretene Gesicht von Rosa und musste lachen.

»Nein, Rosa, keine Sorge – ich hab mich entschieden, ich bleibe erst mal! Jetzt wird's hier ja grad spannend. Außerdem sind wir zwei ein super Team. Und dein Bruder wird sich bestimmt auch noch an mich gewöhnen.« Wobei Bianca sich da nicht so sicher war, aber das behielt sie lieber für sich.

»Komm, lass dich drücken. I g'frei mi ja so, dass d' bei uns bleibst! Endlich wieder wer, der a Leben ins Haus bringt und mit dem i mich unterhalten kann.«

Damit schloss sie Bianca in die Arme, dass dieser fast die Luft wegblieb. Bevor die Rührung sie übermannte, flüchtete Bianca sich rasch in ihr Zimmer.

Eine halbe Stunde später erschien sie frisch geduscht in der Küche, wo Rosa sich gerade die Kochschürze abband. Neugierig ging sie zum Fenster und warf einen Blick nach draußen.

»Sag, Bianca, is dein Doktor so a Verschnitt zwischen George Clooney und Pierce Brosnan?«

»Ich habe ihn schon lange nicht mehr gesehen, aber die Beschreibung könnte passen«, kicherte Bianca.

»Jessas Maria und Josef!«, entfuhr es Rosa. »Dann müss'n wir uns beeilen. Unser Dorfratsch'n will ihn grad in Beschlag nehmen.«

Bianca war als Erste an der Tür. Endlich hatte das Warten ein Ende! Unfall oder Mord? Zu welchem Schluss war die Gerichtsmedizin wohl gekommen?

5. Kapitel

Mittwoch, 12. März – mittags

»Ein Mord? Am Fellhofer-Bauern?« Weyrich schüttelte energisch den Kopf.

Sie hatten den Stadlerwirt in Stockwinkel erreicht, und Weyrich parkte sein Dienstauto neben dem Kleinbus einer Sanitärfirma. Von den anderen Teammitgliedern schien noch niemand vor Ort. Lorenz hatte sich bei Bianca entschuldigt. Er musste noch ein wichtiges Telefonat führen und wollte anschließend nachkommen.

»Ausgeschlossen!«, meinte Weyrich, stopfte sich hastig den letzten Bissen seiner Leberkässemmel in den Mund und hievte sich schwerfällig aus dem Fahrzeug.

»Warum sollten sie sonst das ganze Einsatzteam zusammentrommeln, oder glaubst du, die veranstalten einen Betriebsausflug hierher?«, erwiderte Bianca und folgte ihrem Kollegen. Ihr Gespräch mit dem Pathologen behielt sie vorerst für sich.

»Du hast doch selber gesagt«, nahm sie die Unterhaltung wieder auf, »dass er mit allen ständig in Streit war, und die Altbäuerin hat mir mehr als genug Verdächtige aufgezählt.«

»Und unsere Miss Superg'scheit glaubt natürlich dem Gewäsch einer verbitterten Alten«, fuhr Weyrich ihr mit einer wegwerfenden Handbewegung ins Wort.

Dann kehrte er ihr den Rücken und durchquerte den Gastgarten in Richtung See. Sie holte ihn ein, grinste ihm ins Gesicht und meinte herausfordernd: »Du darfst mich auch schlicht und einfach Bianca nennen, Herr Kollege. Im Übrigen tut es mir leid, deine Dorfidylle zu zerstören, aber du wirst dich wohl oder übel damit abfinden müssen, dass irgendwo da draußen«, und dabei deutete sie mit einer ausladenden Geste auf Unterach, »ein Mörder frei herumläuft.«

Weyrich blieb abrupt stehen und drehte sich aufgebracht zu ihr um.

»Das mag vielleicht im Sumpf der Großstadt so sein, aus dem du kommst, aber bei uns passiert so etwas nicht! Es wird doch nicht jeder gleich ermordet, nur, weil man eine Meinungsverschiedenheit miteinander hat.«

Bianca zuckte ungerührt die Schultern. »Wie heißt es so schön? Ausnahmen bestätigen die Regel! Ein Pech für den Fellhofer, dass er sich offensichtlich mit dem Falschen angelegt hat.«

»Den hat eine Biene getötet!«, beharrte Weyrich.

»Und wo ist dann der Stachel?«, konterte Bianca, die sich lange mit Dr. Lacher darüber unterhalten hatte. »Das hätte dir als Hobbyimker doch gleich auffallen müssen.«

»Den hat er sich halt in seinem Todeskampf selber rausgerissen«, ereiferte ihr Kollege sich. »Die Leute von der Spurensicherung haben den sicher gefunden.«

»Vergiss die Spurensicherung«, meinte Bianca mit einer wegwerfenden Geste. »Begreifst du denn nicht, auf was ich hinauswill? Ein so ein Bienenstachel hat feine Widerhaken, oder?«

Widerwillig nickte ihr Kollege zustimmend.

»Was wiederum heißt«, fuhr Bianca fort, »dass die beim Herausziehen im Gewebe stecken bleiben würden. Also müsste man zumindest Spuren davon nachweisen können, stimmt's?«

»Ja! Und weiter?«, fragte er entnervt.

Jetzt war der Zeitpunkt, um die Katze aus dem Sack zu lassen. Genüsslich gab sie preis, was sie von Lorenz heute Morgen erfahren hatte.

»Der Doktor Lacher hat bei unserem Toten aber nichts dergleichen gefunden.«

»Der Doktor Lacher hat nichts gefunden!«, äffte Weyrich Bianca nach. »Ist das der neue Kollege von unserem altehrwürdigen Doktor Moser?« Er wartete Biancas Antwort erst gar nicht ab. »Wieder so ein siebeng'scheiter Jungspund, der glaubt, dass er sich profilieren muss!«, murrte er vor sich hin.

»Oh, höre ich da versteckten Neid heraus, weil Doktor Lacher ein paar Jährchen weniger am Buckel hat, oder ist der Herr Kollege bloß sauer, dass ich Doktor Lacher gebeten habe, sich unseren Toten noch einmal vorzunehmen? Aber der siebeng'scheite Jungspund, wie du ihn nennst, macht seine Arbeit wenigstens ordentlich!«

»Ist das jetzt so üblich, dass du zuerst informiert wirst? Mal schauen, was unser Chef, der Doktor Klinger, dazu sagt«, schnauzte er verstimmt.

Bei der Erwähnung dieses Namens zuckte Bianca innerlich zusammen. Sie durfte sich von Weyrich nicht so reizen lassen, sie musste ihr loses Mundwerk zügeln. Ihren neuen Chef wollte sie unter keinen Umständen gegen sich aufbringen. Sie wähnte sich bestens vorbereitet – zumindest bis gerade eben. Sie wollte ihn durch ihren Einsatz und ihre Leistung beeindrucken. Schließlich brauchte sie einen starken Verbündeten, der ihr half, von diesem Dorf wieder wegzukommen, sobald dieser Fall gelöst war.

»Hat er irgendwelche fremde DNA-Spuren am Opfer gefunden?«, hakte Weyrich neugierig nach und riss sie aus ihren Gedanken.

Bianca schüttelte frustriert den Kopf.

»Und, hat er dir wenigstens gleich gesagt, wie der Mörder das dann angestellt haben soll?«, bohrte er weiter. »Vielleicht hat er sich ja einfach von hinten an sein Opfer angeschlichen und den Fellhofer so überrascht, dass er sich überhaupt nicht zur Wehr gesetzt hat. Oder er hat ein Betäubungsgewehr benutzt«, grinste Weyrich süffisant.

Bianca widerstand nur schwer der Versuchung, den Kollegen ins Wasser zu schubsen.

»Das ist ja dann wohl unsere Aufgabe, den Tathergang zu rekonstruieren, und nicht die eines Pathologen«, erwiderte sie stattdessen beherrscht. Weyrich hatte sich wieder von ihr abgewandt und blickte auf den See hinaus.

»Seit ich hier im Ort Inspektor bin, ist noch nie ein Mord passiert. Und dann kommst du daher, steckst deine Nase in Angelegenheiten, die dich nichts angehen, und schon ist das Chaos perfekt!« Er drehte sich wieder zu ihr um und bedachte sie mit einem zornigen Blick.

»Du hast doch selbst gesagt …«, versuchte sie, sich zu verteidigen, aber er fiel ihr ins Wort.

»Ich habe gesagt, dass der Fall abgeschlossen ist. Und was passiert jetzt? Gleich rückt ein ganzer Trupp Kriminalisten hier an. Bald weiß es der ganze Ort, spätestens morgen der ganze Bezirk. Und dann haben wir die Pressemeute am Hals, und die sind gefräßiger als ein Rudel hungriger Hyänen. Wenn du die nicht ständig mit Informationen fütterst, dann beginnen sie zu wühlen, graben alte Geschichten aus und wecken schlafende Hunde«, dabei fuchtelte er mit seinen Händen theatralisch vor Biancas Nase herum und rückte ihr immer näher.

»Gut hast du das hinbekommen, Frau Kollegin!«, lachte er freudlos.

Sie hatte die Hände in die Hüften gestemmt und reckte ihr Kinn trotzig nach vorne.

»Wenn man dich so reden hört, könnte man glatt meinen, du hättest etwas zu verbergen«, feuerte Bianca zurück. Sie beobachtete ihren Kollegen mit Argusaugen und stellte befriedigt fest, dass der Schlag gesessen hatte. Sein Siegeslächeln erstarb. Er blickte zu Boden und schien zu zögern. Hatte er tatsächlich ein dunkles Geheimnis? Bianca änderte ihre Taktik, gewährte ihm Zeit, in der stillen Hoffnung, er würde sein Herz ausschütten. Aber er schwieg beharrlich.

»Willst du etwas loswerden?«, bohrte sie dann doch nach.

Doch Weyrich antwortete nicht.

Vom See wehte eine steife Brise zu ihnen herüber. Bianca zog fröstelnd die Schultern hoch und blickte sich um. In den Sommermonaten stürmten Scharen von Ausflüglern über den Schiffsanlegesteg zum Gasthof, um die besten Plätze zu ergattern, aber jetzt im März war alles wie ausgestorben.

»Lass uns reingehen und drinnen warten, bevor wir uns hier draußen in der Kälte noch den Tod holen«, schlug sie schließlich vor.

Nur zwei weitere Gäste saßen im Schankraum, als die beiden diesen kurz vor zwölf Uhr mittags betraten. In der Stube war es angenehm warm. Die lärchenholzgetäfelten Wände waren mit Jagdtrophäen und Bildern reich geschmückt und strahlten eine behagliche Gemütlichkeit aus. Der Steinfußboden glänzte blitzblank poliert. Alles war bereit für den neuerlichen Touristenansturm. Sobald im April wieder die ersten Schiffe am Attersee ausliefen und der Frühling auch im Salzkammergut seinen Einzug hielt, war es vorüber mit der Beschaulichkeit, die hier im Augenblick herrschte.

»Grüß Gott miteinander«, empfahl sich Weyrich, der seine Sprache wiedergefunden hatte, und lüftete kurz seine Dienstmütze. Träge blickte die junge Servicekraft auf, die an einem der Tische Platz genommen hatte. Sie murmelte der Höflichkeit halber ebenfalls einen Gruß, um sich dann aber gleich wieder auf ihr Kreuzworträtsel zu konzentrieren.

»Ja, wer gibt uns denn da wieder mal die Ehre? Der Herr Inspektor Weyrich! Hast dich schon lange nicht mehr bei uns blicken lassen«, empfing ihn eine üppige Blondine, die eben mit einem voll beladenen Tablett aus der Küche kam. Die roten Lippen schlugen sich mit dem pinkfarbenen Dirndl. Das fand jedenfalls Bianca. Ihr Kollege schien da anderer Meinung, zumindest dem schmachtenden Blick nach zu urteilen, mit dem er der Wirtin hinterhersah. Aber vielleicht tat ihm Bianca ja unrecht. Gut möglich, dass er auf die beiden Teller mit Schweinsbraten und Semmelknödel starrte und nicht auf ihren wogenden Busen.

»Gut schaust aus, Traudi!«, grinste er schüchtern und bestätigte damit Biancas Vermutung. Männer sind ja so berechenbar, dachte Bianca und musste innerlich schmunzeln. »Magst eh a Bier«, fragte die Wirtin, die gerade hinter den Tresen zurückgekehrt war und sich schon ein Glas geschnappt hatte. Weyrich schüttelte verlegen den Kopf.

»Mögen schon, aber ich bin im Dienst. Gib mir bitte eine halbe Johann mit Leitungswasser.«

»Für mich dasselbe«, meldete Bianca sich zu Wort. Sie hatte den beiden den Rücken zugekehrt und betrachtete die Fotografien an den Wänden. Da lachten ihr neben der Burgschauspielerin Johanna Matz auch Heinz Conrads, ein Rundfunk- und Fernsehmoderator, entgegen, die ihre Sommer hier in Unterach verbrachten. Die Aufnahme einer jungen Frau sprang ihr ins Auge. Bianca erkannte sie sofort wieder. Es war keine andere als die Liesl, Weyrichs Tochter, im Gastgarten vom Stadlerwirt. Der Mann, der die Hand auf ihre Schulter gelegt hatte und schelmisch in die Kamera grinste, musste Hans Fellhofer sein.

»Wann kommen denn die Herren Kollegen endlich?«, erkundigte Weyrich sich gereizt und riss Bianca aus ihren Betrachtungen. »Schließlich habe ich Wichtigeres zu tun, als da herumstehen und warten.«

»Genieße den Blick auf die wunderschöne Unteracher Bergwelt«, meinte Bianca und bedachte ihn mit einem ironischen Grinsen. »In der nächsten Zeit wird uns bestimmt nicht langweilig.«

»Da muss ich der Kollegin zustimmen!«, war plötzlich eine Stimme zu vernehmen, die Bianca zusammenzucken ließ. Ihre Ohren hatten ihr doch sicher einen Streich gespielt, oder? Sie fuhr herum. Sie hatte sich nicht geirrt.

»Oberinspektor Haller?«, fragte Bianca ungläubig.

»Ganz recht, Baldinger! So schnell sieht man sich wieder.«

»Aber was machen Sie denn hier?«, entfuhr es Bianca. Sie versuchte erst gar nicht, ihre Enttäuschung zu verbergen.

»Mein Kollege, der Doktor Klinger aus Vöcklabruck, hatte einen schweren Skiunfall, und nun muss ich ihn vertreten. Ich sage ja immer – Sport ist Mord!« Dabei gackerte er über seinen eigenen Witz. Trotz ihres Frusts fiel Bianca auf, dass keiner der drei Beamten, die mit Haller gekommen waren, lachte. Der Oberinspektor zog seinen Mantel aus.

»Aufhängen, aber ordentlich!«, befahl er einem Kollegen aus dem Spurensicherungsteam. Währenddessen zupfte er sich ein paar Flusen von seinem dunkelgrauen Anzug und prüfte den Sitz seiner Krawatte.

»Und wo sind wir?«, fuhr er Weyrich unvermittelt an, sodass dieser zusammenzuckte.

»Seminarraum Klimt«, kam die Wirtin ihm zu Hilfe. »Geht's einfach dem Herbert nach, der kennt den Weg dorthin.«

Weyrich nickte der Traudi dankbar zu. Mittlerweile war auch Dr. Lacher zu der Gruppe gestoßen.

»Wir sind vollzählig, also Abmarsch!«, kommandierte Haller.

»Ach – und Frau Wirtin: Bringen Sie uns bitte sieben Bier, aber rasch!«

Bianca war schon unterwegs zum Seminarraum. Haller holte sie ein, fasste sie am Arm und hinderte sie am Weitergehen. »Oder hättest du lieber ein Glas Champagner?«, raunte er ihr ins Ohr und grinste sie verschwörerisch von der Seite her an. Der Albtraum von heute Nacht kam ihr in den Sinn. Bianca wäre Haller am liebsten ins Gesicht gesprungen, aber dann hatte sie eine bessere Idee.

»Danke«, antwortete sie und schenkte ihm ein charmantes Lächeln. »Ein kühles Bier ist genau das Richtige!«

Oberinspektor Haller machte sich nicht die Mühe, allen einen Platz anzubieten, und so wählten Bianca und Weyrich zwei Sessel nahe der Tür.

»Die Lage ist folgende, meine Herren«, begann Haller ohne Umschweife.

Bianca räusperte sich hörbar.

»Und Dame natürlich. Heute muss man die Frauen ja extra erwähnen, sonst fühlen sie sich gleich diskriminiert und hetzen dir die Gewerkschaft auf den Hals.«

Wieder lachte er laut auf, doch niemand wollte seine Heiterkeit mit ihm teilen. Weyrich, der ihm direkt gegenübersaß, verzog seinen Mund zu einem hilflosen Grinsen.

»Ja. Also der Fall …«, fuhr Haller fort. Bianca räusperte sich erneut.

»Baldinger, was soll die Störung?«, fragte der Oberinspektor gereizt.

»Entschuldigen Sie, aber sollten wir mit den Details nicht noch warten, bis die Kellnerin die Getränke gebracht hat? Ich mein ja nur, weil die Tür noch offen steht, und man Sie sicher bis in die Gaststube hinaus hört. Vielleicht nutzen wir die Zeit für eine kurze Vorstellungsrunde«, meinte Bianca und schenkte dem Oberinspektor ihr bezauberndstes Lächeln. Dann nahm sie ihre Dienstmütze ab, öffnete ihren Zopf und warf die Haare in einem eleganten Schwung zurück. Ihre bernsteinfarbenen Augen funkelten ihn herausfordernd an. Der Oberinspektor schluckte schwer. Gebannt starrte er auf Bianca.

»Ausgezeichnete Idee, Baldinger«, lobte Haller sie, als er schließlich seine Stimme wiederfand.

Bianca himmelte ihn weiter an. Aus dem Gang hörte sie die Servicekraft näher kommen. Bianca konzentrierte sich.

»Also, dann beginne ich doch gleich mit der Kollegin. So nach dem Motto Ladys first«, scherzte Haller und warf Bianca einen schmachtenden Blick zu.

Die Kellnerin hatte den Seminarraum betreten, sie zögerte kurz, und Bianca wähnte ihren Plan schon als verloren. Aber dann entschloss das Mädchen sich doch, sich durch den schmalen Gang direkt an ihr vorbei zu zwängen. Ganz kurz schnellte Biancas Bein nach außen, genau in dem Moment, als die Kellnerin mit einem riesigen Tablett an ihr vorbeiging. Sieben voll gefüllte Gläser flogen in hohem Bogen durch die Luft und landeten direkt auf Oberinspektor Hallers Anzug.

Bianca riss in gespieltem Entsetzen die Hände vor den Mund. Die junge Servierkraft war den Tränen nahe. Stammelte immer wieder Entschuldigungen und kehrte hurtig die Scherben zusammen. Dann verließ sie mit dem biergetränkten Haller gemeinsam den Seminarraum. Bianca konnte nicht mehr an sich halten und prustete lauthals los. Die anderen stimmten ein. Als der Oberinspektor zwanzig Minuten später wieder einigermaßen trocken zurückkehrte, hatten sie sich so weit beruhigt.

»Bauerntrampel«, schimpfte Haller. »Schade um den teuren Anzug. Das hat man davon, sich schön anzuziehen, wenn man in die Provinz fährt. Wo waren wir stehen geblieben?«, kam er sofort wieder zur Sache.

»Sie sagten gerade – ja, also«, meinte Bianca und schenkte ihm ein unschuldiges Lächeln.

»Ganz recht! Also, der Fall ist ja praktisch schon gelöst. Ein Racheakt!«

Bianca musste sich beherrschen, nicht gleich wieder laut loszulachen. Auch die anderen hielten ihre Köpfe gesenkt.

»Findet's den, der das Tor beschmiert hat, dann habt's den Mörder. Gruber?«, damit wandte er sich an einen untersetzten Blondschopf mit hochrotem Kopf aus dem Spurensicherungsteam.

»Haben wir Fingerabdrücke? Hinweise zur Farbe? Sonstige Anhaltspunkte?«

»Ein fremder Fingerabdruck am Tor, allerdings nicht in unmittelbarer Nähe der Parole. Die Farbe, die verwendet wurde, trägt die Bezeichnung Feuerrot, RAL Nummer 3000. Ansonsten haben wir keine brauchbaren Spuren sichern können«, meinte Gruber und zuckte entschuldigend mit den Schultern.

»Über den pathologischen Befund hat euch der Doktor Lacher schon aufgeklärt, oder?«

Bianca und Weyrich nickten.

»Gut, dann würde ich sagen, ihr zwei«, er deutete mit gespreiztem Zeige- und Mittelfinger auf die beiden, »habt's alles, was an Unterlagen braucht's und könnt's unverzüglich mit den Ermittlungen loslegen. Spätestens gegen Ende der Woche haben wir den Mörder hinter Schloss und Riegel gebracht, oder? Noch Fragen, Baldinger?«

Bianca schüttelte den Kopf.

»Sonst wendest dich halt an deinen Kollegen. Der Weyrich ist ja ein alter Hase. Gell, Herbert?!« Haller grinste Bianca süffisant an und verließ eilends den Seminarraum.

»Sag einmal, was war denn das?«, erkundigte ihr Kollege sich, als auch die anderen Teammitglieder sich verabschiedet hatten und die beiden ihre Unterlagen zusammensammelten.

»Was meinst denn?«, fragte Bianca unschuldig. Sie band sich ihre Haare wieder zusammen und setzte sich die Dienstmütze auf.

»Na, die Bierattacke! Ich hab's genau gesehen. Du hast der Kellnerin doch ein Haxl gestellt. Aber«, Weyrich lachte schallend und rempelte Bianca verschwörerisch an, »der überhebliche Affe hat das eh verdient! Gut gemacht, Frau Kollegin, dafür spendiere ich dir jetzt glatt ein Bier, wenn'st magst.«

Lachend gingen sie in die Gaststube. Während Weyrich die Unterlagen zum Auto brachte, entschuldigte Bianca sich bei der jungen Servicekraft und steckte ihr einen Fünfzig-Euro-Schein für die Reinigung des Anzugs zu. Zum Glück hatte ihre Chefin davon ohnehin nichts mitbekommen. Die war gerade mit einer Journalistin unterwegs, die einen Artikel über den neuen Wellnessbereich des Hauses schreiben wollte. Bianca nutzte die Gesprächigkeit des Mädchens. Sie deutete auf das Bild an der Wand, das ihr zuvor ins Auge gesprungen war.

»Sag, kennst du die junge Frau und den Mann auf dem Foto? Waren die einmal ein Paar?«

»Du bist heute schon die Zweite, die etwas über die beiden wissen möchte«, schüttelte sie verwundert den Kopf. »Ich kannte die beiden nicht. Aber ich weiß jetzt, dass die junge Frau die Tochter von unserem Inspektor war und der Mann dahinter der Fellhofer Hans. Der soll angeblich ermordet worden sein, hat die Traudi gehört.«

»Und wer hat sich noch nach der Fotografie erkundigt außer mir?«, forschte Bianca weiter.

»Na, diese Journalistin, von der ich dir grad erzählt hab.«

»Und die hat deiner Chefin auch gesagt, dass der Fellhofer umgebracht worden sei?«

Das Mädchen nickte.

»Und weißt du zufällig auch, wie diese Dame heißt?«

»Ich glaub, Meise oder so ähnlich. Irgendwie klingt der Name jedenfalls nach einem Vogel, aber leider hab ich kein gutes Namensgedächtnis.«

»Macht nichts«, beruhigte Bianca sie. »Du hast uns schon sehr viel weitergeholfen.«

»Und, ist das Bier eh noch nicht warm?«, fragte Weyrich, der soeben wieder in die Gaststube kam. »Ich bin draußen noch von dem Gruber aufgehalten worden.«

»Das Bier muss warten«, meinte Bianca energisch. »Hyänen sind im gelobten Land!«

Die Kellnerin zuckte verständnislos mit den Schultern.

»Danke, aber unsere Hunde sind hungrig und wollen schleunigst ihr Futter«, übersetzte Weyrich, der die Botschaft verstanden hatte. Fluchtartig verließen sie den Gasthof. Aber die Hyäne hatte die Witterung bereits aufgenommen.

6. Kapitel
Donnerstag, 13. März – vormittags

»Ein schönes Foto ist das von dir in der heutigen Ausgabe des Vöcklabrucker Bezirksblattls«, schoss Bianca zornig zur Postentür herein.

»Und erst die Schlagzeile«, dabei war sie an Weyrichs Schreibtisch getreten und wedelte ihm mit der Zeitung anklagend vor seinem Gesicht herum.

»Giftmord in Unterach am Attersee – Inspektor unter Verdacht?«

»Abgründe tun sich da auf!«, schüttelte Bianca fassungslos den Kopf.

»Du bist also mit meiner Zeitung abg'haut! Und ich hab die Rosa fälschlicherweise bezichtigt. Gib sie sofort her!« Weyrich wollte ihr das Lokalblatt aus der Hand reißen, aber Bianca wich geschickt aus. Sie nahm am Schreibtisch ihm gegenüber Platz und las laut vor:

»Ein Mord erschüttert die Bevölkerung von Unterach am Attersee. Wie erst gestern bei einer Obduktion klar wurde, ist bereits am Montagmorgen der 47-jährige Landwirt Hans F. in seinem Stall ermordet aufgefunden worden. Vom Täter fehlt bislang jede Spur.«

»Das kannst dir sparen, das wissen wir doch eh schon alles«, maulte Weyrich und verdrehte entnervt die Augen.

»Na gut, dann horch, was sie da weiter unten schreiben«, lenkte Bianca ein. »Bei der Obduktion ist eine ungewöhnlich hohe Konzentration an Bienengift im Blut des Ermordeten gefunden worden.«

»Auch nichts Neues. I will wissen, warum i verdächtigt werd!«, schnaufte Weyrich.

»Jetzt kommt's! Pass auf! Da steht, dass die Ermittlungen sich vorab auf die Mitglieder des Imkerortsverbandes konzentrieren. Ich zitiere: … zu denen auch der langjährige Inspektor Herbert W. zählt.«

»Also, das ist doch«, Weyrich lief hochrot an und rang nach Worten. »Eine Frechheit ist das!«, protestierte er.

»Sei still und lass mich zu Ende lesen!«, forderte Bianca. »Herbert W.s Tochter verstarb vor zehn Jahren bei einem Verkehrsunfall, den der ermordete Landwirt verursacht hatte. Wird der Inspektor die Ermittlungen leiten, oder zählt er selbst zum Kreis der Verdächtigen?«

Wütend knallte Bianca die Ausgabe des Vöcklabrucker Bezirksblattes auf ihren Schreibtisch.

»Und was sagst du zu diesen Anschuldigungen?«

»Ein so ein Schmarrn! Das muss ich mir doch nicht länger anhören«, explodierte Weyrich nun endgültig. Er schnappte sich seine Dienstmütze vom Schreibtisch und wollte das Büro verlassen, aber sie bremste ihn ein.

»Halt! Hiergeblieben, Herr Kollege«, befahl Bianca aufgebracht. Sie hieb mit der Hand so fest auf die Tischplatte, dass sie schmerzte. Ihre Reaktion zeigte Wirkung. Weyrich blieb stehen und trat unschlüssig von einem Bein aufs andere.

»Diesmal gibt's kein Abhauen, Herbert! Deine Lage ist mehr als ernst!« Bianca war aufgesprungen und versperrte ihrem Kollegen den Weg. Ihre Hände hatte sie entschlossen in die Hüften gestemmt, ihr Kinn trotzig nach vorne gereckt. Sie trat ganz nah an Weyrich heran, um ihrer Drohung Nachdruck zu verleihen.

»Auf der Stelle stehst mir Rede und Antwort, sonst rufe ich den Oberinspektor Haller an und veranlasse, dass er dich vom

Dienst suspendiert! Das ist keine leere Drohung!« Böse funkelte Bianca ihn an.

Weyrich schwieg verbissen, wagte aber nicht, sich vom Fleck zu rühren. Bianca fixierte ihn weiter, während sie langsam ihr Diensthandy aus ihrer Jackentasche angelte.

»Ich zähl jetzt bis drei«, insistierte sie. »Und wenn'st dann nicht endlich dein Mundwerk aufmachst, dann …«

»Is ja gut, lästiges Frauenzimmer. Steck das Handy wieder zurück«, lenkte ihr Kollege beschwichtigend ein. Hatte da ein klein wenig Panik in seiner Stimme mitgeschwungen? Mit jedem anderen hätte Bianca Mitleid empfunden. Aber mit diesem sturen alten Bock? Nein! Im Gegenteil! Sie genoss diesen kleinen errungenen Sieg über ihn. Rosa war ihr eine gute Lehrmeisterin.

»Der Bericht ist sicher von der Meisel, oder?«, fuhr Weyrich indes fort.

»Meisel hin oder her, das ist doch völlig egal, wer den geschrieben hat«, erwiderte Bianca händeringend. »Es geht um die Beschuldigungen, die sie öffentlich gegen dich erhoben hat.«

Ihr Kollege nahm seine Dienstmütze wieder ab und fuhr sich in einer hilflosen Geste über seine Glatze, ehe er antwortete.

»Jetzt is genau das passiert, was i dir gestern beim Stadlerwirt schon prophezeit habe. Erinnerst dich an unser Gespräch?«

Bianca nickte.

»I hab dir g'sagt, dass sie alte Geschicht'n ausgraben werden«, meinte Weyrich resigniert. Er kehrte Bianca den Rücken, ging zu seinem Schreibtisch, legte die Kappe ab und ließ sich in den Sessel sinken.

»Und woher …?«, erkundigte Bianca sich und nahm ihm gegenüber Platz.

»Woher sie das mit dem Unfall weiß?«, griff Weyrich ihre Frage auf.

Ihr Kollege vergrub sein Gesicht in den Händen, sodass Bianca ihn anfangs kaum verstehen konnte.

»Die Lilo Meisel war damals eine der Ersten am Unfallort. Sie hat den Notruf abgesetzt.«

»Langsam kapier ich's!«, unterbrach Bianca und tippte sich mit dem Zeigefinger an die Stirn. »Sie hat sich also auf diese alte Geschichte bezogen?«

»Genau«, bestätigte Weyrich. »Der Karli und ich hatten in dieser Nacht Streifendienst. Also sind wir hingefahren. Und da is sie g'legen! Blutüberströmt! Meine Liesl!«, seine Stimme brach.

Bianca griff in ihre Jackentasche, zückte ein Taschentuch und schob es ihrem Kollegen über den Tisch zu.

»Danke«, schniefte er verlegen.

»Gern geschehen«, murmelte Bianca unbeholfen und flüchtete sich in die Teeküche nebenan. Sie nahm ein Glas aus dem Schrank oberhalb der Spüle, drehte den Wasserhahn an und ließ das Wasser so lange laufen, bis es eiskalt war. Schließlich füllte sie das Glas und brachte es ihrem Kollegen. Weyrich leerte es fast in einem Zug, als könnte er damit all die schlimmen Erinnerungen wegspülen, ehe er weitersprach.

»Der Hans ist mit dem Auto ins Schleudern geraten und mit der Beifahrerseite gegen einen Baum geprallt, dabei ist ein Ast abgebrochen. Der hat sich durch die Windschutzscheibe gebohrt, und meine Tochter …«, wieder versagte ihm die Stimme.

Bianca nickte ergriffen und vollendete den Satz. »Sie hatte gar keine Chance zu überleben.«

Ihr Kollege schüttelte den Kopf. »Wie i am Unfallort angekomm'n bin, war sie schon tot. Der Hans ist mit ein paar Prellungen und Rippenbrüchen davongekommen. Er hat behauptet, ein entgegenkommendes Fahrzeug hätte ihn geblendet und deshalb musste er sein Auto verreißen.«

Wütend hieb er mit der Faust auf seinen Schreibtisch.

»Viel zu schnell war er unterwegs, und das mit zwei Komma drei Promille Alkohol im Blut. Der Sauhund, der verantwortungslose!«

Weyrich erhob sich schwer, ging zum Fenster, öffnete es und sog gierig die frische Luft ein.

»Und diese Journalistin?«, hakte Bianca nach.

»Für die war das natürlich ein gefundenes Fressen. Es war ja ihr erster Einsatz als Schreiberling. Damals hat s' noch für den Attergauer Boten, das Schundblattl, gearbeitet. Eigentlich hätt s' ja über das Seefestl in Seewalchen berichten sollen, auf dem auch der Hans und die Liesl waren. Am Heimweg ist s' dann zu dem Unfall dazukomm'n.«

»Versteh mich jetzt bitte nicht falsch«, wandte Bianca ein. »Aber Unfälle passieren das ganze Jahr über mehr als genug. So eine spektakuläre Story ist das dann für die Meisel wohl auch nicht gewesen.«

Weyrich rieb sich verlegen über seine Bartstoppeln. Er wirkte müde, als hätte er in dieser Nacht nicht viel Schlaf abbekommen.

»Das ist ja noch nicht die ganze Geschichte«, meinte er verlegen. »Natürlich bin i völlig ausg'rastet, damals. I hab den Mistkerl, den angesoffenen, gepackt und angeschrien, dass i ihn am liebsten umbringen würd. I geb ja zu, das war ein Fehler. Das hätt mir nicht passieren dürfen, aber i bin halt auch nur ein Mensch«, gestand Weyrich entschuldigend.

Natürlich hatte die Journalistin daraus einen reißerischen Artikel für ihre Zeitung kreiert. Der sich nun – zehn Jahre später – wieder ganz gut umfunktionieren ließ, indem man alte und neue Geschichten miteinander verwob. Aber vielleicht war ja hinter den Anschuldigungen durchaus die Wahrheit verborgen. Bianca musste dem nachgehen.

»I hab den Fellhofer nicht umgebracht, wenngleich es mir auch nicht leidtut, dass er jetzt tot is«, beteuerte Weyrich.

»Gut«, lenkte Bianca ein, »dann möchte ich jetzt von dir wissen, was du am Montag zwischen halb sieben und neun Uhr in der Früh gemacht hast.« Sie zückte ihr Notizbuch aus der Brusttasche ihrer Jacke und notierte sich Weyrichs Aussagen.

»Also«, rekapitulierte Bianca das eben Gehörte. »Du hast am Montag gegen halb sieben Uhr in der Früh das Haus verlassen, weil du wegen deiner Rückenschmerzen die Frau Doktor Reinisch aufsuchen wolltest. Die war aber gerade auf Visite, daher bist du in die Bäckerei Auinger gefahren und von dort gegen zirka Viertel vor neun Uhr aufs Revier. Ist das korrekt?«, versicherte Bianca sich.

Weyrich blickte zu Boden, tupfte sich einen Schweißtropfen von der Stirn und nickte. Da war es wieder! Das verdächtige Kribbeln in Biancas Magengrube. Irgendetwas verheimlichte er ihr doch? Oder?

»Und, was machen wir jetzt?«, erkundigte ihr Kollege sich verunsichert.

»Du setzt die Befragungen deiner Imkerkollegen fort. Und ich geh dein Alibi prüfen. Außer, du hast mir noch was zu sagen?«, forschte Bianca mit zusammengekniffenen Augen, aber Weyrich hatte sich schon in die Teeküche verzogen. Dem Zischgeräusch zufolge öffnete er sich gerade ein Bier.

Bianca schüttelte den Kopf und verließ das Revier.

»Und?«, fing die Aicher Anni sie ab, die gerade die Treppen vor dem Gemeindeamt wischte.

»Was und?«, stellte Bianca sich absichtlich begriffsstutzig, obwohl sie genau wusste, was die Putzfrau meinte.

»Na, den Zeitungsbericht, mein i. Also, das hätt i mir ja nie denkt, dass der Herbert …«, sie schüttelte ungläubig den Kopf, ohne den Satz zu vollenden. »Glaubst du …?«

»Den Glauben lassen wir dort, wo er hingehört, nämlich in der Kirche«, schnitt Bianca ihr das Wort ab. »Meine Aufgabe ist es, Aussagen zu überprüfen und Fakten zu sammeln, um letztlich den Täter zu überführen.« Mit diesen Worten ging sie an ihr vorbei, hielt jedoch inne.

»Aber, weil wir gerade dabei sind, Frau Aicher …«

»Anni«, korrigierte die Angesprochene sie.

»Schön! Anni, ich hätte da ohnehin ein paar Fragen an Sie. Aber vielleicht gehen wir rein, muss ja nicht jeder zuhören?«

Die Aicherin nickte. Sie folgte Bianca ins Gemeindehaus und delegierte sie in ein schmales, mit allerlei Putzutensilien vollgestopftes Kämmerchen, das offensichtlich einmal als Küche gedient hatte.

»Einen Kaffee?«, erkundigte Anni sich.

Bianca schüttelte den Kopf und zwängte sich zwischen Staubsauger und Stapeln an Wischkübeln auf einen Stuhl. Die Aicherin nahm ebenfalls Platz. Bianca musterte ihr Gegenüber. Die Putzfrau war etwas größer als sie, etwa um die ein Meter siebzig und von kräftiger Statur. Sie musste an die fünfzig Jahre zugehen, aber vielleicht verschätzte Bianca sich da auch. Die aschblonden Haare hatte sie zu einem Pferdeschwanz zusammengebunden. Die Gesichtsfarbe war fahl, nur die stechend grünen Augen zeugten davon, dass ihrem Blick so schnell nichts entging. Sah so eine Mörderin aus?

Unsinn, schimpfte Bianca sich selbst. An der Optik waren die nicht zu erkennen. Dem Trugschluss war schon ihr Vater unterlegen. Und der hatte teuer dafür bezahlt! Er hatte diesen unscheinbaren, farblosen Mann völlig unterschätzt. Ein Buchhalter, verheiratet, mit Frau und Kind. Unbescholten bis zu jener schrecklichen Tat. Ein derart grauenvolles Verbrechen hatte man diesem Langweiler einfach nicht zugetraut. Ein fataler Irrtum! Anni begann, nervös auf ihrem Stuhl hin- und herzurutschen.

»Du wolltest mich etwas fragen?«, brach sie schließlich das Schweigen.

»Ganz recht«, stimmte Bianca zu und verdrängte ihre düsteren Gedanken an damals. »Arbeiten Sie jeden Tag da im Gemeindeamt?«

»Du!«, meinte die Anni und fügte, nachdem sie Biancas fragenden Blick gesehen hatte, erklärend hinzu: »Am Land ist das so üblich, dass wir uns duzen. Verstehst?« Ohne eine Antwort abzuwarten, fuhr sie fort: »Und jetzt zu deiner Frage. Ja! I arbeit immer von Montag bis Freitag. Nur gestern hab i mir freig'nommen. Da sind die Rosa und i zum Wochenmarkt nach Vöcklabruck g'fahr'n, aber das weißt ja sicher eh.«

Bianca nickte. Zu mehr kam sie ohnehin nicht, denn die Worte sprudelten der Aicherin ohne Punkt und Beistrich über ihre Lippen.

»In der Früh beginn ich meist um sechs Uhr. Da wisch i gleich des Treppenhaus. Um die Zeit latscht mir wenigstens noch niemand rein. Die anderen kommen meistens erst eine Dreiviertelstund später ins Büro. Ab sieben ist dann Parteienverkehr.«

»Und am Montag warst du auch schon so bald im Dienst?«, erkundigte Bianca sich. Sie zückte ihr Notizbuch und machte Anstalten mitzuschreiben.

»Is das am End ein Verhör?«, riss die Aicherin die Augen auf. Vor lauter Entsetzen war ihre Stimme schrill geworden.

»Ich mach mir nur ein paar Notizen«, beschwichtigte Bianca. Dass sie auch ihr Alibi prüfte, behielt sie für sich. Schließlich durfte sie sich ihre Informantin nicht vergraulen. Die Auskunft leuchtete der Anni ein. Sie beruhigte sich wieder, schnappte nach Luft und plapperte weiter drauflos.

»Am Montag«, erklärte sie und fuhr sich verlegen durchs

Haar, »da hab i mich verschlafen und bin erst kurz vor halb sieben zur Arbeit. I schau halt so gern die Sendung Bauer sucht Frau am Sonntagabend. Beim letzten Mal waren gleich drei Folgen hintereinander. Bis Mitternacht hat's dauert. Ja, und dann hab i doch glatt mein Wecker überhört. Verrat mi bitte net beim Herr Bürgermeister«, bat sie verängstigt und fasste Bianca an der Hand.

»Keine Sorge«, lachte diese. »Das bleibt unser Geheimnis! Nun stimmte auch die Aicherin in das Lachen ein.

»Zum Glück ist meine Verspätung ja niemandem aufg'fall'n.« Sie tippte sich mit dem Finger an die Stirn und grinste schelmisch. »I bin ja a net blöd. I hab dann am Montag einfach unten beim Eingang zum Wischen ang'fangen. I mein, da wo i sonst aufhör! So is meine Verspätung niemandem aufg'fall'n.«

»Raffiniert!«, bemerkte Bianca. »Das war dann so gegen halb sieben, oder?«, hakte sie nach. »Warst du da allein, oder ist dir jemand unterkommen?«

Anni legte ihren Zeigefinger an die Lippen und überlegte kurz, ehe sie antwortete.

»Ja sicher. Jetzt, wosd' fragst, fällt's mir wieder ein. Den Herbert hab i g'seh'n. Gleich wia i mi an die Arbeit g'macht hab. Zur Frau Doktor Reinisch wollt er, wegen seinem Rücken. Das is a Kreuz mit dem Kreuz«, seufzte sie. »I hab ja auch immer wieder Probleme.«

Bianca nickte verständnisvoll. Rasch stellte sie ihre nächste Frage, um zu verhindern, dass die Aicherin in der Schilderung ihrer Erkrankung vom Thema abschweifen würde. Der Helmut Oberschmid war am Montag nicht ins Büro gekommen. Er hatte eine Sitzung in der Landesregierung in Linz, und so hatten die Anni und eine Kollegin vom Oberschmid den Vormittag genutzt, um sein Büro von den riesigen Aktenbergen, die sich im Laufe der Jahre angesammelt hatten, zu befreien. Damit es bei der nächsten feuerpolizeilichen Beschau, die bald nahte, nicht wieder eine Beanstandung gab.

»Der Oberschmid, das ist doch der …?«

»Der Schwager vom Fellhofer Hans. Genau! Die arme Gerti!«, seufzte die Aicherin. »In Helmut sei Frau is a scho tot. Die is …«

»Ja, ja«, unterbrach Bianca sie. »Das hat mir die Altbäuerin schon erzählt.«

Alibi Oberschmid prüfen! – vermerkte Bianca sich in ihrem Notizbuch.

»Um Gottes willen!«, fuhr die Anni erschrocken hoch, nachdem sie einen Blick auf ihre Uhr geworfen hatte. »Bald wird's zwölf. Da muss i schau'n, dass i in die Schule rüberkomm. Die Mitzi, die Putzfrau, is krank, und jetzt muss i aushelfen«, entschuldigte die Aicherin sich.

»Eine letzte Frage, Anni«, bat Bianca. Sie hatte sich ebenfalls erhoben.

»Weißt du zufällig, wann der Herbert am Montag aufs Revier gekommen ist?«

Die Aicherin schüttelte den Kopf.

»Am besten, du fragst die Lanz Hilda. Die hat nämlich am Montag auf ihn g'wartet. Wahrscheinlich wollt's wieder mal eine Anzeige wegen einer Besitzstörungsklage machen, weil eines der Schulkinder über eine von ihren Wiesen g'lauf'n is. Die hat mi nämlich g'fragt, wo er steckt, weil s' scho um kurz nach acht komm'n is. A Stund später is immer noch dag'sessen und hat g'wart. Aber die alte Giftspritz'n hat ja sonst eh nix zum Tuan!«

Innerlich rumorte es. Weyrich kam demnach erst nach neun Uhr ins Büro. Ihr hatte er jedoch versichert, er sei bereits gegen Viertel vor acht Uhr auf den Posten zurück. Hatte er Bianca belogen? Und hieß das etwa …?

»Halt«, stoppte sie die Aicherin, die gerade zur Tür hinauswollte. »Wo finde ich diese Frau Lanz?«

»Über die Straße rüber, das zweite Haus links. Das zitronengelbe, gleich neben dem Friseursalon Graf. Aber jetzt muss i wirklich los.«

Endlich zeigten die ersten zaghaften Sonnenstrahlen sich am Himmel, wenngleich ein eisiger Wind von Osten her wehte. Bianca zog fröstelnd die Schultern hoch. Sie eilte über den Platz vor der Gemeinde, vorbei am Elektrogeschäft Roither und kam nach weiteren drei Gehminuten in die Bäckerei, in der Weyrich angeblich den Montagmorgen verbracht hatte.

»Na, da schau i aber!«, empfing die Eder Sonja sie herzlich. »Die Joggerin is gar keine Touristin, sondern unsre neue Frau Inspektor! Und wie kann ich Sie heute retten?«, grinste die junge Frau hinter der Theke keck.

Bianca knurrte der Magen bei dem herrlichen Duft nach frischem Brot und süßem Gebäck. Da konnte sie nicht widerstehen. Sie entschied sich für zwei Schokocroissants.

»Nehmen Sie dem Herbert heut seine obligatorischen Semmeln mit? Ich hab mir ja scho Sorgen g'macht, weil er heut noch gar nicht da war«, erkundigte Sonja sich.

Bianca nickte, ließ sich die Semmeln einpacken und erfuhr, dass ihr Kollege die Bäckerei am Montag gegen acht Uhr morgens verlassen hatte. Die Verkäuferin konnte sich deshalb so genau an die Uhrzeit erinnern, weil um diese Zeit immer der Steinlechner Franz, der Briefträger, die Post vorbeibrachte und sich im Tausch dafür seine zwei Zimtschnecken mit einer Tasse schönem starken Espresso einverleibte.

»Trockene Semmeln?«, rümpfte Weyrich die Nase, als Bianca ihm das Sackerl auf seinen Schreibtisch legte.

»Die holst du dir doch jeden Tag, hat mir die Eder Sonja erzählt«, erwiderte Bianca und biss herzhaft in ihr zweites Schokocroissant. Das erste hatte sie schon auf dem Weg zum Revier verspeist.

»Das stimmt scho«, bestätigte ihr Kollege, »aber dann geh i damit zum Fleischhauer und lass sie mir dick mit Leberkäse belegen.« Beim Gedanken daran musste er schlucken.

»Haben die in der Fleischhauerei denn keine?«, erkundigte Bianca sich. Sie steckte sich den letzten Bissen genüsslich in den Mund, drehte ihrem Kollegen den Rücken zu und öffnete den Aktenschrank. Suchend ließ sie den Blick über die Aktenrücken gleiten.

»Die werden von einem anderen Bäcker beliefert, den ich nicht mag.«

»Den du nicht magst?« Biancas Stimme nahm einen sarkastischen Tonfall an. Sie hatte die Akte Lanz gefunden, öffnete sie und machte sich eine kurze Notiz in ihr Buch.

»Weißt du, was ich nicht mag?«, brauste sie auf, drehte sich zu Weyrich um und knallte dabei die Schranktür zu, dass ihr Kollege zusammenzuckte.

»Ich mag es nicht, belogen zu werden«, schoss es aus ihr heraus.

Weyrich hielt die Luft an. »Bianca, das is net so, wia du denkst«, presste er hervor.

»Sondern?«, konterte sie kühl.

»Herrgott noch einmal! I bin in einer verzwickten Lage. Würdest du einen Freund verraten?«

Bianca schwieg.

»Wia soll i dir das erklären?«

Weyrich rieb sich verzweifelt über seine Glatze. Bianca blieb ungerührt. Sie nahm ihr Diensthandy aus ihrer Jackentasche und wählte die Nummer von Oberinspektor Haller aus ihrem

Telefonbuch aus. Dann hielt sie ihr Gerät dem verzweifelten Kollegen vor die Nase.

»Vielleicht findest ja bei ihm die passenden Worte.«

Biancas Drohung zeigte Wirkung.

»I war bei der Vroni Helminger«, brach es aus ihm heraus. »Sie hat mi ang'rufen, weil's Streit g'habt hat mit dem Toni, ihrem Mann.«

»Und? Weiter?« Biancas Finger lag immer noch startbereit auf der Anruftaste.

»Der Toni is einfach abg'haut. Auch telefonisch war er nicht zu erreichen. Die Vroni vermutet, dass eine andere Frau dahintersteckt. Die Nina Gruber hat s' in Verdacht. Du weißt scho, dem Fellhofer seine Ex-Freundin. Da hat s' halt mi gebeten, der Sache nachzugeh'n und mit dem Toni zu reden.«

»Und wo war dein Freund?«, erkundigte Bianca sich kühl.

Weyrich zuckte hilflos die Schultern.

»Na, dann finde es heraus. Aber rasch! Vielleicht ist ja der Toni unser Mörder?« Bianca wählte eine andere Nummer aus. Sie drückte die Anruftaste.

»Nein!«, schrie ihr Kollege entsetzt auf und wollte ihr das Telefon aus der Hand reißen.

»Beruhig dich!«, grinste Bianca ihm frech ins Gesicht.

»Ich rufe doch nur rasch die Rechts- und Presseabteilung an, die sollen sich um diese Meisel kümmern. Hättest du gestern schon deinen Mund aufgemacht, dann wäre uns das alles erspart geblieben. Die füttern die hungrigen Journalisten mit den richtigen Informationen. Apropos füttern. Lass uns zur Rosa hinübergehen. Die hat für uns gekocht. Dabei kannst du mir ja erzählen, was deine Ermittlungen ergeben haben. Davor wird dir deine Schwester vermutlich noch einmal gehörig deinen Dickkopf waschen, aber etwas anderes hast du dir heute nicht verdient!«

7. Kapitel
Donnerstag, 13. März – nachmittags

Gedankenverloren tippte Bianca die letzten Kuchenkrümel mit ihrem Finger auf, leckte sie ab und schob ihren Teller beiseite. Die Besichtigung des Tatorts hatte sie kein Stück weitergebracht. Aber was hatte sie sich auch davon erhofft? Das Spurensicherungsteam hatte wie immer ganze Arbeit geleistet. Auch die Befragung der angrenzenden Nachbarn war mehr als dürftig ausgefallen. Die meisten waren zur fraglichen Zeit bereits auf dem Weg zur Arbeit gewesen. Nur eine alte Dame, die in einem Haus etwas unterhalb von Fellhofers Stall wohnte, hatte sie noch nicht sprechen können. Sie hielt ihren Mittagsschlaf. Ihre Nichte hatte Bianca aber wenig Hoffnung gemacht, dass sie ihr weiterhelfen konnte.

»Na, hast etwas Neues herausgefunden?«, erkundigte Rosa sich, die gerade mit einem Eimer Kartoffeln in die Küche kam.

Resigniert schüttelte Bianca den Kopf.

»Warst bei der alten Zenzi oben?«

»Ja, aber die hat geschlafen. Ihre Nichte hat gemeint, dass ich später wiederkommen sollte. Aber ich bezweifle, dass das etwas bringt. Die sieht ja kaum noch etwas. Sie hat den grauen Star. Und auch sonst ist die Alte scheinbar schon ein wenig wirr im Kopf. Ich weiß nicht, ob ich da überhaupt noch einmal vorbeifahre.«

»Wirr im Kopf! Die Zenzi!« Rosa lachte laut auf. »Das haben die Leut immer schon über sie g'sagt. Früher war s' Sennerin, oben auf der Eisenau Alm. Kräuteln hat s' g'sammelt und so manche Tinkturen, Salben und auch Liebeselixiere gebraut.«

Rosa hatte den Kübel auf dem Küchentisch abgestellt und gegenüber von Bianca Platz genommen. Nun rückte sie näher. Bianca tat es ihr gleich. Rosas Stimme war nur noch ein Flüstern. Verschwörerisch blickte sie sich nach beiden Seiten um. Bianca fand das übertrieben, wollte sie jedoch nicht unterbrechen.

»A Hex haben's die meisten g'schimpft, aber trotzdem sind's heimlich zu ihr g'laufen um eins von ihre Wundermittel. Aber die Zenzi hat noch eine andere Gabe g'habt.«

»Und welche?«

»Besuch s' halt!«, schmunzelte Rosa geheimnisvoll und lehnte sich wieder in ihrem Stuhl zurück. »Allein! Ohne den Herbert! Der hält sie nämlich auch für eine Spinnerin, aber du bist feinfühliger.«

»Rosa, jetzt gib mir wenigstens noch einen Tipp!«, protestierte Bianca, die vor Neugier fast platzte.

»Das findest scho raus! I sag nur – viele haben g'sunde Augen und sind trotzdem blind.«

Schelmisch grinsend stand Rosa auf, schnappte den Kartoffelkübel und trug ihn zur Anrichte. Mehr war ihr nicht zu entlocken. Bianca vermerkte sich noch eine kurze Erinnerung in ihr Notizbuch und warf dann einen Blick auf die Wanduhr, die neben der Speisekammer hing. Schon 13.30 Uhr. Ob ihr Kollege immer noch schlief? Kurz nach dem Mittagessen hatte er sich zurückgezogen, um sich ein wenig auszuruhen. Nur eine halbe Stunde, hatte er gemeint. Die war schon längst um. Langsam wurde es Zeit aufzubrechen.

»Na, dann werde ich den Faulpelz mal aus den Federn schmeißen«, maulte sie und wollte sich gerade vom Küchentisch erheben.

»Lass guat sein. I geh ihn gleich aufweck'n. Ich hab da scho meine eigene Technik entwickelt!«, erbot Rosa sich, der Biancas Blick auf die Uhr nicht entgangen war. »Der Zeitungsartikel hat ihn ganz schön mitg'nommen«, murmelte sie mehr zu sich selbst.

Bianca zuckte ungerührt die Schultern.

»Dann hätte er mir halt gleich die Geschichte mit der Liesl und dieser Reporterin erzählen sollen. Und erst recht, dass er am Montag in der Früh bei der Helminger war.«

»Ach, Bianca!«, seufzte Rosa. »Die Mannsbilder bringen doch alle miteinander den Mund nicht auf, und grad mei Bruder hats Reden scho gar net erfunden«, entschuldigte sie ihn. »I frag mi ja nur«, schüttelte Rosa verwundert den Kopf, »wia d' Vroni auf die Idee kommt, dass ihr Mann ein Verhältnis mit der Nina haben könnt. Es hat doch g'heißen, dass sie zu einer Freundin nach Kärnten abg'haut ist, nachdem s' der Hans rausgeschmissen hat.«

»Vielleicht ist sie ja wieder zurück«, erwiderte Bianca. »Aber jetzt müssen wir uns ohnehin erst einmal um das Alibi von diesem Toni Helminger und dem Schwager vom Fellhofer kümmern, diesen …«

»Den Oberschmid Helmut.«

»Genau! Und vielleicht können wir auch rausfinden, ob jemand einen Kübel mit roter Farbe gekauft hat.«

»Wegen der Farb fragst d' am besten im Lagerhaus Mondsee oder beim Baumarkt Steiner nach. Der is eh gleich gegenüber.«

»Das trifft sich gut! Der Oberschmid möchte sich nämlich um 16 Uhr mit uns im Café Roth treffen. Das soll scheinbar gleich gegenüber der Basilika sein.«

»Warum denn nicht bei uns im Ort?« Rosa zog die Brauen hoch.

»Er hat gemeint, dass es da die Spatzen gleich von den Dächern pfeifen würden, dass die Polizei bei ihm war«, grinste Bianca.

Rosa nickte. »So, jetzt geh i dem Herbert Dampf unter seinem Hintern machen, und du trinkst in der Zwischenzeit noch einen Kaffee, bevor ihr aufbrecht's.« Ohne Biancas Antwort abzuwarten, schenkte Rosa ihr ein. In diesem Moment steckte Weyrich seinen Kopf zur Küchentür herein.

»Ah, da sitzen's ja! Und zu tun haben's auch nichts außer Kaffeetrinken und dem neusten Klatsch und Tratsch frönen!«

Weyrich durchquerte die Küche und machte sich in der Speisekammer zu schaffen.

»Den Marmorgugelhupf suchst d' vergeblich!«, erlöste seine Schwester ihn. »Ein Honigbrot kann i dir noch schnell streichen, wenn's magst?«

Weyrich murrte etwas Unverständliches und nahm am Küchentisch Platz.

»Gut hat er übrigens geschmeckt!«, bedachte Bianca ihn mit einem herausfordernden Blick. »Außerdem war ich fleißig, während du auf deiner faulen Haut gelegen bist. Und von wegen Leute ausrichten: Wir haben uns gerade unterhalten, wo man hinfahren würde, um Farbe zu kaufen«, klärte Bianca ihn auf.

»Na, wohin wird man da fahren? Ins Lagerhaus oder …«

»Das hab i der Bianca schon g'sagt«, unterbrach Rosa ihn. Sie hatte eine Scheibe Schwarzbrot abgeschnitten, sie dick mit Butter und Honig bestrichen und sie ihrem Bruder zusammen mit einer Tasse Kaffee serviert.

»Na, dann brechen wir endlich auf! Baumärkte sind ja das Hoheitsgebiet der Männer«, zog Bianca ihren Kollegen auf und grinste ihm keck ins Gesicht. »Außerdem habe ich ein Treffen mit dem Oberschmid vereinbart.«

Weyrich, der gerade an seiner Tasse genippt hatte, schüttelte den Kopf. »Net heute! I hab ganz vergessen, i muss nachher gleich zur Frau Doktor Reinisch. Ich hab einen Termin zur Therapie wegen meiner Rückenschmerzen. Mir kommt vor, seit i zwei Weibsbilder am Knack hab, is noch schlimmer g'worden!«

»Ein so ein depperts Mannsbild! Mit uns hat das gar nichts zu tun«, zischte Rosa ihn an. »Probier's lieber einmal mit FDH!« Sie wedelte dabei mit einem Geschirrtuch vor Weyrichs Bauch herum. »Friss die Hälfte, sauf weniger Bier und mach mehr Bewegung! Und den Termin bei der Gitti verschiebst. Die hat auch eine Abendordination.«

»Sehr richtig!«, pflichtete Bianca ihr bei. »Schließlich haben wir einen Mordfall zu klären. Und zwar rasch, bevor der Mörder vielleicht ein weiteres Mal zuschlägt. Außerdem ist der Haller nicht gerade der Geduldigste. Der will Ergebnisse sehen.«

Weyrich würgte seinen letzten Bissen Honigbrot hinunter. Er wollte gerade etwas erwidern, als sein Handy läutete. Hastig riss er Rosa das Geschirrtuch aus der Hand, wischte sich seine Hände darin ab und griff nach dem Telefon.

»Mahlzeit, Weyrich!«, hörte Bianca eine Stimme. »Ausrücken! Verkehrsunfall in Steinbach, unmittelbar an der Kreuzung in Richtung Altmünster rüber! Nix Tragisches«, versicherte der Anrufer. Weyrich versuchte, etwas nachzufragen, kaute aber noch an seinem Brot und brachte nur ein Husten hervor. Reste von Honig, Brot und Butter verteilten sich über den Esstisch, während der Anrufer ihn unnötigerweise bedauerte. »Hast du eine schlimme Erkältung? Das tut mir aber leid!« Weyrich würgte und hustete noch immer, krächzte gerade noch ein »Nein, nein!« hervor und legte auf.

»Hast eh g'hört?«, wandte er sich an Bianca. »Immer, wenn i was vorhab«, lamentierte Weyrich.

»Na, das kommt dir doch gar nicht so unrecht, oder? Das heißt, du fahrst zu diesem Verkehrsunfall und ich höre mich in der Zwischenzeit in Mondsee um.«

»Einer von uns muss sich ja um die Routinearbeiten kümmern, oder etwa nicht?«, brummte Weyrich. »Deine Recherche wegen der Farb is ohnehin vergebene Liebesmüh. Das Geschmiere auf dem Fellhofer seinem Stalltor war doch nichts als eine leere Drohung!«

»Das sieht der Oberinspektor Haller aber anders«, warf Bianca ein. Sie hatte sich vom Tisch erhoben und trug ihre leere Kaffeetasse zur Spüle.

»Haller hin oder her. Das ist mir völlig wurst. Meine Meinung dazu kennst d'! Aber fahr ruhig allein und erledig brav, was dir dein sauberer Herrn Oberinspektor ang'schafft hat. Ich komm mit meiner Arbeit auch ohne dich klar.«

»Sag, dürft i mitfahren? I hätt da noch ein paar Einkäufe in Mondsee zu erledigen«, bat Rosa und zwinkerte Bianca verschwörerisch zu.

»Gern!«, freute Bianca sich. »Außerdem brauche ich ja ohnehin eine Assistentin, nachdem mich dein Bruder schon wieder im Stich lässt.« Dabei bedachte sie Weyrich mit einem finsteren Blick. »Vielleicht schaffst du es zumindest, uns einen Termin mit deinem Freund, dem Helminger Toni, zu vereinbaren.«

»I hab dir doch schon g'sagt, dass er erst heut in der Nacht von seiner Auslandsmontage z'rückkommt. Also wirst d' dich wohl oder übel noch gedulden müssen.«

Ohne ihn weiter zu beachten, machten Bianca und Rosa sich auf den Weg nach draußen.

»Nix können's erwarten! Ein Kreuz is das mit diese Weibsbilder!«, keifte er ihnen hinterher.

Bianca bog in die von Kastanien gesäumte Allee ein, die ins Zentrum von Mondsee führte, und setzte Rosa vor der imposanten Basilika ab.

»Ich höre mich ein wenig im Ort um«, meinte sie und bedachte Bianca dabei mit einem kryptischen Lächeln. Bianca wollte nachhaken, doch das ungeduldige Hupen eines Reisebusses hinter ihr zwang sie zur Weiterfahrt. Rosa war unterdessen in dem einsetzenden Strom der Touristen untergetaucht, die zur Basilika pilgerten.

Die Nachforschung im Lagerhaus verlief erfolglos. Der Verkäufer, ein Mittfünfziger in grauem Arbeitskittel, musterte Bianca mit abschätzigem Blick.

»Bei diesem Wetter streicht doch niemand draußen herum, da trocknet doch nichts.« Außerdem sei die gesuchte Farbe derzeit nicht auf Lager.

Der Baumarkt war größer und besser sortiert als der Mitbewerb. Bianca sah sich in der Farbabteilung um und wurde tatsächlich fündig. »Renovo Feuerrot, RAL Farbe 3000. Bingo!«, murmelte sie zu sich selbst. Sie schrak auf, als sie von hinten angesprochen wurde.

»Entschuldigen S'! Ich wollt Sie net erschreck'n«, stammelte ein junger Mann, dessen Schild ihn als Lehrling auswies. »Ich wollte nur fragen, ob ich behilflich sein kann?«

Schnell hatte Bianca sich wieder gefasst und erkundigte sich, welcher Verkäufer letzte Woche in der Farbenabteilung Dienst gehabt hatte.

Nachdenklich fuhr der Bursch sich über sein von Pickeln übersätes Kinn. Bianca zweifelte schon daran, je eine Antwort zu erhalten, aber dann fiel es ihm doch noch ein.

»Das muss unsere Frau Weberstorfer g'wesen sein! Aber die hat heute frei«, fügte er bedauernd hinzu.

Bianca erklärte ihm, welche Auskunft sie benötigte, und er verwies sie an den Informationsschalter gleich gegenüber dem Kassenbereich.

Nach zweimaligem Klingeln tauchte ein hochroter Kopf hinter dem Tresen empor, der sich als Computertechniker zu erkennen gab und Bianca den letzten Funken Hoffnung auf eine Auskunft raubte. Das Computerprogramm streikte, und es würde wohl noch einige Stunden dauern, bis die Anlage wieder lief und er ihr die gewünschte Information suchen könnte. Er rief eine Angestellte zu Hilfe, die sich Biancas Nummer notierte und versprach, sich zu melden, sobald die Störung behoben war. Auch bei den beiden Kassadamen hatte Bianca kein Glück. Die jüngere der beiden war letzte Woche im Krankenstand gewesen, und die andere, eine fröhliche, beleibte Frau um die vierzig, konnte sich leider nicht an einen derartigen Kauf erinnern.

Als Bianca frustriert den Baumarkt verließ, läutete ihr Handy. Rosa war am anderen Ende der Leitung.

»Es gibt jede Menge Neuigkeiten!«, legte sie aufgeregt los.

»Und die wären?«, wollte sie nachfragen, aber Rosa plapperte ohnehin munter weiter.

»I hab mi grad ein wenig mit dem Jürgen unterhalten. Das is der G'sell von der Tischlerei Reiter, in der auch der Toni Helminger arbeitet.«

»Und?«, fragte Bianca ungeduldig.

»I hab mi erkundigt, wie's ihm geht und ob's viel Arbeit haben?«

»Und weiter«, drängte Bianca, der im Augenblick nicht der Sinn nach den ausschmückenden Details dieser Unterhaltung stand.

»Jetzt halt dich fest!«, erwiderte Rosa und legte eine für Bianca schier endlos erscheinende Atempause ein. »Der Toni is am Montag nicht in der Arbeit erschienen! Er hat sich krank gemeldet. Angeblich eine Migräneattacke!«

»Das können wir ja ganz leicht überprüfen«, warf Bianca ein.

»Hab i doch schon!«, fiel Rosa ihr eifrig ins Wort. »I hab die Kathi ang'ruf'n. Die Assistentin von unserer Frau Doktor. Die hat mir versichert, dass er net bei ihnen war! Und was noch interessanter ist – er ist noch nie wegen einer Migräne behandelt worden!«

»Ja, vielleicht ist er ja zu einem anderen Arzt gegangen«, warf Bianca ein.

»Nein! Der geht doch alleweil zur Frau Doktor Reinisch. Die is doch seine Schwägerin. Aber wenn'st magst, find i des auch noch raus. Weißt, die Kathi is mir eh noch einen G'fall'n schuldig! Aber jetzt muss i aufleg'n. I glaub, i hab grad die Nina geseh'n!«

Wo hatte der Toni sich am Tag des Mordes herumgetrieben? Weyrich hatte ihr doch erzählt, dass er nach dem Streit mit seiner Frau das Haus verlassen hatte. Auch am Handy war er nicht erreichbar, und zur Arbeit war Toni an diesem Tag auch nicht erschienen.

Bianca war derart in Gedanken über das eben Gehörte versunken, dass sie beinahe die Zeit übersehen hätte. Der Termin mit dem Helmut Oberschmid! Bianca hasste Unpünktlichkeit! Sie stieß einen Fluch aus, sprang in ihr Auto und hetzte zum angegebenen Treffpunkt.

Endlich hatte sie sich in einer der engen Gassen eine geeignete Parklücke erkämpft und ihren Golf hineingezwängt, schon wurde sie von einer japanischen Touristengruppe umringt, die das Weiterkommen erschwerte. Mit fünfminütiger Verspätung erreichte sie das Café Roth, das seinem Namen alle Ehre machte. Die weißen Sessel im Biedermeierstil waren mit rotem Samt überzogen. Der Stoff war an manchen Stellen im Laufe der Jahre schütter geworden und gerissen. Der ebenfalls in Rot gehaltene

Teppichboden war mit unzähligen Flecken übersät. Die Wände zierten protzige goldene Spiegel, die den einstigen Glanz der Räume erahnen ließen. Schäbig, dachte Bianca. Die Japaner, die das Lokal hinter ihr stürmten, zückten hingegen begeistert ihre Kameras und schossen wild drauflos. Sehr zum Leidwesen der Servicekraft, die mit hilflos fuchtelnden Armen auf ein Schild hinwies, dass das Fotografieren ausdrücklich verbot.

»You can buy a photoalbum with beautiful pictures from our good old traditional café. Additional we have a special offer for you today – only twenty Euros, including three pieces of the famous Mozartkugeln!«, krähte die Angestellte in ihrem besten Englisch. Sie wedelte dabei mit den angepriesenen Waren um sich. Die Touristen packten ihre Kameras in die Taschen und stürmten auf die händeringende Mitarbeiterin los, um eines dieser scheinbar überaus begehrten Alben zu erwerben. Oder war es eher die Aussicht, drei der weltberühmten Mozartkugeln zu besitzen? Drei Mozartkugeln? Und ein billiges kleines Fotobuch von einem in die Jahre gekommenen Kaffeehaus? Für zwanzig Euro? Verständnislos schüttelte Bianca den Kopf. Sie ließ die kaufwütigen Touristen hinter sich und machte sich auf die Suche nach ihrer Verabredung, die sie im hinteren Teil des Cafés erspähte.

»Grüß Gott, Herr Oberschmid! Inspektor Baldinger«, stellte Bianca sich ihrem Gegenüber vor.

»Na, da schau ich aber!«

Oberschmid erhob sich grinsend. Er überragte Bianca um gut zwei Köpfe.

»Die Frau Inspektor! Meine Schwiegermutter hat mir schon von Ihnen erzählt, dabei sind wir uns ja schon im wahrsten Sinne des Wortes über den Weg g'laufen!«

»Ja«, pflichtete Bianca ihm bei. »Aber nur kurz. Mit Ihrem Tempo konnte ich nicht lange mithalten.«

»Ich trainier auch für den nächsten Bergmarathon, der im Sommer in Gmunden stattfindet«, erklärte er mit stolzgeschwellter Brust. »Aber, sagen S'«, erwiderte er ihre Begrüßung und zog dabei fragend eine Augenbraue hoch, »wo haben S' denn den Herbert gelassen? Stimmt das, was die in der Zeitung geschrieben haben? Habt's ihn von dem Fall abgezogen? Oder hat er mit Ihrem Tempo nicht mithalten können?« Er lachte schallend über seinen eigenen Witz und nahm wieder auf seinem Stuhl Platz, ohne Bianca einen anzubieten. Das Lokal füllte sich zusehends mit der Reisegruppe, die lautstark drauflos plauderte. Eine ungestörte Unterhaltung war hier nur schwer möglich.

»Wollen wir ein paar Schritte gehen?«, schlug Bianca deshalb vor.

Oberschmid nickte. Er leerte sein Glas Mineralwasser, legte ein paar Münzen auf den Tisch und folgte Bianca nach draußen.

Sie spazierten in Richtung See. Bianca begann bereits zu frösteln. Als sie keine weiteren Geschichten über die Probleme mit seinem Schwager und der Landwirtschaft im Allgemeinen mehr hören wollte, blieb sie stehen.

»Wann haben Sie den Hans das letzte Mal gesehen?«

Oberschmid hielt ebenfalls an. Nachdenklich fuhr er sich durch sein dunkelblondes, gewelltes Haar. Bei Tageslicht konnte man seine unzähligen feinen Fältchen im Gesicht deutlich erkennen. Trotzdem hatte er sich für seine vierundfünfzig Jahre gut gehalten. Bianca zückte gewohnheitsmäßig ihr Notizheft und ihren Stift, während Oberschmid zu überlegen schien.

»Ich glaub«, antwortete er schließlich, »dass müsst am Freitag g'wesen sein. Beim G'senger Hias im Gasthaus.«

»Und war er allein dort oder in Begleitung?«, forschte Bianca weiter.

»Allein ist man dort nie. Das hat schon Tradition, dass man die Arbeitswoche beim Wirt ausklingen lässt«, erwiderte Oberschmid. Er kickte eine leere Aludose vor sich her, die er am Wegrand aufgegabelt hatte.

»Haben Sie mit ihm gesprochen?«

»Nur kurz«, meinte er schließlich und verpasste der Dose einen weiteren, diesmal sehr unsanften Tritt.

»Gab's wieder mal Ärger mit ihm?«, hakte Bianca nach, der die heftige Reaktion auf ihre Frage nicht entgangen war.

»Der Hans hatte an dem Tag schon einiges getrunken. Seine Laune war richtig mies. Wie immer hat er den Toni Helminger angestänkert. Der war ohnehin schlecht auf den Hans zu sprechen. Dabei waren die beiden einmal die dicksten Freunde, bis sie sich in die gleiche Frau verliebt haben. Es kam zu einem heftigen Streit, dem unser Wirt dann aber ein Ende gesetzt hat. Er hat die beiden Kampfhähne getrennt und ihnen gedroht, sie vor die Türe zu setzen, wenn nicht augenblicklich eine Ruhe einkehrt. Der Toni hat herumgeschrien, dass er ihn umbringen wird, wenn er ihn erwischt. Aber das ist nur leeres Gerede. Damit hat er jedes Mal gedroht. Der tut keiner Fliege etwas zuleide. Schließlich hat der Herbert den Toni abgeholt und nach Hause gebracht.«

»Worüber haben sich die beiden denn so in die Haare bekommen?«

»Genau weiß ich das nicht. Ich bin ja erst gekommen, wie alles schon im Gang war. Wahrscheinlich wieder wegen der Vroni.«

»Gut! Aber das beantwortet noch nicht meine Frage, die ich Ihnen gestellt hab. Hatten Sie an diesem Tag ebenfalls Streit mit Ihrem Schwager?«

»Ja, wir haben uns auch gestritten. Der Hans hat mir noch Geld geschuldet, aber deswegen bring ich ihn doch nicht um.«

»Hatten Sie öfters Streit?«

»Meinungsverschiedenheiten gibt's doch überall, und der Toni und ich sind bei Gott nicht die Einzigen, mit denen der Hans sich angelegt hat.«

»So? Wer denn noch?«

»Wer denn noch? Wer denn noch?«, brauste Oberschmid auf. »Mit dem ganzen Dorf war er spinnefeind. Da werde ich mit dem Aufzählen ja gar nicht fertig.«

»Wo waren Sie am Montag in der Früh zwischen halb sieben und neun Uhr?«

»Ja, zum Teufel noch einmal! Was soll das? Bin ich jetzt verdächtig? Nein, nein, das lass ich mir nicht in die Schuhe schieben! Ich hab ein Alibi! Um acht hab ich einen Termin bei der Landesregierung in Linz gehabt. Jawohl! Beim Herrn Doktor Renz vom Bauamt. Die Mail mit der Terminbestätigung hab ich sogar noch im Posteingang. Die kann ich Ihnen gerne weiterleiten.«

Zornig hob er die Dose auf, zerquetschte sie in seiner Rechten und warf sie achtlos wieder weg.

»Na, dann gibt's ja keinen Grund zur Aufregung!«, versuchte Bianca, ihn zu beschwichtigen. Sie hatte auf einer Parkbank Platz genommen, während Oberschmid unruhig davor herumtigerte.

»Tut mir leid, Frau Inspektor«, lenkte er schließlich wieder ein. »Ich hatte meine Konflikte mit dem Hans, aber ermordet habe ich ihn nicht! Ich hätt ja nicht einmal was davon, schließlich erbt ohnehin alles der Nina ihr unehelicher G'schrapp. Für die kommt der Tod vom Hans mehr als gelegen. Und ich bin der Depp. Das Geld, das er mir schuldet, seh ich nie wieder!« Frustriert ließ er sich neben Bianca auf die Bank niedersinken.

Bianca hatte fürs Erste genug gehört. Sie erhob sich und machte sich mit großen Schritten auf in Richtung Zentrum.

8. Kapitel
Freitag, 14. März

»I würd sagen, wir nehmen uns mal die Nina Gruber aus der Oberwang vor«, meinte Weyrich, als er mit zwei dicken Leberkässemmeln auf den Posten zurückkam. Er ignorierte die Fotos, die Bianca neben die Bilder von Hans Fellhofer an die Pinnwand heftete, ließ sich in seinen Sessel fallen und biss herzhaft in eine der Semmeln. Der Leberkäse verbreitete einen aromatischen Duft. Bianca lief unweigerlich das Wasser im Munde zusammen.

»Mahlzeit, Herr Kollege! Schön, dass du mir auch eine Jause mitgenommen hast«, stichelte sie. Weyrich quittierte ihre Anspielung mit einem weiteren genussvollen Biss in seine Semmel und spülte ihn anschließend mit einem kräftigen Schluck Bier hinunter, das er sich aus der Teeküche geholt hatte. Bianca war versucht, ihm eine Standpauke über die Dienstvorschriften zu halten. Alkohol im Dienst war strengstens verboten, aber den Kollegen würde sie wohl ohnehin nicht mehr bekehren, also konzentrierte sie sich wieder auf die Fotos an der Pinnwand.

»Wie kommst du jetzt überhaupt auf diese Nina Gruber? Mich interessiert mehr, wo dein Freund, der Helminger Toni, sich zum Zeitpunkt der Tat herumgetrieben hat.«

Ihr Kollege fuhr ungerührt fort.

»Die Gruber«, nuschelte Weyrich mit halb vollem Mund, »war immerhin die Freundin vom Hans Fellhofer. Eine fesche junge Frau und ein Temperament hat die. Der Hans hat sie damals mitten in der Nacht einfach hinausgeschmissen. In ihrer

Wut hat s' den Besen gepackt, der vor der Haustür gestanden is, und hat damit wie eine Irre auf die Türe eingeschlagen und geschrien, dass sie ihm das noch heimzahlen wird. Von dem Geschrei sind die Landlingers, die Nachbarn vom Hans, munter g'worden und haben mich angerufen. Rausgefahren bin i nicht, denn als i noch mit den Landlingers telefoniert habe, ist sie in der Zwischenzeit ins Auto gestiegen und abgehau'n. Wahrscheinlich hat er sie mit einer anderen betrogen, und sie ist ihm auf die Schliche gekommen.«

»Vielleicht hat er ein Verhältnis mit der Vroni Helminger gehabt?«, warf Bianca ein.

Weyrich schüttelte energisch den Kopf.

»Nein! Die Vroni is ein braves Eheweib. Die hat sich nicht umsonst für den Toni entschieden, weil s' gewusst hat, was der Hans für ein Hallodri is. Der war ja hinter jeder Kittelschürze her.«

»Und wie schaut's mit dem Toni seiner Treue aus?«

Weyrich winkte ab, als wollte er eine lästige Fliege verscheuchen.

»Hat dich nicht die Vroni zu ihr bestellt, weil sie glaubt, dass ihr Mann und die Nina …?«

»Das ist doch alles nur böses Geschwätz«, tat Weyrich Biancas Einwand ab. »Auf jeden Fall hat man die Nina lange Zeit nicht mehr gesehen. Nach Kärnten soll s' gegangen sein, das haben zumindest d' Leut erzählt. Ja, und jetzt ist sie wieder zurück, hab ich gerade gehört.«

»Und von wem hast du das gehört?«, fragte Bianca, der es immer noch schwerfiel, den um einige Jahre älteren Kollegen zu duzen. Ihren Blick hatte sie weiterhin auf die Fotos an der Pinnwand gerichtet.

»Das Gerücht geht scho seit ein paar Tag herum. Aber es stimmt tatsächlich. Die Nina ist wieder da! Die Aicherin hat mir's gerade bestätigt«, meinte Weyrich und wischte sich die Brösel seiner Semmel vom Mund, um sich sofort gierig über die zweite herzumachen.

»So, so, die Aicherin«, erwiderte Bianca belustigt und drehte sich zu ihm um. »Seit wann gibst du denn etwas auf die Erzählungen einer Putzfrau?«

»Diese Putzfrau ist immerhin d' Nachbarin von unserem Briefträger, vom Franz Steinlechner, und der wiederum ist der Stiefvater von der Nina. Und deshalb, würde ich sagen, sollten wir uns d' Nina einmal vornehmen.«

»Klar! Sie kommt zurück, beginnt ein Verhältnis mit der Vroni ihrem Mann. Der Toni bleibt natürlich lange standhaft, schließlich ist er glücklich verheiratet.«

»Und treu!«, ergänzte Weyrich.

»Selbstverständlich, alles andere wäre eine infame Lüge«, bestätigte Bianca. »Aber die Nina, diese Femme fatale, umgarnt ihn so lange, bis der arme unschuldige Mann doch schwach wird. Sie liebt ihn nicht. Nein! Die Nina benutzt ihn, um an das Gift heranzukommen. An das Bienengift! Mit dem sie am Hans Rache üben will und ihn letztendlich damit umbringt. Die Nina Gruber ist unsere gesuchte Mörderin! Fall gelöst, oder?«

»Genau! So könnt's gelaufen sein«, nickte Weyrich zustimmend.

Bianca legte eine theatralische Pause ein, dann fuhr sie mit einem süffisanten Lächeln fort.

»Hast du dabei nicht eine winzige Kleinigkeit übersehen?«

Weyrich zuckte gelangweilt die Schultern.

»Die Gruber war im sechsten Monat schwanger, wie sie der Fellhofer hinausgeworfen hat. Wie lange dauert eine normale Schwangerschaft?«

»Neun Monate?«

»Vierzig Wochen«, korrigierte Bianca. »Das heißt, sie muss

kurz vor der Entbindung stehen.«

»Ja und?«

»Ja und?«, ereiferte Bianca sich. »Ich glaube nicht, dass eine Hochschwangere einen Mord begeht. Geschweige denn, jemand ein Verhältnis mit einer Frau in diesem Zustand anfängt. Außer …?«

Bianca lief im Büro auf und ab, hielt schließlich inne und legte nachdenklich den Finger auf ihren Mund.

»Außer was?«, erkundigte Weyrich sich ungeduldig.

»Außer, das Kind ist gar nicht vom Fellhofer, sondern vom Toni!«, vollendete Bianca ihren Gedankengang. »Und der Hans ist den beiden auf die Schliche gekommen und hat die Nina deshalb vor die Tür gesetzt.«

»Das is ja …« Weyrichs Kinnlade kippte nach unten. Er starrte seine Kollegin fassungslos an. Bianca konnte sich nicht mehr halten und prustete los.

»Was gibt's denn da zu lachen?«, keifte Weyrich.

»Du hättest dein Gesicht sehen müssen! Angeschaut hast mich, als wär ich der Leibhaftige«, entschuldigte sie sich, nachdem sie sich einigermaßen gefasst hatte, und wischte sich die Tränen aus den Augen.

»Das ist ja ungeheuerlich, was du da behauptest«, erwiderte ihr Kollege, immer noch völlig brüskiert.

»Ich behaupte gar nichts. Was wir brauchen, sind Beweise und nicht bloß Behauptungen. Ich wollte dir mit dieser kleinen Geschichte lediglich demonstrieren, wie die Leute hier ticken. So werden Gerüchte in die Welt gesetzt. Klar, stimme ich dir zu, dass wir uns die Nina Gruber durchaus einmal vornehmen müssen. Vorausgesetzt, sie ist wirklich wieder zurück, denn die Rosa hat gestern die Freundin von der Nina in Mondsee besucht. Und die hat angeblich nichts davon gewusst, dass sie wieder zu Hause wäre.«

»Dann hat s' die Rosa eben angelogen. I bleib dabei! Wir sollten uns die Gruber gleich einmal …«

Biancas Handy klingelte und unterbrach ihre Unterhaltung.

»Baldinger. Ja! Wann? Mit Kreditkarte? Ein Herr Helminger, sagen Sie? Können Sie mir den Rechnungsbeleg zufaxen?«

Bianca gab die Faxnummer des Postens durch, bedankte sich und legte auf. Als sie sich Weyrich zuwandte, breitete sich auf ihren Lippen ein triumphierendes Lächeln aus.

»Planänderung, Herr Kollege, die Gruber muss warten. Während du gestern bei Frau Doktor Reinisch zur Therapie warst, bin ich in den Baumarkt Steiner gefahren und habe mich dort ein wenig umgehört. Die Dame, die eben angerufen hat, war so freundlich, für mich nachzusehen, ob jemand in den Tagen um den elften März rote Farbe und Pinsel gekauft hat, und ist dabei auf eine Rechnung mit genau diesen beiden Posten gestoßen. Und jetzt rate mal, von wem?«

»Ja, vom Helminger«, murrte Weyrich, »i hab's schon gehört vorhin, i bin ja nicht taub. Aber das heißt ja noch gar nichts, außerdem gibt's sicher mehrere, die einen Kübel mit roter Farbe in diesen Tagen gekauft haben.«

»Da muss ich dich enttäuschen. Die Verkäuferin hat sich sogar noch gewundert, was der bei der Kälte streichen will. So, ich fahre jetzt zum Helminger. Wenn du deine Brotzeit beendet hast, kannst du gerne mitkommen.«

Weyrich stopfte sich den letzten Bissen in den Mund, erhob sich widerwillig und trottete hinter Bianca her. Dass die Befragung vom Helminger Toni ihm höchst unangenehm war, konnte Bianca gut nachvollziehen.

Schließlich waren sie nicht nur beide Mitglieder des hiesigen Imkereiortsverbandes, sondern auch seit langen Jahren dick miteinander befreundet.

»Money, money, money, makes you funny«, dröhnte es aus dem Lautsprecher von Biancas Auto, als sie die steile Bergstraße im Ortsteil Buchenort hochfuhren. Abba war eine von Biancas Lieblingsbands. Gedankenverloren summte sie den Refrain mit. Weyrich lachte bitter auf und machte sich am Lautstärkeregler zu schaffen.

»Was gibt's?«, erkundigte Bianca sich, verärgert über die Störung.

»Der Text von dem Lied!«

»Was ist damit?«

»Der stimmt nicht. Immer macht Geld auch nicht fröhlich. Manchmal verleitet es die Leute sogar zu einem Mord.«

Bianca drehte wieder lauter, ohne zu antworten. Sie hatte keine Lust, mit ihrem Kollegen zu diskutieren. Sie wusste ohnehin, worauf er hinauswollte.

»Meinst d', dass er wegen dem Erbe umgebracht worden is?«

Desinteressiert zuckte sie die Schultern.

»Dann würd das aber wiederum für die Nina als Täterin sprechen«, beharrte Weyrich auf seiner Theorie.

»Oder den Oberschmid Helmut! Falls das Kind von der Nina wirklich nicht vom Fellhofer war«, warf Bianca ein.

»Aber der Heli hat ein Alibi, hast d' gesagt. Er war doch bei diesem Amtstermin in Linz.«

»Ob das tatsächlich stimmt, werden wir noch überprüfen müssen. Du kennst ja das Sprichwort: Vertrauen ist gut, Kontrolle ist besser!«

Weyrich nickte.

»Außerdem haben wir da noch den Stiefvater von der Nina.«

»Den Steinlechner Franz?«

»Genau!«

»Aber welches Motiv hätt denn der?«, schüttelte er ungläubig den Kopf.

»Rache? Weil der Fellhofer seine schwangere Stieftochter hinausgeworfen hat. Außerdem würde die Nina erben. Sie und ihr Kind wären finanziell abgesichert.«

Bianca schaltete in den zweiten Gang. Die Straße wurde zusehends steiler. Der Blick auf den türkisblau schimmernden Attersee und das dahinterliegende Höllengebirge war an diesem ersten sonnigen Frühlingstag atemberaubend schön. Zu schön, um sich mit den Abgründen der Psyche eines Mörders auseinanderzusetzen. Sie seufzte auf.

»Der Gesenger Hias«, nahm Bianca den Gesprächsfaden wieder auf, »der war an dem Grundstück doch auch immer interessiert.«

»Das stimmt!«, pflichtete Weyrich ihr bei. »Gier als Motiv?«

»Warum nicht? Oder Rache? Womit wir wieder bei deinem Freund, dem Toni Helminger, angelangt wären. Die findest du übrigens alle auf der Pinnwand am Posten, wenn du einmal hingeschaut hättest«, meinte Bianca. Sie war immer noch leicht verärgert, dass Weyrich ihre Arbeit derart ignoriert hatte. Er ging jedoch nicht auf ihren Vorwurf ein.

»Rache? Er winkte verächtlich ab. »Das Geplänkel wegen der Vroni geht doch schon seit der Schulzeit zwischen den beiden so dahin.«

»Da finden sich genug andere Motive, nicht bloß die Streiterei um die Vroni.«

»So? Und welche, bitt schön?«

»Zum Beispiel das angeblichen Verhältnis zur Nina oder das Fahrverbot zu seinen Bienenstöcken. Nein, nein!«, schüttelte Bianca energisch den Kopf. »Ausschließen können wir ihn erst, wenn wir sein Alibi überprüft haben. Und so lange ist und bleibt er verdächtig. Ich hoffe, dass uns der Farbkübel ein Stück weiterbringt. Wir brauchen handfeste Beweise, und zwar möglichst rasch, bevor der Oberinspektor Haller uns ungeduldig wird.«

Ihr Kollege zog beleidigt den Kopf ein und schwieg.

Kurz darauf erreichten sie das Helminger'sche Anwesen. Bianca parkte ihr Auto auf einem sauber gepflasterten Innenhof. Im Gegensatz zu dem verkommenen Gehöft der Fellhofers war dieser hier liebevoll gepflegt. Das u-förmige Gebäude im Baustil der Sechzigerjahre strahlte in frischem Sonnengelb. Die Tore des Stallgebäudes zu ihrer Linken waren in Dunkelgrün-Weiß gestrichen worden und bildeten einen hübschen Kontrast dazu, ebenso wie die Tür zum Wohnhaus zu ihrer Rechten.

»Dort drüben is der kleine Hofladen, von dem i dir erzählt hab«, erklärte Weyrich ihr, dem Biancas Blick nicht entgangen war.

Vroni's Krimskramsladen stand in bunten Lettern auf einem Holzschild oberhalb der Tür. Bianca wollte eben die Richtung einschlagen, als die Helminger aus dem Wohnhaus kam. Sie war bepackt mit einem Stapel Kisten, die mit Einmachgläsern gefüllt waren.

»Grüß dich, Vroni! Wart, i helf dir!«, erbot Weyrich sich und eilte ihr entgegen.

»Dich schickt der Himmel!«, seufzte die Vroni dankbar. Erleichtert drückte sie ihm den Stapel in die Hand.

»Das is doch viel zu schwer für eine Frau wia dich«, schmachtete er.

»Geh, du alter Charmeur! Du willst doch nur eine von meinen neuen Chutney-Kreationen kosten.« Dabei deutete sie auf die Gläser, die Weyrich ihr abgenommen hatte. »Zwetschke küsst Chili, hab i's genannt. Die sind scho für den Ostermarkt, unten im Dorf. Süß, aber auch sehr, sehr scharf! So wie's die

Männer lieben«, raunte sie ihm ins Ohr und zupfte sich kokett die Bluse ihres smaragdgrünen Dirndls zurecht. Weyrich grinste verlegen. Auf seiner Stirn glänzten Schweißperlen. Ob die von der Frühlingssonne, vom Gewicht der Kisten oder von Vronis anzüglicher Bemerkung herrührten, konnte Bianca nicht genau sagen. Sie tippte eher auf Letzteres. Hoffentlich bekommt er keinen Krampf in seinen Kiefermuskeln, wenn er sie weiter so anstrahlt, dachte Bianca, die staunend die Szenerie zwischen den beiden beobachtete. Gut, die Vroni war trotz ihrer dreiundvierzig Jahre eine überaus attraktive Frau. Das musste man ihr neidlos zugestehen. Ein rotblondes Vollweib, das mit seinen Reizen nicht geizte. Weyrich schien gerade darin zu versinken. Die beiden waren so vertieft in ihr Geturtel, dass sie Biancas Anwesenheit völlig vergessen hatten.

Sie räusperte sich vernehmlich, um sich Gehör zu verschaffen: »Schön habt ihr's hier, so mitten in den Bergen.« Dabei bedachte sie ihren Kollegen mit einem breiten Grinsen.

Weyrich hatte Biancas Seitenhieb verstanden. Er lief puterrot an. Ruckartig riss er seinen Blick los. Der Stapel Gläser geriet bedenklich ins Wanken. Nur mit Mühe gelang es ihm, sie wieder unter Kontrolle zu bringen.

»Stell mir die Kisten einfach ins Geschäft rüber, aber pass bloß auf, dass d' mir kein Glasl zerbrichst, gell, Herbert«, mahnte die Vroni ihn streng. Ein Lächeln umspielte dabei ihren Mund und strafte den strengen Tonfall Lügen. Als sie sich jedoch Bianca zuwandte, verfinsterte sich ihr Blick schlagartig.

»Aber wegen der schönen Bergwelt seit's sicher net zu uns kommen. Und du scho gar net«, zischte sie und gab unmissverständlich zu verstehen, dass die Anspielung ihr nicht entgangen war. »Bist du die neue junge Kollegin, die …?«

»Die?«, hakte Bianca nach, obwohl sie genau wusste, was die Helminger meinte.

»Na, die Stadtingerin eben?«

»Ja, die bin ich! Aber einen Namen habe ich im Übrigen auch. Bianca Baldinger heiße ich, falls das mein Kollege nicht erwähnt hat.« Dabei schüttelte sie der Vroni die Hand. »Natürlich hast du recht, dass wir nicht wegen der prachtvollen Aussicht oder wegen deiner kulinarischen Verlockungen zu euch heraufgekommen sind.« Bianca hielt kurz inne. »Ich darf dich doch duzen, obwohl ich die Jüngere von uns beiden bin? Das ist hier am Land so üblich, oder?« Bianca grinste keck und reckte angriffslustig ihr Kinn nach vorne. »Siehst, die Stadtingerin hat ihre Hausaufgaben gemacht! Außerdem bin ich auch am Land aufgewachsen. Im Lungau.«

»Ach ja! Und was wollt's von uns?«, erwiderte Vroni.

Sie verschränkte die Hände unter ihrem Busen und musterte Bianca feindselig. Ich hoffe, die hüpfen nicht gleich aus dem Dirndl, wenn sie sich noch mehr vor mir aufplustert. Am Ende trifft meinen Kollegen sonst noch der Schlag bei so viel holder Weiblichkeit, dachte Bianca belustigt. Bianca war an Stutenbissigkeit gewohnt, so leicht ließ sie sich nicht einschüchtern. Auch nicht von einer Vroni Helminger.

»Wir hätten da noch ein paar Fragen an dich und deinen Mann. Dauert nicht lange.«

»Aber ich hab eh scho alles dem Herbert erzählt. Wo steckt denn der überhaupt so lang?«, fragte sie ungehalten.

»Ich denke, der Feigling hat die Gelegenheit genutzt, um sich zu verdrücken. Und jetzt bleibt mir die undankbare Aufgabe, euer Alibi zu überprüfen. Typisch Mann!«

Die Vroni nickte und stemmte die Hände in die Hüften.

»Na wart! So leicht lassen wir den Herbert aber nicht davonkommen, oder?«

Sie wollte ihn gerade rufen, aber Bianca gebot ihr Einhalt.

»Lass es gut sein. Ich kann meinen Kollegen ja verstehen,

dass ihm das unangenehm ist. Bei meinen Freunden würde es mir nicht anders ergehen. Außerdem redet es sich von Frau zu Frau ohnehin besser, oder?«

»Da hast recht. Ich würd vorschlagen, wir beenden unseren Schlagabtausch«, grinste die Vroni. »Gehen wir rein und unterhalten uns drinnen weiter. I hab nämlich noch eine Partie von diesem neumodernen Zeugs, diesen Chutneys, am Ofen stehen. Die brennen mir sonst an.«

Bianca folgte ihr in die Küche, die von dem süßen Duft der eingekochten Früchte erfüllt war.

»Setz dich!«

Vroni deutete mit dem Kopf auf die gemütliche Eckbank, während sie sich an einem riesigen Topf zu schaffen machte.

»Jetzt kann ich mir vorstellen, dass du mit deinen kulinarischen Köstlichkeiten den Herbert anziehst wie die Motte das Licht«, amüsierte Bianca sich, und auch die Vroni stimmte in ihr Lachen ein.

»Möchtest du einen Kaffee?«, fragte die Vroni, nachdem sie den Kochlöffel beiseitegelegt hatte.

»Gerne.«

Vroni drehte sich um und hantierte an der Maschine. Bianca nutzte die Gelegenheit, sich in der Stube umzusehen. An der lärchenholzgetäfelten Wand hinter der Sitzbank hingen zahlreiche Fotografien von den Helmingers. Die beiden als Brautpaar, im Urlaub und eines – offenbar ein aktuelleres – zeigte den Toni in einer Feuerwehruniform. In seiner Hand hielt er eine Feuerwehrspritze und grinste fröhlich in die Kamera.

»Das war letzten Herbst, bei der großen Übung. Mein Mann hat den ersten Platz erreicht. Eine tolle Leistung, denn als Linkshänder ist die Bedienung der Spritz'n gar net so leicht«, meinte die Vroni stolz. Sie stellte zwei Tassen mit dampfendem Kaffee auf den Tisch.

Bianca nickte anerkennend. Sie nippte an ihrem Getränk und fasste schließlich kurz zusammen, was sie über das Gespräch mit ihrem Kollegen erfahren hatte.

»Ihr seid also am Montagmorgen in Streit geraten, und der Toni ist daraufhin ins Auto gestiegen und weggefahren?«

»Ja, aber es hat sich längst alles geklärt«, warf die Vroni beschwichtigend ein.

»Das freut mich zu hören. Weißt du vielleicht noch, wie spät es war, als dein Mann von zu Hause weg ist?«

»Sechs Uhr morgens. I kann mich deshalb so genau erinnern, weil um die Zeit immer mein Handywecker läutet, damit i rechtzeitig in den Stall zu meine Ziegen komm. Die wollen pünktlich ihr Futter.«

»Und dann hat es dir leidgetan, und du wolltest dich bei ihm entschuldigen?«

Verlegen fuhr die Vroni sich mit der Hand in den Nacken, zuckte die Schultern und meinte entschuldigend: »I bin halt manchmal ein bissal impulsiv. Nach der Stund, die i draußen gearbeitet hab, hat's mir eh wieder leidgetan. Ich hab versucht, ihn anzurufen, wieder und immer wieder. Nachdem er weder an sein Privat- noch ans Firmenhandy gegangen is, hab i den Herbert angerufen und ihn gebeten zu kommen. I hab mir Sorgen g'macht, dass dem Toni etwas zugestoßen is.«

»Sorgen?«, hakte Bianca ungläubig nach und zog ihre Stirn in Falten. »Das verstehe ich jetzt nicht.« Sie nahm einen weiteren Schluck von ihrem Kaffee. »Der Herbert hat mir erzählt, dass du angenommen hast, dein Mann könnte bei der Nina sein. Wie bist du auf die Idee gekommen? Die ist doch nach Kärnten gezogen, oder?«, stellte Bianca sich unwissend.

Die Vroni stand auf und ging zum Herd. Sie angelte sich eine Frucht aus dem Topf und kostete sie. »Der Oberschmid Heli hat mir's erzählt«, antwortete sie schließlich.

»Wann?«

»Am Montag. I bin gerade rüber in die Speis, um den frischen Speck für'n Herbert seine Jause, wia mich angerufen hat.«

»Das ist interessant! Und wie spät war es da?«

Bianca stellte die Tasse ab, von der sie eben ihren letzten Schluck getrunken hatte, und fischte ihr Notizbuch aus der Jackentasche.

»So gegen acht Uhr, aber genau weiß i das leider nimma.«

»Aber du könntest nachschauen. Am Display von deinem Handy, oder? Das wäre wichtig, denn um die Zeit hat er angeblich einen Termin in Linz gehabt.«

Die Vroni schaltete die Herdplatte ab und trug den Topf zum Abkühlen auf die Fensterbank. Dann ging sie zur Kredenz, nahm ihr Handy und setzte sich zu Bianca an den Tisch.

»Um 8.10 Uhr is sein Anruf drauf. Denkst, dass der Oberschmid der …?«

»Meine Aufgabe besteht darin, jede Aussage zu überprüfen. Das ist alles. Nicht mehr und nicht weniger. Die Menschen neigen dazu, alles zu interpretieren. Leider liegen sie damit oft völlig falsch. Das sieht man an deinem Beispiel. Der Oberschmid erzählt dir, dass die Nina offenbar wieder da is. Und nachdem dein Mann nicht erreichbar war …«

»… hab i mir gedacht, dass er ein Tête-à-Tête mit ihr hat«, vollendete Vroni kleinlaut Biancas Satz.

»Und wo war er tatsächlich?«

»Zu Mittag is er nach Hause. Sein Handy war auf lautlos geschaltet, weil er bei meiner Cousine, bei der Frau Doktor Reinisch, in der Ordination war. Er hat plötzlich so heftige Kopfschmerzen bekommen.«

»Ist der Toni öfters deswegen in Behandlung?«

Vroni schüttelte den Kopf.

»Gut«, meinte Bianca, die genug gehört hatte. »Dann würde

ich jetzt gerne mit deinem Mann sprechen.«

»Der is oben oben im Wald, bei seine Bienenstöck.«

Die Vroni sammelte die leeren Tassen ein, trug sie zur Abwasch und ging zur Tür. »I glaub, i ruf jetzt den Herbert. Am End frisst mir der noch die ganzen Chutneys zusammen«, meinte sie, lächelnd über die Schulter gewandt, zu Bianca.

»Die Gefahr besteht«, stimmte sie ihr zu und folgte ihr zur Haustür.

»Bertl? Bertl!«, schrie die Vroni über den Hof.

»Bertl?«

»Ja, so nenn i ihn immer, wenn er mir auf d' Nerven geht. Das mag er gar net, aber es hilft!«

Bianca schmunzelte. »Bertl! Das muss ich mir merken! Danke für den Tipp!«

»I komm ja scho«, hörten sie Weyrich. Tatsächlich sprintete er für seine Verhältnisse beinahe über den Hof.

»Siagst, was hab i g'sagt!«

Die Frauen grinsten sich verschwörerisch an.

»I hab dir die Glasln gleich noch ins Regal geschlichtet. I hoff, das passt dir so, Vroni? Habt's euch in der Zwischenzeit schon miteinander bekannt g'macht?«, erkundigte er sich neugierig.

»Dazu hast d' uns doch gar koa Zeit g'lassen, wo du doch so schnell wieder z'rück warst«, erwiderte die Vroni süffisant. »Aber am Mund gefallen is sie net. Das mag i«, dabei stieß sie der Bianca freundschaftlich in die Rippen. »Für a Stadtingerin is sie gar net so z'wider. Und du brauchst eh a Kollegin, die dir a bissal Gas gibt. Jetzt gehen wir aber in die Stub'n auf a Stamperl Honigschnaps. Das Chutney müsst's auch unbedingt kosten. Der Toni wird in einer guten Stund wieder zurück sein, und dann könnt's gleich noch mit ihm reden.«

Weyrich wollte der Vroni schon gehorsam hinterhertrotten, aber Bianca pfiff ihn streng zurück.

»Danke für das Angebot. Leider ruft die Pflicht. Wir müssen uns auf den Weg machen.«

»Warum hast du's auf einmal so eilig? Du wolltest doch …«, protestierte Weyrich.

»Richtig! Wir wollten uns doch noch mit dem Oberinspektor Haller in Mondsee treffen. Danke, Herr Kollege, dass du mich daran erinnert hast.«

Weyrich runzelte verwirrt die Stirn. Er wollte etwas erwidern, aber Bianca bedachte ihn mit einem Blick, der ihn zum Schweigen brachte. Sie verabschiedete sich von der Helminger und ging zu ihrem Wagen.

»Können wir dann endlich losfahren, Herr Kollege?«, erkundigte Bianca sich sichtlich entnervt, denn Weyrich stand immer noch bei der Vroni, unschlüssig, wem er nun folgen sollte.

»Bertl! Komm!«, rief sie streng.

Endlich riss er sich von Vronis Anblick los. Das neue Zauberwort funktionierte.

»Du fährst!«, entschied Bianca. Sie warf ihrem Kollegen den Autoschlüssel zu und schob sich selbst auf den Beifahrersitz.

Weyrich wollte etwas einwenden, aber Bianca kam ihm zuvor.

»Und frag nicht warum, das erkläre ich dir später.«

9. Kapitel
Freitag, 14. März – mittags

Von wegen, nur Frauen können nicht Auto fahren. Es gibt auch Männer, die diese Disziplin nicht beherrschten, stellte Bianca befriedigt fest. Ein Exemplar dieser Kategorie saß gerade neben ihr und quälte ihren Wagen im ersten Gang die schmale Bergstraße hoch.

Entnervt trommelte sie mit ihren Fingern gegen die Beifahrertür. Sollte sie Weyrich freundlich darauf hinweisen, dass ihr fahrbarer Untersatz durchaus mehrere Gänge besaß? Die Erfahrung hatte Bianca jedoch eines Besseren belehrt. Männer reagierten auf derlei wohlgemeinte Ratschläge meist mit völligem Unverständnis. Ihr Kollege bildete da sicher keine Ausnahme. Bianca beschloss, vorerst ihren Mund zu halten. Zum einen war die Situation zwischen ihnen ohnehin angespannt, und zum anderen waren sie bald am Ziel angelangt. Unmittelbar nach dem Quellhäuschen endete die befestigte Straße. Über den steilen Schotterweg mussten sie sich zu Fuß zu den Bienenstöcken vom Helminger aufmachen. Ihr Kollege parkte auf dem schmalen Wiesenstreifen neben dem Wasserreservoir. Bianca zögerte nicht lange, zog den Schlüssel aus dem Zündschloss, steckte ihn in ihre Jackentasche und stieg aus. Weyrich blieb demonstrativ im Auto sitzen. Bianca bedachte ihn mit einem fragenden Blick, doch er nahm keine Notiz von ihr und starrte nur Löcher in die Luft.

»Kommst du? Oder muss ich mir einen Leberkäse um den Hals binden, damit du mir folgst?«, frotzelte Bianca.

»I bin ja kein Hund. Außerdem komm i, wenn i's für richtig halt. Und in dem Fall is es nicht richtig. Der Toni hat mit dem Tod vom Fellhofer nichts zu tun«, unterbrach er sein eisiges Schweigen, das zwischen ihnen herrschte, seit sie den Hof der Helmingers verlassen hatten. »Der tut doch nicht einmal einer Fliege etwas zuleide, und da soll der einen umgebracht haben?«

»Und die Morddrohung?«, erwiderte Bianca und deutete mit dem Kinn auf das Tor von Fellhofers Stall, der unterhalb von ihnen am Hang lag.

»Selbst von hier oben kann man die Worte noch klar und deutlich lesen!«

»Die Morddrohung, die Morddrohung!«, äffte Weyrich sie nach und winkte wütend ab. »Scheiß drauf! Der Toni ist halt ein wenig aufbrausend, aber bellende Hunde beißen bekanntlich nicht. Den Aufstieg können wir uns sparen, stattdessen sollten wir lieber zu der Gruber fahren. Wenn du mich fragst, ist das die Hauptverdächtige.«

Entnervt rollte Bianca die Augen.

»Warum? Etwa, weil sie eine Frau ist und weil alle Frauen schlecht und verdorben sind, die nicht am Herd stehen und einen Mann bekochen? Außerdem bist du ja ausreichend gestärkt, und so ein kleiner Verdauungsspaziergang tut dir sicher ganz gut. Jetzt komm endlich!«

»Grins nicht so blöd, pass lieber auf das Viehgitter auf. Die Dinger sind schon so manchem vier- und auch zweibeinigem Rindvieh zum Verhängnis geworden«, knurrte Weyrich. Missmutig stieg er aus dem Wagen und setzte sich widerwillig in Bewegung.

»Was zum Teufel ist ein Viehgitter?«

»Na, das Gitter, das da quer über dem Weg am Boden liegt.« Er deutete Bianca, zu ihm zu kommen.

»Die Metallstäbe«, erklärte Weyrich beflissen, »verdecken einen ungefähr ein Meter tiefen Schacht und sind parallel zueinander angeordnet. Durch den großen Abstand zwischen den Stäben wird verhindert, dass die Rindviecher abhauen können. Verstehst d'?«

»Aber da könnt man doch genauso gut einen Zaun aufstellen und ein Türl anbringen. Das wäre weniger gefährlich, oder?«

»Das nennt sich Gatter, nicht Türl«, korrigierte er. »Und das müsst man bei jeder Durchquerung öffnen und schließen, während man das Viehgitter einfach überfahren kann.«

»Das ist ja praktisch!«, meinte Bianca begeistert.

»Stimmt! Im Sommer hat der Fellhofer seine Kühe auf einer Lichtung oben im Wald, deshalb hat er das Gitter hier angebracht. Typisch Städter«, mokierte Weyrich sich, »die haben keine Ahnung vom Landleben!«

Bianca verkniff sich eine Erwiderung. Stumm stiegen sie den steilen Schotterweg bergauf. Nach etwa zehn Minuten kam eine Weggabelung in Sicht.

»Das is der Kaplan Wanderweg«, presste Weyrich mühsam hervor und deutete mit seinem Zeigefinger nach oben. »Rechts kommst d' am Kaplan Mausoleum vorbei, nach Unterach. Links geht's Richtung Mondsee.«

Bianca nickte. Ihr bereitete der Aufstieg keine Probleme. Sie war gut in Form, schließlich joggte sie täglich mindestens eine Stunde, aber Weyrich schnaufte wie eine alte Dampflok, und sein Gesicht war tiefrot angelaufen.

»So ein Schmarrn«, schimpfte er, blieb stehen und japste nach Luft. Auch Bianca hatte an der Kreuzung angehalten. Sie zeigte auf einen dunkelgrünen Jeep, der hinter einem Holzstapel parkte.

»Ist das der Wagen vom Helminger?«

Weyrich nickte, fummelte ein Taschentuch aus seinem Hosensack und wischte sich den Schweiß von Stirn und Nacken.

»So einen bräuchten wir auch«, meinte er und deutete dabei mit dem Kinn auf Tonis Fahrzeug, »dann hätten wir uns wenigstens das steile Stückl Weg gespart. Seit Jahren lieg i meine Vorgesetzten damit in die Ohren. Aber keiner hört auf mich. Überall kürzen's. Das is a Kreuz! Wo das noch hinführt?«, jammerte Weyrich.

»Uns fürs Erste einmal zu Fuß bergauf. So viel ist sicher«, grinste Bianca. »Außerdem musst du das Ganze positiv sehen. So bleibst fit.«

»Darauf kann i gern verzichten. Wir hätten den Toni genauso gut gemütlich zu Hause befragen können. So wie's uns die Vroni angeboten hat. Die hätt uns das Warten mit einer zünftigen Jause und einem guten Schnapserl versüßt.« Bei dem Gedanken verdrehte Weyrich genussvoll die Augen.

»Sag einmal, denkst du eigentlich immer nur ans Essen?«

»Das is do was Schönes. Auf jeden Fall schöner als so a sinnlose Bergtour. Jagst mi da rauf wegen einem blöden Kübel Farbe und einem Pinsel!«

»Dieser blöde Kübel Farbe und auch der Pinsel spielen rein zufällig eine wichtige Rolle in einem Mordfall, lieber Herr Kollege. Oder hast du das schon wieder vergessen?« Angriffslustig blitzte Bianca ihn an.

»Und außerdem jage ich dich da herauf, weil mir seine Frau erzählt hat, dass er die Bienenstöcke streicht. Klingelt da nichts bei dir?«

Weyrich schüttelte den Kopf und stopfte sein Taschentuch wieder in seine Hosentasche.

»Ich wette, der will das Beweismaterial verschwinden lassen!«

»Indem er seine Bienenstöcke rot anmalt? A, so a Schwachsinn! Da muss i dich enttäuschen, liebe Kollegin. Tonis Stöcke sind seit Jahr und Tag schlicht und einfach nur braun angestrichen.«

»Na ja, dann würde es mich nicht wundern, wenn wir neben dem Kübel mit roter Farbe auch noch einen mit grüner finden. Die ist bestimmt noch bei ihm zu Hause herumgestanden, nachdem er damit seine Haustür und das Stalltor gestrichen hat. Zumindest vermute ich das jetzt mal so.«

»Ja«, bestätigte Weyrich ihr. »Im letzten Herbst hat er dem alten Kasten einen neuen Anstrich verpasst. Is fesch g'worden, gell? Aber was d' mit dem Grün meinst?« Nachdenklich kratzte Weyrich sich hinterm Ohr.

Bianca verdrehte die Augen. »Das weiß doch jedes Kind! Rot mit Grün ergibt schließlich Braun. Schon vergessen? Dann betrachte das jetzt als eine kleine Lektion in Sachen Farblehre von der Städterin. Womit wir wieder quitt wären, Herr Kollege«, grinste Bianca, als sie sein verdutztes Gesicht sah.

»Blödsinn!«, winkte Weyrich wütend ab. »Schau'n wir lieber, dass wir weiterkommen. I hab keine Lust, hier Wurzeln zu schlagen. Zum Glück geht's jetzt net ganz so steil weiter. Aber pass bloß auf, der Boden is lehmig. Nach dem Regen der letzten Wochen is der sicher extrem rutschig.«

»Und jede Menge umgeknickte Bäume«, bemerkte Bianca.

»Ja, das war der Kyrill. Der Orkan is zwar scho ein paar Jahr her, aber das dauert, bis man so ein riesiges Waldgebiet allein aufgeforstet hat.«

Seine Gesichtsfarbe begann, sich zu normalisieren, und so setzten sie ihren Weg quer durch den Wald fort. Weyrich hatte recht. Das Gelände hier war zwar nicht mehr ganz so steil, aber zahlreiche Bäume lagen umgeknickt am Boden und erschwerten den Aufstieg. Nach schier endlos langen fünfzehn Minuten erreichte Bianca vor ihrem Kollegen den Rand der Lichtung, auf der Helminger seine Bienenstöcke aufgestellt hatte. Der

Gesuchte schälte sich gerade aus seinem Schutzanzug. Neben ihm standen zwei Farbkübel. Bianca atmete erleichtert auf. Offenbar hatte er seine Bienenvölker versorgt, ehe er mit dem Streichen begann. Leise ging sie hinter einem Baum in Deckung und beobachtete ihn. Unter dem Overall trug der Helminger Jeans, die er unten in seine Schnürstiefel gesteckt hatte. Dazu einen schlabbrigen olivgrünen Strickpullover. Sein aschblondes Haar war an den Schläfen bereits leicht ergraut. Er hatte Bianca den Rücken zugewandt, sodass sie sein Gesicht nicht sehen konnte. Aber das war auch nicht weiter wichtig. Sie hatte sich sein Profil schon anhand der Fotografie, die die Vroni ihr gezeigt hatte, eingeprägt. Wasserblaue Augen, ein markantes Kinn mit einem Grübchen in der Mitte und eine tiefe Sorgenfalte zwischen dichten, buschigen Augenbrauen. Auf dem Bild hatte Toni allerdings größer und muskulöser gewirkt, als er tatsächlich war. Das musste an der Uniform liegen. Ob sie in ihrer auch so unvorteilhaft aussah? Bianca verdrängte den Gedanken und konzentrierte sich wieder auf den Helminger.

Er legte seine Schutzkleidung beiseite und beugte sich über einen der Kübel. Aus seiner Hosentasche fischte er ein Taschenmesser, klappte es auf, öffnete damit den Deckel und legte ihn beiseite. Für einen kurzen Moment sah Bianca etwas Rotes aufblitzen. Ihr Puls beschleunigte sich. Ein weiterer Kübel stand daneben. Helminger machte sich daran, auch diesen zu öffnen.

»Jetzt wird's interessant. Das müsste der mit der grünen Farbe sein, wenn ich mich nicht irre«, murmelte Bianca zu sich selbst.

»Was gehst denn net …?«, schnaufte Weyrich, der aufgeschlossen hatte und ihre Beobachtungen störte.

Bianca fuhr herum, legte den Finger an die Lippen und bedeutete ihm, ruhig zu sein.

»Versteck dich hinter einem Baum. Pass auf! Bevor er die Farben zusammenmischt, müssen wir zuschlagen und das Corpus delicti sichern!«, flüsterte sie ihrem Kollegen zu.

Weyrich tippte verständnislos mit seinem Zeigefinger an die Stirn, folgte aber schließlich doch ihrer Anweisung. Er verschanzte sich hinter einer mächtigen alten Föhre. Unglücklicherweise übersah er dabei einen Ast, der am Boden lag. Unter Weyrichs Gewicht brach er mit einem – in dieser Stille – nahezu ohrenbetäubenden Knacken. Toni Helminger schreckte hoch und schaute sich alarmiert in allen Richtungen um.

»Net schrecken, Toni, i bin's nur. Wir wollen nur mit dir reden«, gab Weyrich sich zu erkennen.

Bianca hätte ihren Kollegen am liebsten eigenhändig erwürgt, aber dazu blieb keine Zeit.

Als der Angesprochene die beiden erblickte, zögerte er nur einen Sekundenbruchteil, ließ den Pinsel fallen und ergriff die Flucht.

»Halt! Stehen bleiben, Toni! Mach keinen Unsinn!«, schrie Weyrich ihm hinterher.

Doch der Toni hetzte davon. Mit dieser Reaktion hatte keiner der beiden gerechnet. Bianca fasste sich als Erste.

»Sichere du den Pinsel und etwas Farbe als Beweismaterial. Ich nehme die Verfolgung auf. Wir treffen uns unten beim Wagen«, schrie sie ihrem Kollegen zu und stürmte, so schnell es das unwegsame Gelände zuließ, dem Toni hinterher. Die lehmige Erde schmatzte unter ihren Schuhen, und immer wieder drohte sie auszurutschen. Toni war klar im Vorteil. Er kannte hier jedes Hindernis, jeden Stein. Immer wieder sah er sich wie ein gehetztes Tier nach seiner Verfolgerin um. Bianca sprintete über umgeknickte Bäume, Äste schlugen ihr ins Gesicht, und Dornen zerkratzten ihre Hände und verhakten sich in ihrer Kleidung, doch sie achtete nicht darauf. Sie versuchte, dem Toni den Weg zu seinem Wagen abzuschneiden. Eine Tanne lag quer über dem Weg. Bianca hechtete beherzt darüber und übersah den dahinterliegenden Graben. Sie stürzte. Ihr rechtes Bein prallte gegen einen riesigen Stein. Ein heftiger Schmerz durchzuckte sie und raubte ihr kurz den Atem. Mit einem lauten Fluchen sprang sie wieder hoch und rannte weiter. Der Ausrutscher hatte sie wertvolle Zeit gekostet. Toni war mittlerweile fast bei seinem Jeep angelangt. Sie würde ihn nicht mehr einholen können. Verbissen hastete sie weiter. Vielleicht half ja ein kleiner Bluff? Einen Versuch war es allemal wert. Mit ihrer Rechten tastete sie das Holster ihrer Waffe, zerrte es auf und fischte sie heraus.

»Halt, hiergeblieben! Sonst schieße ich!«, brüllte sie.

Den Helminger beeindruckte sie damit nicht. Ungerührt riss er die Fahrertür auf und schwang sich hinters Lenkrad. Er drehte den Schlüssel im Zündschloss. Nichts rührte sich. Bianca schöpfte neue Hoffnung. Abermals versuchte er, den Motor zu starten, doch der machte auch diesmal keinen Muckser. Gleich würde sie ihn einholen. Beim dritten Anlauf sprang die verdammte Karre an, und Helminger brauste los.

»Scheiße! Scheiße! Scheiße!«, fluchte Bianca, die an der Weggabelung angekommen war und hilflos zusehen musste, wie der Jeep sich rasch auf dem Wanderweg in Richtung Unterach entfernte. »Von wegen, die einzige Straße«, dachte Bianca zornig. Knapp zehn Meter hinter Bianca tauchte Weyrichs Kopf neben einer der Buchen auf.

»Du brauchst nicht mehr laufen. Dein Freund ist uns durch die Lappen gegangen«, schrie Bianca ihm zu.

Sie war immer noch außer Puste, stumm deutete sie in die Richtung, in der Toni geflüchtet war.

»Is er über den Kaplan Weg?«, erkundigte Weyrich sich, der Biancas Handbewegung nicht gesehen hatte.

»Ja!«

»Da wird er nicht weit kommen«, kicherte Weyrich hämisch. »Wenn i mich nicht täusche, liegen dort drüben immer noch die Bäume, die der Fellhofer kurz vor seinem Tod geschlagen hat, quer über den Weg. Bianca, lauf du rasch zu deinem Auto runter und versperr ihm unten beim Quellhäusl den Fluchtweg! I versuch, ihn aufzuhalten, wenn er kommt. Vielleicht kann i ihn doch noch zur Vernunft bringen!«

»Alles klar! Ich bin schon unterwegs.«

Bianca sprintete erneut los. Im Laufen holte sie ihren Autoschlüssel aus der Jackentasche, steuerte auf ihr Fahrzeug zu und positionierte ihren Wagen wie verabredet. Schon bog das Fluchtauto an der Weggabelung um die Ecke, wie ihr Kollege es vorausgesagt hatte.

»So, du Sauhund, diesmal entkommst du uns nicht«, knurrte Bianca und umklammerte wild entschlossen ihr Lenkrad.

Der Motor von Helmingers Jeep heulte auf, während Weyrich sich ihm mit ausgebreiteten Armen in den Weg stellte. Er drehte sich kurz zur Seite, um Bianca noch etwas zuzurufen, dabei rutschte er mit seinem Fuß zwischen den Metallträgern der Viehsperre durch. Weyrich stürzte, rappelte sich hoch und versuchte, sich zu befreien.

»Jetzt komm scho, du schaffst es«, sprach er sich selbst Mut zu.

Den panischen Unterton in seiner Stimme ignorierte er. Doch so sehr er auch zog, es war vergebens, der Fuß klemmte. Bianca sah Helmingers grimmig entschlossene Miene hinter dem Steuer und begriff, dass er auf seinen Freund keine Rücksicht nehmen würde. Sie musste handeln. Kalter Schweiß brach ihr aus allen Poren. Sie hatte immer gefürchtet, dass ihre Vergangenheit sie einmal einholen würde. Aber ausgerechnet hier und heute? Da waren sie wieder, die Bilder aus längst vergangener Zeit. Sie stürmten auf Bianca ein, und raubten ihr jede Möglichkeit, einen klaren Gedanken zu fassen.

»Hilfe! Mach schnell! I steck fest. Bianca schieß! Schieß auf die Reifen!«

Weyrichs Worte katapultierten sie zurück in die Realität. Sie musste eine Entscheidung treffen. Jetzt! Sofort! Mit einigen schnellen Sätzen erreichte sie ihren Kollegen, packte ihn von hinten unter den Schultern und zerrte aus Leibeskräften. Tonis Wagen raste unterdessen unerbittlich auf sie zu.

»Schieß lieber, sonst fahrt er uns alle beide übern Haufen«, schrie Weyrich verzweifelt.

»Halt die Pappen! Hilf lieber mit, drück dagegen! Fest! Los!«, befahl Bianca und warf sich selbst mit aller Gewalt nach hinten.

Weyrichs Schuh löste sich mit einem Ruck aus dem Gitter. Rücklings stürzten beide zu Boden. Keine Sekunde zu früh, denn in diesem Augenblick schoss Helminger in seinem Jeep an ihnen vorbei. Fassungslos starrten sie ihm hinterher.

»A, so ein Irrer. Der hat uns nur um a Haaresbreite verfehlt«, fluchte Weyrich.

»So viel zum Thema, dass der keiner Fliege etwas zuleide tun kann. Du sollst dich nicht täuschen, heißt's schon so schön in der Bibel, oder?«

»I versteh das net. Was is bloß in den Toni gefahren? Den muss wohl der Teufi geritten haben.«

»Wohl eher sein schlechtes Gewissen.«

»Aber wieso?«

»Sag einmal, kapierst du es wirklich nicht oder willst das nicht verstehen?«, erwiderte Bianca ungeduldig. »Der Toni ist der Mörder vom Fellhofer. Das ist doch sonnenklar! Warum würde er sonst vor dem Verhör abhauen, wenn er nichts am Kerbholz hätte? Aber sag, wie geht's deinem Fuß?«

Weyrich winkte ab.

»Mein Haxn wird scho wieder. Aber dass uns der Kerl entkommen is, das ärgert mich, und i bin schuld. Dabei habe i dich no vor diesem blöden Viehgitter gewarnt, i Rindvieh, i deppertes.« Resigniert rieb er sich sein schmerzendes Bein.

»Mach dir keine Sorgen, den finden wir schon wieder. Weit kann er noch nicht gekommen sein. Wir werden eine Großfahndung nach ihm einleiten.«

Entschlossen angelte Bianca sich ihr Diensthandy aus der Jackentasche und veranlasste das Notwendige.

»So, das wäre erledigt!«, meinte sie anschließend. Sie ließ ihr Handy in ihre Brusttasche gleiten, legte den Arm ihres Kollegen um ihre Schulter und packte kräftig zu. Mit vereinten Kräften gelang es Weyrich, sich daran hochzuziehen. Vorsichtig versuchte er, sein Bein zu belasten. Tapfer biss er die Zähne zusammen und humpelte mit Biancas Hilfe zum Auto. Dort ließ er sich erschöpft auf den Beifahrersitz sinken.

»Danke! Vermutlich hast du mir gerade das Leben gerettet«, murmelte Weyrich verlegen. »Das vergesse ich dir nicht. Aber bitte erzähl's keinem weiter, dass ich in das Gitter hineingetappt bin. Sonst werd i zum Gespött im ganzen Dorf. Des passiert doch sonst nur …«

»Den zweibeinigen Rindviechern aus der Stadt, ich weiß«, vollendete Bianca den Satz, und beide grinsten.

Sie startete ihren Wagen und fuhr zurück in Richtung Ortsmitte.

»Warum hast du eigentlich nicht zumindest auf seine Reifen geschossen?«

Bianca hatte auf diese Frage gewartet. Sie musste kommen. Nun war es an der Zeit, sie endlich zu beantworten.

»Ich hatte Angst, dass sich die Geschichte wiederholen könnte«, antwortete sie kleinlaut. Bianca drehte rasch ihren Kopf zur Seite, damit er die Tränen, die ihre Augen füllten, nicht sehen konnte.

»Welche G'schicht?«

»Meinen Vater hat bei einem ähnlichen Einsatz ein Querschläger erwischt. Er war sofort tot!«, würgte Bianca hervor und schniefte.

»Scheiße«, entfuhr es Weyrich.

»Beim nächsten Mal passiert mir das nicht mehr«, versprach Bianca, als sie schließlich ihre Beherrschung wiedererlangt hatte.

Unbeholfen zog er sein angerotztes Taschentuch aus dem Hosensack und hielt es ihr unter die Nase.

Eine dicke Träne kullerte über Biancas Backe, aber die ungeschickte Geste ihres Kollegen brachte sie wieder zum Lachen.

»Siagst, so gefällst mir scho wieder besser«, meinte Weyrich mit schmerzverzerrtem Gesicht.

»Ich wünschte, ich könnte dasselbe von dir behaupten«, erwiderte Bianca. »Du brauchst dringend einen Arzt, der sich um dein Bein kümmert. Ich bringe dich gleich zur Frau Doktor Reinisch in die Ordination.«

»A geh! Wegen dem kleinen Kratzerl brauch i doch koan Arzt. Ganz davon abgesehen, is die Reinisch bestimmt noch auf ihrer Nachmittagsvisite. Die kommt sicher net vor fünf Uhr zurück. Bring mi einfach heim. Die Rosa kümmert sich schon um mich.«

»Gut! Wenn du versorgt bist, schau ich mich in der Zwischenzeit nach dem Helminger um. Hast du vielleicht eine Idee, wo er stecken könnte?«

»Die hätt i scho, allerdings weiß i net, ob's d' die hören willst«, entgegnete Weyrich und bedachte Bianca mit einem obskuren Lächeln.

»Und die wäre?«

10. Kapitel
Samstag, 15. März

»Und? Gibt's was Neues vom Helminger? Hat er sich bei seiner Frau gemeldet?«

Bianca war mit zwei Tassen dampfendem Kaffee in die Stube gekommen. Weyrich thronte mit hochgelagertem Bein in einem Ohrensessel, den Rosa ihm ans Fenster gestellt hatte.

»Na, der Toni hat sich bisher net bei ihr gemeldet. Die Arme is ganz außer sich vor Sorg.«

Bianca drückte Weyrich die Tasse in die Hand, zog einen Stuhl unter dem Esstisch hervor und nahm neben Weyrich Platz.

»Wie geht's deinem Bein?«, erkundigte sie sich.

»Geht's so. Schon etwas von den Kollegen gehört?«

Bianca schüttelte den Kopf.

»Hat man zumindest sein Auto irgendwo gefunden?«, erkundigte er sich neugierig.

»Nein. Nichts! Er ist wie vom Erdboden verschluckt. Genauso wie die Nina. Ihre Handynummer ist nicht mehr aktiv, und zu Hause ist sie auch nicht aufgetaucht. Ich habe mir die halbe Nacht vor ihrem Haus um die Ohren geschlagen, ohne Erfolg. Auch die Krankenhäuser habe ich angerufen. Es wäre ja durchaus möglich gewesen, dass sie gerade entbunden hat. Fehlanzeige.«

Bianca seufzte resigniert auf.

»Ich weiß nicht, wo ich noch nach ihr suchen sollte. Vielleicht ist sie doch in Kärnten bei dieser Tante.«

»Net verzagen, Rosa fragen«, mischte diese sich ins Gespräch der beiden ein. Sie war mit einem riesigen Tiegel und frischem Verbandsmaterial ins Zimmer gekommen und hatte die Unterhaltung zwischen den beiden mitverfolgt.

»I hab Neuigkeiten«, meinte sie verheißungsvoll und strahlte dabei wie ein Honigkuchenpferd.

»So? Hat die Aicherin wieder einmal den Oberschmid Heli in flagranti beim Büroschlaf ertappt? Oder sind diesmal gar die Außerirdischen gelandet, dabei war's am End nur eine Wandergruppe, die spät in der Nacht von der Eisenau Alm runter is«, stichelte Weyrich.

»Halt's z'samm', und schmier dir liaber dein Haxn ein, damit's schnell wieder fit wirst. I hab koan große Lust, a so a lästiges Mannsbild wia dich da herumhocken zu haben.«

Sie öffnete den Salbentiegel und drückte ihn ihrem Bruder unsanft in die Hand. Weyrich rümpfte angewidert seine Nase.

»Die stinkt ja erbärmlich!«

»Aber helfen tut's. Das is die Hauptsache. Die Salbe hat mir die Kathi gegeben. Die verwendet sie für ihre Rösser. Und was denen hilft, passt für dich a.«

»Vergleichst d' mi jetzt mit einem Pferd?«, fragte Weyrich gereizt. Aber die Rosa ließ sich nicht beeindrucken.

»Hast recht. Der Vergleich hinkt. Wohl eher mit einem Rindvieh. Obwohl …?«

Rosa fuhr sich nachdenklich mit ihrem Zeigefinger an die Lippen. »Net einmal a Rindvieh tappt zweimal in einen Viehtritt.«

Weyrich warf Bianca einen anklagenden Blick zu. Doch diese schüttelte abwehrend den Kopf.

»Die Bianca hat nix erzählt«, verteidigte Rosa sie. »Das siag i a so. Das is die gleiche Verletzung, wia d' sie schon vor zwei Jahr einmal gehabt hast, als d' mit dem Karli halbbesoffen von der Bergmetten vom Schafberg runter bist. Aber manche merken sich's halt nie, gell.«

»Diesmal war er aber wirklich unschuldig«, lenkte Bianca ein.

Sie versuchte, einen Streit zwischen den Geschwistern abzuwenden.

»Spann uns nicht länger auf die Folter. Erzähl, was du herausgefunden hast.«

»I hab mi ein wenig umgehört im Dorf …«, legte Rosa eifrig los.

»Und?«, schnauzte Weyrich ungeduldig.

In diesem Moment läutete es an der Haustür. Bianca wollte sich erheben, aber Rosa kam ihr zuvor.

»Lass gut sein. I geh scho.«

Mit diesen Worten rauschte sie ab.

»Ich habe deine Schwester gebeten, sich ein wenig für uns umzuhören«, erklärte Bianca. »Die Leute plaudern beim Warten an der Wursttheke oder an der Kasse so einiges miteinander. Bei der Rosa sind's sicher weniger befangen als bei uns. Allein schon wegen unserer Dienstkleidung sind wir im Nachteil.«

Es klopfte, und gleich darauf hielt Frau Dr. Reinisch den Kopf zur Tür herein.

»Grüß dich, Herbert! Ich wollte mal nach dir schauen. Gestern ist es mir leider zu spät geworden. Du weißt schon, Visite und dann auch noch die Abendordination.«

Sie hielt inne und bedachte Bianca mit durchdringendem Blick. »Sie müssen wohl seine neue Kollegin, die Frau Inspektor Baldinger, sein?«

Die beiden Frauen schüttelten sich die Hand. Dabei taxierten sie sich unverhohlen. Bianca war enttäuscht. Sie hatte sich die Ärztin völlig anders vorgestellt, femininer. Ihre brünetten Haare waren formlos kurz geschnitten. Das Gesicht farblos. Die kühlen grauen Augen, die Bianca gerade aufmerksam musterten, trugen ebenfalls zu diesem Eindruck bei. Mit etwas

Schminke und einem guten Friseur wäre sie durchaus eine attraktive Frau. Sie war schlank, etwa ein Meter siebzig groß. Aber offenbar legte sie auf Äußerlichkeiten keinen Wert.

»So, Frau Doktor, i hab dir gleich eine Tasse Tee mitgebracht. Orange Pekoe, fünf Minuten, schön heiß. So, wie du ihn magst«, lächelte die Rosa eifrig und unterbrach Biancas Betrachtungen.

»Vielleicht schaust d' dir einmal seine Cholesterinwerte an. Bei dem seiner ungesunden Ernährung tät's mi net wundern, wenn er auch einen Herzinfarkt kriagt wia sein Ex-Kolleg, der Karli.«

Die Ärztin hatte auf einem Stuhl neben Weyrich Platz genommen.

»Alles zu seiner Zeit. Zuerst kümmere ich mich einmal um das verletzte Bein.«

Sie betastete es vorsichtig, dehnte und drehte es, wobei Weyrich mehrmals schmerzerfüllt aufstöhnte.

»Ich denke, wir sollten die beiden vielleicht kurz alleine lassen, damit die Frau Doktor Reinisch ihn in Ruhe untersuchen kann«, schlug Bianca vor.

»Nicht nötig! Wir sind schon fertig. Zum Glück ist es nur eine Prellung, aber zumindest heute sollst du dich auf jeden Fall noch schonen. Zum Einschmieren hast du etwas?«

»Ja, die Pferdecreme von deiner Assistentin«, antwortete Weyrich und warf seiner Schwester einen beleidigten Blick zu.

»Die kannst du ruhig weiter nehmen. Was den Tieren hilft, schadet uns Menschen auch nicht. Ich lass dir noch eine Packung Schmerztabletten da. Die nimmst du zusätzlich dreimal am Tag. Deine Kollegin«, dabei warf sie Bianca einen ernsten Blick zu, »muss heute ohne dich auskommen. Du übernimmst den Innendienst, verstanden?«

Weyrich nickte gehorsam. Rosa bot ihr eine Jause an, aber die Ärztin lehnte dankend ab.

»Ich muss nach meiner Cousine, der Vroni, schauen. Falls du stärkere Schmerzen bekommst, meldest du dich bitte sofort bei mir.« Damit verabschiedete sie sich von ihnen.

Rosa begleitete die Ärztin zur Tür und kam anschließend mit einem großen Krug Wasser und einem frischen Glas in die Stube zurück.

»Für di, damit's uns net verdurstest, während wir weg sind.«

»Was soll denn das jetzt wieder heißen? Du hast uns doch no gar net gesagt, was du so Interessantes erfahren hast«, erkundigte Weyrich sich.

»I hab dem Steinlechner Franz die neue Adresse von der Nina herauskitzelt. Sie wohnt nämlich vorübergehend bei ihrer Freundin in Zell am Moos draußen. Und dort fahren die Bianca und i jetzt gleich hin. I hab uns schon angekündigt. Das heißt«, wandte Rosa ein, »Bianca, du triffst dich mit der Nina, während ich in der Zwischenzeit die Helga besuche. Das ist eine liebe Freundin von mir, die ich schon Ewigkeiten nicht mehr gesehen habe. Und wie es der Zufall will, wohnt die genau neben der Nina. Vielleicht hat sie etwas gehört oder gesehen, was uns weiterhilft. Davor könnten wir noch rasch bei der Zenzi vorbeischauen.«

»Was wollt's denn bei der alten Spinnerin?

Doch Rosa ignorierte seinen Einwand.

»Lass uns gehen, Bianca, damit i wieder a bissal Miss Marple spielen kann, wie das mein herzallerliebster Bruder so schön ausgedrückt hat«, dabei bedachte sie ihn mit einem süffisanten Lächeln. »Pfiat di, du alter Grantler!«

Bevor Weyrich noch etwas erwidern konnte, huschte Rosa aus der Stube und zog Bianca mit sich.

»Ihr habt's Glück. Die Zenzi Tant is munter. Kommt's nur rein«, begrüßte die Bettina Schindlauer sie. »Lasst's die Schuh bitte an und geht's gleich weiter in die Stub'n. Du weißt ja eh, wo d' die Tant findest, Rosa. I darf mi schnell entschuldigen. I muss zu meinem Ofen, sonst brennt mir mein Milchbrot an.«

Damit ließ sie die beiden allein zurück. Sie putzten sich ihre Schuhe auf dem Abstreifer mit dem weisen Spruch – Tritt ein, bring Glück herein – ab und traten in den dunklen, holzgetäfelten Flur. Das Gebäck verbreitete einen wunderbaren Duft. Irgendwo ratterte eine Kaffeemaschine im Hintergrund. Anscheinend erwartete die Schindlauerin Besuch. Bianca lief bei dem Geruch das Wasser im Munde zusammen. Sie musste schlucken. Schweren Herzens folgte sie Rosa, die an der Küche vorbei den düsteren Gang entlangging und schließlich an eine Tür ganz hinten im Flur klopfte.

»Geht's eina!«, forderte eine klare, deutliche Stimme sie von drinnen auf einzutreten.

Die Person zu dieser Stimme überraschte Bianca. Sie gehörte einer gebrechlichen Alten. Ihre weißen Haare waren zu einem Zopf geflochten und am Hinterkopf verknotet. Die dürren Beine steckten in geflickten Wollsocken und Filzpantoffeln.

»Grüß di, Zenzi! Freut mich, dass wir uns wieder einmal sehen«, begrüßte Rosa sie mit einer herzlichen Umarmung. »Ich hab noch jemanden mitgebracht. Das is die Bianca, die neue Kollegin vom Herbert. Die hätt grad ein paar Fragen an dich.«

Bianca ergriff Zenzis Hand. Ihre knochigen Finger waren eiskalt, obwohl die Alte in einem Rollstuhl ganz nah beim Kamin saß, in dem ein Feuer brannte. Mit einem durchdringenden Blick aus ihren blassgrünen, wässrigen Augen fixierte sie Bianca.

»I hab scho g'wartet auf dich.«

»Auf mich?«, wollte Bianca gerade einwenden. Die Zenzi hatte sie vermutlich mit der verstorbenen Tochter von ihrem Kollegen verwechselt, der sie scheinbar ein wenig ähnlich sah.

»Ganz recht. Auf dich«, wiederholte die Alte. »Da oben«, dabei deutete sie mit ihrem knochigen Finger an die Stirn, »bin i no ganz hell im Stübchen. Nur die Sehkraft lässt langsam nach, und damit meine i net meine Augen«, fügte sie hinzu.

»Das hab i der Frau Inspektor auch scho gesagt«, warf die Schindlauerin ein, die gerade mit einem Tablett, beladen mit Milchbrot, Butter und Kaffee, zur Tür hereinkam.

Sie stellte es auf dem riesigen Eichenholztisch ab, schob den Rollstuhl der Tante hinzu und schenkte die Tassen voll.

»So, dann greift's kräftig zu. Warm is es am besten.«

Bianca ließ sich nicht zweimal bitten. Sie verteilte reihum und schnitt sich selbst ebenfalls ein ordentliches Stück ab, das sie gleich noch fingerdick mit Butter bestrich, und biss herzhaft zu. Die Butter schmolz auf dem warmen Brot und tropfte auf den Teller. Sie gönnte sich noch ein weiteres Stück, leckte dann jeden einzelnen Finger ab und wischte sich den Rest mit einem Papiertaschentuch, das Rosa aus ihrer Tasche gefischt hatte, ab. Die Zenzi Tant tunkte ihre Scheibe in ihren Milchkaffee und schob die aufgeweichten Stücke in ihren zahnlosen Mund. Dabei schmatzte sie genussvoll.

»Wir kommen wegen dem Mord am Fellhofer«, begann Bianca. »Die Nachbarn haben wir schon befragt. Leider waren die meisten in der Arbeit. Keiner hat etwas gesehen. Und jetzt wollten wir fragen, ob …?«

Die Alte nickte.

»Schlimme G'schicht. I hab's gespürt, dass sich a Unwetter z'samm'braut. Tagelang hab i scho schlecht träumt bei der Nacht. So viel Wut, so viel Hass is in der Luft gelegen.«

»Wir wollten dich fragen, ob dir etwas aufgefallen ist. Euer

Haus liegt ja dem Fellhofer'schen Stall am nächsten«, drängte Bianca.

»G'seh'n hab i nix. Aber g'spürt hab i's.«

»Was?«, warf Bianca ein.

»Zwei warn's. Genau wia in meine Träume. Was Spitzes hab i für einen Moment aufblitzen sehn. Vielleicht a Messer oder a etwas anderes, Metallisches. Genau kann i's leider net sagen. Und dann haben's g'stritten.«

»Streit?«, hakte Bianca nach.

»Ja, draußen vorm Stall muss das g'wesen sein.«

»Weißt du zufällig, wer da gestritten hat?«

Die Zenzi schüttelte hilflos den Kopf. »Nein, das musst scho selbst rausfinden. Meine Kräfte sind leider nimma die besten. Früher, ja, früher wär das Bild no klarer g'wesen. Aber du findest sie, hab Geduld. Jetzt muss i mi leider von euch verabschieden. I brauch meinen Schlaf. Aber kommt's ruhig wieder einmal vorbei. I freu mi.«

Wenig später traten sie schweigend ins Freie. Bianca atmete hörbar aus. Sollte sie dem wirren Gerede der Alten Glauben schenken? Und, falls ja, wer waren die zwei?

Kurz vor zwei Uhr setzte Bianca Rosa wie vereinbart vor dem Haus ihrer Freundin ab. Rosa hatte ein Foto von Toni aus ihrer Handtasche gefischt.

»Was willst denn mit dem?«, erkundigte Bianca sich.

»Vielleicht is er der Helga scho einmal untergekommen. I bin schließlich net nur zum Kaffeeplausch hergekommen«, grinste sie und verabschiedete sich von ihr.

Bianca seufzte auf. Das bevorstehende Gespräch war ihr äußerst unangenehm, immerhin war die Nina hochschwanger. Sie durfte sie bei ihrer Vernehmung unter keinen Umständen zu sehr aufregen, schließlich hatte sie keine Lust, auch noch

Entbindungshelfer zu spielen. Bianca beneidete ihren Kollegen, der heute zwangsläufig zur Schreibtischarbeit eingeteilt war.

Sie klingelte bei der angegebenen Adresse. Das Reihenhaus aus den Achtzigern hätte einen neuen Anstrich vertragen. Dafür punktete es mit seinem direkten Blick auf den Irrsee. Zaghaft öffnete Nina Gruber die Tür und sah sich ängstlich nach allen Richtungen um. Sie trug ein braunes, abgetragenes Wollkleid und hatte einen Besen in der Hand. Bianca erinnerte sich an Weyrichs Schilderung, wie die Nina in jener Nacht damit auf die Tür der Fellhofers eingeschlagen hatte. Dieses Bild passte so gar nicht zu der verängstigten Person, die ihr gegenüberstand.

»Frau Inspektor Baldinger?«, fragte sie mit unsicherer Stimme.

»Ja, die bin ich. Schön, dass Sie mich empfangen, Frau Gruber«, grüßte Bianca. »Darf ich kurz reinkommen?«

Zögernd gab sie die Tür frei. »Okay, wenn's sein muss.«

Bianca folgte ihr ins Wohnzimmer. Nina lehnte den Besen an die Wand und ließ sich schwerfällig auf das Sofa nieder. Mit einer Handbewegung bedeutete sie Bianca, sich zu setzen.

»Um was geht's?«

Bianca nahm auf einem Hocker daneben Platz und rutschte unruhig hin und her.

»Es geht um den Mord an Ihrem Ex-Freund, dem Hans Fellhofer.«

»Um den Mord? Mit dem hab i nichts zu tun. I war ja nicht einmal da. Ganz abgeseh'n von meinem Zustand.«

An ihrem Hals breiteten sich rote Flecken aus, und sie kratzte sich mit ihrer rechten Hand, während die linke schützend über ihren gerundeten Bauch streichelte. Am liebsten wäre Bianca aufgestanden und wieder gegangen.

»Und wo waren Sie dann?«

»In Villach bei meiner Tante. Das könnt's gern überprüfen.

Bei der war i die letzten paar Monate.«

Bianca notierte sich Namen und Telefonnummer der Verwandten in ihrem Notizbuch.

»Seit dem Streit mit dem Hans?«

Nina nickte.

»Ja, i wollt weg. Weg von den Leuten, weg von dem ständigen Klatsch und Tratsch.«

»Seit wann sind Sie wieder zurück?«

»Montag gleich nach dem Anruf hab i mi am Weg g'macht.«

»Wer hat Sie angerufen und warum?«, hakte Bianca aufgeregt nach.

»Na, der Toni hat mir erzählt, dass dem Hans etwas Schreckliches passiert is. Das muss so gegen elf Uhr gewesen sein.«

»Hat er gesagt, was genau geschehen ist?«

Nina begann wieder mit ihrer Kratzerei. Sie überlegte, schüttelte dann aber den Kopf.

»Nein. Nichts Genaueres. Aber an seiner Stimme hab i g'merkt, dass es wirklich schlimm sein muss. Außerdem hat er mich gebeten, mit niemandem darüber zu sprechen.«

»Und warum?«

Sie zuckte die Schultern. Bianca kannte die Antwort ohnehin. Ihr Kollege hatte die Leiche vom Fellhofer erst abends im Stall entdeckt, nachdem die alte Bäuerin ihn angerufen hatte. Wer konnte also zuvor schon davon gewusst haben? Wer außer dem Mörder selbst? Die Gruber riss Bianca aus ihren Gedanken. Sie angelte sich ein Kissen, das neben ihr auf der Couch gelegen hatte, und stopfte es sich umständlich hinter ihren Rücken.

»Wann haben S' denn den Toni das letzte Mal gesehen?«

Ihr Gegenüber zuckte sichtlich zusammen, so als hätte sie einen Schlag erhalten.

»Beim Sommerfest«, murmelte sie schließlich so leise, dass Bianca sie kaum hören konnte.

»Beim Sommerfest letztes Jahr?«, wiederholte Bianca ungläubig.

Die Gruber nickte und sah betreten zu Boden.

»Wir gehen davon aus, dass der Toni für den Mord am Hans Fellhofer verantwortlich ist. Und jetzt habe ich die undankbare Aufgabe, allen Gerüchten rund um den Hans nachzugehen. Es ist mir wirklich unangenehm, aber wir haben da einen Tipp bekommen, dass Ihr Kind eventuell nicht vom Hans …?«

Ihre Flecken leuchteten mittlerweile so rot wie die Morddrohung auf Fellhofers Stalltor. Die Kratzerei machte es nicht besser. Sie merkte es selbst und fischte sich eine Zigarette aus der Packung, die am Couchtisch lag, und zündete sie mit zittrigen Fingern an.

Gierig inhalierte sie den Rauch. Bianca konnte nur schwer an sich halten. Schwangerschaft und Nikotin passten für sie nicht in einen Topf.

»Von wem habt's den Tipp?«, fragte sie noch leiser. Sie nahm einen neuerlichen tiefen Zug von ihrem Glimmstängel und lachte bitter auf.

»I kann mir schon denken. Sicher vom Heli Oberschmid. Die zwei sind ja wia der Teufi hinter die Fliegen hinter mir her?«

»Die zwei?«

»Ja, sowohl der Toni als auch der Heli. Dem einen geht's um die Vaterschaft, dem anderen ums Erbe.«

»Einer schlimmer wie der andere.«

Bianca kamen unweigerlich die Worte der alten Zenzi wieder in den Sinn. Auch sie hatte von zweien gesprochen.

Nina nickte und paffte Bianca eine riesige Rauchwolke entgegen.

»Könnte ich vielleicht ein Glas Wasser haben?«, bat Bianca, der die Raucherei auf die Nerven ging. »Ich hol's mir auch gerne selber.«

Nina dämpfte ihre Zigarette aus und hievte sich auf die Beine.

»Mach i scho«, meinte sie. »I bin ja net krank, nur schwanger. Außerdem müsst ich ohnehin einmal …«

Dabei deutete sie auf die Tür auf der gegenüberliegenden Seite.

»A so a lästige Nebenerscheinung der Schwangerschaft«, grinste sie verlegen und verschwand in Richtung Toilette. Bianca nutzte die Gelegenheit, sich ein wenig im Haus umzusehen. In der Küche standen zwei leere Tassen, wovon eine mit rotem Lippenstiftrand beschmiert war. Die Tasse der Freundin, mutmaßte Bianca. Auch im Bad wies nichts auf die Anwesenheit eines Mannes hin. Sie hörte die Spülung. Bianca huschte zurück ins Wohnzimmer, und kurz darauf tauchte auch Nina mit zwei Gläsern, gefüllt mit frischem Leitungswasser, im Wohnzimmer auf.

»Sie haben gesagt, dass sowohl der Oberschmid als auch der Helminger Sie bedrängt haben? Wegen Ihrem Kind?« Sie deutete dabei auf Ninas Bauch.

»Ja! Das war auch der Grund, warum i zu meiner Freundin geflüchtet bin und mein Telefon abgemeldet hab. Die haben mich bombardiert mit Anrufe. Weil i nimma erreichbar war, sind's kommen. Vor meinem Haus sind's herumgelungert und haben gewartet auf mi. I hab mi scho nimma vor die Tür getraut. Das war der reinste Psychoterror«, schluchzte Nina auf.

»Nicht aufregen«, versuchte Bianca, sie zu beruhigen. Sie setzte sich neben Nina auf die Couch und legte beschwichtigend ihren Arm auf Ninas Schulter, ehe sie weitersprach.

»Ich muss in alle Richtungen ermitteln, aber ich verspreche Ihnen, wenn diese alte Geschichte nichts mit dem Fall zu tun hat, wird niemand etwas davon erfahren. Ich muss wissen, wer der Vater von Ihrem Kind ist.«

Nina Gruber rieb nervös über ihren Bauch und wippte vor und zurück. Wieder und immer wieder vor und zurück, ohne zu antworten.

»Frau Gruber, mir ist die Frage genauso unangenehm wie Ihnen. Aber …«

»Ich weiß es net«, unterbrach Nina sie. Sie brach in Tränen aus. »Ich weiß net, wer der Vater von meinem Kind is. Beim letzten Sommerfest. Wir haben schon ziemlich viel getrunken g'habt.« Stockend erzählte sie die Geschehnisse.

»Der Hans und die Vroni haben wieder ihr übliche Geplänkel angefangen, so lang, bis der Toni und i ausgerastet sind. Der Hans is danach einfach abg'haut, ohne ein Wort zu sagen, und die Vroni war auch dahin. Der Toni und ich haben weiterg'feiert. Wir haben a Riesengaudi g'habt. Irgendwann wollten wir dann heim. Aber die Nacht war so schön lau. Wir haben uns unter die große Linde oben beim Georgshof g'setzt und auf den See runterg'schaut. Und dann is passiert …«

11. Kapitel
Sonntag, 16. März

Das Klingeln ihres Mobiltelefons schreckte Bianca aus dem Schlaf. Sie fuhr hoch, tastete schlaftrunken auf dem Nachtkästchen nach dem Handy und stieß es mit ihrer Hand zu Boden. Bianca fluchte leise auf. Die Leuchtanzeige ihres Weckers zeigte 5.45 Uhr. Wer zum Kuckuck rief sie um diese Uhrzeit an? Noch dazu an einem Sonntag?

Als sie das Gerät endlich an ihr Ohr hielt, schnaufte der Anrufer hektisch: »Na endlich! I hab mir scho gedacht, es meldet sich gar keiner. Beim Weyrich hab i's a scho versucht.«

Die Begrüßung gefiel Bianca ganz und gar nicht. So ein unhöflicher Kerl. Was bildete der sich bloß ein? Doch irgendwie kam ihr die Stimme bekannt vor.

»Inspektor Baldinger! Wer spricht da, und was gibt's so Dringendes?«, schnauzte sie in den Apparat.

»I bin's, der Heli Oberschmid«, stellte der Anrufer sich endlich vor. »Kommt's schnell! I hab den Toni gefunden«, japste er aufgeregt.

Die Verbindung war miserabel, seine Stimme klang abgehackt.

»Wo?«

»Bei der alten Jagdhüttn vom seligen Reinisch. Am Fuß der Eisenau Alm. Der Herbert kennt den Weg.«

»Wie lang brauchen wir dorthin?«

»Mit eurem Dienstwagen kommt's da net rauf, und zu Fuß braucht's mindestens a Dreiviertelstund. Aber vielleicht kann euch die Frau Doktor Reinisch mit dem Jeep mitnehmen, dann seit's in zehn Minuten bei der Hüttn.«

»Wir machen uns gleich auf den Weg. Versuchen Sie, ihn in der Zwischenzeit in ein Gespräch zu verwickeln.«

Bianca war hellwach. Sie hatte den Hörer zwischen Kinn und Schulter eingeklemmt und schlüpfte hastig in ihre Hose. Warum sollten sie die Ärztin mitnehmen? War der Toni verletzt? Bianca wollte schon nachfragen, aber Oberschmid kam ihr zuvor.

»Reden wird der nix mehr mit mir. Der Toni is …«

Es knackte in der Leitung. Bianca dachte schon, die Verbindung wäre endgültig unterbrochen.

»Was ist mit ihm?« Bianca schrie beinahe ins Telefon.

»Tot! Haben S' gehört? Tot!«

»Ja, und wia is er …?«, setzte Weyrich an.

»Ich weiß nichts Genaues«, fiel Bianca ihm ins Wort.

Sie beschleunigte ihren Wagen so schnell, dass Weyrich in den Sitz gedrückt wurde und Mühe hatte, den Sicherheitsgurt zu schließen.

»Das Letzte, was ich gehört habe, war, das der Helminger Toni tot ist, dann ist die Verbindung unterbrochen worden.«

»Hättest ihn halt zurückgerufen.«

»Das habe ich ja versucht, du Schlaumeier«, brauste Bianca auf und drückte das Gaspedal weiter durch. »Aber ich bin immer in seiner verdammten Mobilbox gelandet.«

»Schon gut, schon gut«, beschwichtigte ihr Kollege sie. »Dort oben is ja kaum Empfang. Wundert mich eh, wia er überhaupt durchgekommen is. Wahrscheinlich is er a Stückl den Weg hinauf. Dort oben is a kleine Lichtung, von der aus man hin und wieder telefonieren kann.«

»Das würde auch erklären, warum er so ins Telefon geschnauft hat«, pflichtete Bianca ihm bei und schaltete in den vierten Gang.

»Zwei Tote innerhalb einer Woche. So einen Fall haben wir hier noch nie gehabt, zumindest, soweit ich mich erinnern kann«, beteuerte Weyrich und versuchte verzweifelt, sein Schuhband zu binden, das ihm bei ihrem überstürzten Aufbruch gerissen war. Auch Bianca hätte diesen Fund lieber nicht begutachten wollen. Wo es doch so ein wunderschöner Tag zu werden versprach. Der erste Sonntag, an dem die Temperaturen vielleicht sogar über zwanzig Grad klettern würden. Die Sonne ging gerade über dem Schafberg auf und ließ den See in seinem schönsten Türkisblau erstrahlen. Unmittelbar hinter dem Gasthof Jagawirt in der Burgau bog Bianca von der Bundesstraße ab und parkte ihr Dienstfahrzeug. Die Vögel zwitscherten ausgelassen. Das Rauschen der nahen Burggrabenklamm wirkte einlullend. Der Frühling war endlich ins Land gezogen. Für einen kurzen Augenblick vergaß sie den schrecklichen Vorfall, weswegen sie hierhergekommen waren, und genoss die friedliche Stille. Weyrich kämpfte im Wagen noch immer mit seinem Schnürsenkel.

»Was hat denn die Polizei zu so früher Stund bei uns zu suchen? Is was passiert?«, vernahm sie plötzlich den Wirt.

Er war vor die Tür getreten und musterte Bianca misstrauisch. Weyrich hatte den Kampf mit seinem Schuhband beendet und schälte sich aus dem Wagen.

»Servus, Sepp!«, begrüßte er den Gastwirt und lüftete seine Dienstmütze. »Das wird a herrliches Tagerl heut«, dabei deutete er mit dem Kinn zum wolkenlosen Himmel.

»Und? Macht's ihr einen Betriebsausflug in die Burggrabenklamm, weils Wetter gar so schön is?«, lachte der Wirt schallend über seinen eigenen Witz. »Oder seit's dienstlich da?«

»Wir müssen zur Jagdhütte rauf«, erklärte Weyrich und erntete dafür einen mahnenden Blick von Bianca.

»Was wollt's denn da oben? Da war doch seit dem Selbstmord vom Philipp kein Mensch mehr«, bohrte der Sepp neugierig nach.

Bianca verdrehte die Augen. Seine Fragerei ging ihr langsam, aber sicher auf die Nerven. Und wer zum Teufel war dieser Philipp, von dem er sprach? Ein Verwandter oder gar der Vater von der Gemeindeärztin? In diesem Moment bog Frau Dr. Reinisch mit ihrem Geländewagen um die Ecke. Bianca nutzte die Gelegenheit, dem wissensdurstigen Gastwirt zu entkommen, und zog Weyrich hinter sich ins Auto, ehe er dem Wirt allzu viele vertrauliche Informationen preisgeben konnte.

»Schnallt's euch an! Jetzt wird's holprig«, warnte die Frau Doktor.

In rasantem Tempo jagte sie ihren Allrad die steile Forststraße hinauf. Bianca fürchtete schon, die Fahrt würde nicht am Berg, sondern im Graben hinter dem Gasthof enden. Warum bloß diese Eile? Davon wurde Toni auch nicht mehr lebendig. Ihr eigenes Leben hingegen war ihr durchaus lieb und teuer. Entgegen allen Befürchtungen erreichten sie die Hütte nach zehnminütiger Höllenfahrt unbeschadet.

Die Ärztin parkte ihr Fahrzeug an der Hinterseite des Gebäudes. Dort stand auch der grüne Jeep vom Helminger Toni unter einem Vordach. Früher wurde dieser Unterstand vermutlich zum Lagern von Brennholz genutzt. Als die drei aus dem Wagen stiegen, sprang der Oberschmid Heli von dem Hackstock auf, der ihm als Sitzgelegenheit gedient hatte.

»Bin i froh, dass ihr da seid's!«, seufzte er erleichtert. Er schlotterte am ganzen Körper, obwohl er sich eine dicke rotgrün karierte Wolldecke übergeworfen hatte. Darunter trug er eine dunkelgraue kurze Goretex-Short mit passendem T-Shirt und giftgrüne Trial-Laufschuhe, wie Bianca mit Kennerblick feststellte.

»Sind S' wieder fest am Trainieren?«, nahm sie das Gespräch auf.

»Wollt i, aber da hat mir der Toni einen gewaltigen Strich durch die Rechnung gemacht. Dort drüben is er«, dabei deutete er mit seiner Hand um die Ecke, »auf der Holzbank vorm Eingang. Zuerst hab i mir ja gedacht, er würd ein Nickerchen machen. Erst als i dann ganz nah zu ihm gegangen bin, hab i die Sauerei geseh'n.«

»Welche Sauerei?«, fragte Bianca verblüfft.

»Das Hirn hat er sich weggepustet, der Depp, der blöde. I warn euch, das is koa schöner Anblick. Mir is immer no ganz schlecht …« Er presste beide Hände vors Gesicht und schüttelte verzweifelt seinen Kopf, als könnte er die schrecklichen Bilder dadurch loswerden.

»Soll ich dir etwas zur Beruhigung spritzen?«

»Na, bloß net! A Schnapserl wär mir lieber«, schüttelte Heli abwehrend beide Hände und kauerte sich wieder auf den Hackstock.

»Da kann i aushelfen. Es heißt net umsonst, die Polizei, dein Retter in der Not«, murmelte Weyrich und zückte einen Flachmann aus der Innentasche seiner Dienstjacke. »Geht's ihr nur ohne mich«, scheuchte er die beiden Frauen mit einer Handbewegung fort, als wären sie ein paar lästige Fliegen, die er loswerden wollte. »I bleib in der Zwischenzeit beim Heli und kümmere mich um ihn. Den Armen kann i doch net alleine lassen.«

Bianca war klar, dass ihr Kollege sich nur vor dem Anblick der Leiche drücken wollte. Ausnahmsweise konnte sie ihm das sogar nachfühlen. Auch ihr Magen spielte da nicht mit. Sie wusste das aus leidvoller Erfahrung von früheren Ermittlungen. Vielleicht sollte sie ihren Kollegen auch um einen kleinen Schluck bitten?

»Na, Frau Kollegin? Was is? Möchtest du dich net an die Arbeit machen? Oder hast Angst davor, einen Toten zu sehen?«

»Ich weiß schon, was ich zu tun habe. Kümmere du dich lieber um deine Aufgaben. Und vergiss vor lauter Schnapssaufen nicht, die Aussage vom Herrn Oberschmid aufzunehmen«, blaffte Bianca.

»Ja, ja, mach i. Jetzt schau, dass d' weiterkommst. Die Gitti is scho drüben«, knurrte Weyrich hinterher.

»Halt!«, schrie Bianca der Ärztin nach, aber die war bereits um die Ecke gebogen, um nach dem Toni Helminger zu sehen. Das würde wieder ein Theater mit den Leuten von der Spurensicherung geben. Die konnten es auf den Tod nicht leiden, wenn jemand ohne entsprechende Schutzkleidung in die Nähe des Fundorts latschte. Besonders der Chef der Weißgekleideten, dieser Gruber, würde wieder wie ein Rohrspatz wettern. Bianca streifte sich die Überzieher über ihre Schuhe und folgte der Ärztin.

Toni saß auf einer massiven Eichenholzbank, die neben dem Eingang zur Jagdhütte stand. Sein Kopf war mit der Stirn nach unten auf die Tischplatte vor ihm gesackt, als würde er schlafen. Er trug Jeans und einen abgetragenen olivgrünen Strickpulli. Bianca erkannte die Kleidung wieder. Es war zweifelsfrei jene, die Toni am Tag seiner Flucht getragen hatte. Die Szenerie wirkte auf paradoxe Weise friedlich. Erst auf den zweiten Blick sah Bianca das Malheur, und ihr wurde bewusst, was Oberschmid mit der Sauerei gemeint hatte. Das Lärchenholz der Hütte, das im Laufe der Jahre von einer silbrigen Patina überzogen worden war, hatte das viele Blut gierig aufgesogen und hässliche dunkle Flecken hinterlassen. Die helleren Teile und eine undefinierbare, schmutzig graue, bröckelige Masse, die an der Wand verteilt klebten, mussten wohl … Übelkeit kroch in ihr hoch und schnürte ihr die Kehle zu. Bianca würgte. Frau Dr.

Reinisch hatte sich Handschuhe übergestreift und machte sich an dem Toten zu schaffen.

»Wenn Ihnen schlecht wird, konzentrieren Sie sich auf Ihre Atmung. Das hilft. Zumindest meistens«, grinste die Medizinerin, ohne dabei den Blick vom Toni zu wenden.

Dankbar befolgte Bianca ihren Rat und versuchte, sich auf andere Details zu fokussieren. Die Tür der Hütte stand offen. Sie würde sich später drinnen umsehen. Über dem Eingang war ein altes, handbemaltes Holzschild mit einem Jagdspruch angebracht. Wind und Wetter hatten ihm zugesetzt, die Farbe blätterte ab.

»Wer sinnvoll Flint und Büchs benützt«, entzifferte Bianca halblaut die erste Zeile des Verses.

»Sinnvoll hat er den Jagdstutzen nicht benutzt«, erwiderte die Ärztin, die ihre Untersuchung beendet hatte und neben Bianca getreten war. »Der Toni hat sich erschossen«, stellte sie sachlich fest und sprach damit aus, was Bianca schon längst vermutet hatte.

»Und wie lang ist er schon tot?«

»Mindestens zwei Tage.«

»Also seit Freitag?«

Die Medizinerin nickte. »Ich bin zwar keine Pathologin, aber nachdem die Totenflecken sich nicht mehr wegdrücken lassen und die Totenstarre sich bereits teilweise wieder löst …«

Bianca hatte keine Lust auf eine Lektion in Sachen Pathologie.

»Das heißt«, fiel sie der Ärztin ins Wort, »der Toni flüchtet vor unserem Verhör. Überfährt dabei beinahe meinen Kollegen. Und bringt sich hier schließlich selbst um?«

»Klingt plausibel. Genau werden wir es ohnehin nie erfahren.«

Sie seufzte auf.

»Dabei …«

»Dabei was?«

»Haben wir so viele schöne Stunden hier oben verbracht«, vollendete sie den Satz. Die Ärztin schüttelte fassungslos den Kopf und wandte den Blick hinauf zu dem Spruch über dem Eingang. »Das Schild hat mein Bruder im Werkunterricht gebastelt. Zum Vatertag hat er's gemacht. Ich kann mich noch erinnern, wie sie es gemeinsam über der Tür aufgehängt haben. Der Vater und mein Bruder. Oft waren wir die ganzen Ferien über hier. Der Philipp hat diese Hütte geliebt. Kurz vor Weihnachten letztes Jahr hat er sich erschossen. Und jetzt bringt sich auch noch der Toni, der Mann von meiner Cousine, hier um. Am selben Platz, mit demselben Gewehr.« Verzweifelt raufte sie sich die Haare. »Am liebsten würde ich die Hüttn einfach niederbrennen. So viel sinnloses Leid.« Ihre Stimme versagte.

Unbeholfen klopfte Bianca ihr auf die Schulter. Der Gefühlsausbruch der sonst so distanzierten Ärztin überforderte sie.

»Vielleicht hat der Toni sich auch gar nicht selbst erschossen?«

Frau Dr. Reinisch fasste sich überraschend schnell wieder.

»Fremdverschulden kann ich ausschließen«, winkte sie ab und ging zu ihrer Arzttasche, die sie neben dem Toten auf dem Tisch abgestellt hatte. Sie wechselte ihre Einweghandschuhe, entnahm ein weiteres Paar und ein Blatt Papier, das unter der Tasche eingeklemmt war, und brachte es Bianca.

»Entschuldigen Sie, das hätte ich fast vergessen.«

Bianca streifte die Handschuhe über und faltete das Schreiben auseinander.

»Das hab ich beim Toni gefunden. Er hat wohl noch sein Gewissen erleichtern wollen, bevor er sein Leben ausgelöscht hat.«

»I hab den Hans Fellhofer ermordet. Mit der Schuld kann i net leben. Verzeiht's mir. Unterschrieben Toni Helminger«, las Bianca laut vor.

Was hatte ihn zu dem Mord am Hans Fellhofer bewogen? Warum hatte er sich selbst erschossen? Sie würden es nie erfahren. Bianca holte tief Luft, nahm schließlich all ihren Mut zusammen und warf einen neuerlichen Blick auf den Toten, als könnte er ihr die fehlenden Antworten liefern. Erst jetzt fiel ihr der Jagdstutzen auf, den er zwischen den Beinen eingeklemmt hatte. Seine rechte Hand umklammerte immer noch den Abzug, während die linke auf der Tischplatte ruhte. Irgendetwas störte Bianca an dem Bild. Doch ehe sie sich darüber Gedanken machen konnte, drückte Frau Dr. Reinisch ihr die Überweisung für die Pathologie in die Hand. »Ich fahr jetzt.«

Damit klappte sie ihre Arzttasche zu und hob sie vom Tisch.

»Warten S'!«, bat Bianca. Sie notierte noch rasch die Telefonnummer von Dr. Lacher und die des Spurensicherungsteams auf einen Zettel und gab ihn der Ärztin in die Hand.

»Könnten Sie das Team verständigen, nachdem wir hier keinen Empfang haben?«

Fragend hob die Ärztin ihre Augenbraue hoch. Sie musterte Bianca eindringlich. Schließlich nickte sie, ohne etwas zu erwidern, und schob den Zettel in ihre Hosentasche. Dann verschwand sie in Richtung Auto.

»Und?«, sprang Weyrich neugierig vom Boden auf.

»Euer Mordfall ist geklärt. Der Toni hat ein Geständnis hinterlassen. Deine Kollegin scheint anderer Meinung. Sie will die Spurensicherung herbestellen. Warum, weiß ich nicht, aber das müsst ihr euch eh selber ausmachen. Wir treffen uns später bei der Vroni.«

Kurz darauf brauste sie mit dem Oberschmid Heli davon. Ob der den rasanten Fahrstil der Ärztin kannte? Bianca zog den

Abstieg zu Fuß eindeutig vor.

»Und was machen wir jetzt?«, erkundigte Weyrich sich. Unschlüssig hielt er die Decke, die Oberschmid als Umhang gedient hatte, in der Hand.

Wankte er leicht? Oder täuschte Bianca sich? Egal, im Augenblick hatte sie Wichtigeres zu tun, als sich mit dem Promillegehalt ihres Kollegen zu beschäftigen.

»Du bringst die Decke ins Haus. Aber zieh dir die Überzieher über deine Schuhe und greif auch im Haus nichts an. Die zwei haben schon genug Spuren hinterlassen. Dafür wird uns der Gruber den Schädel abreißen.«

»Deiner wird rollen, net meiner! Das ganze Team? Wegen einem Selbstmörder? A so a Schwachsinn. Wo doch der Fall ohnehin abgeschlossen is. I bin scho gespannt, was der Haller dazu sagen wird«, grinste Weyrich und trottete davon. Bianca starrte ihm unschlüssig hinterher. An den Oberinspektor hatte sie bisher keinen Gedanken verschwendet. Sie hatte lediglich auf ihr Bauchgefühl vertraut. Irgendetwas gefiel ihr hier ganz und gar nicht. Sollte sie den Einsatz abblasen? Energisch schüttelte sie den Kopf und stapfte trotzig zu Tonis Fahrzeug. Wie vermutet, war es unversperrt. Der Schlüssel steckte im Zündschloss. Unvernünftig, so konnte es doch jederzeit gestohlen werden. Andererseits war das vermutlich die geringste Sorge eines Selbstmörders. Auf dem Beifahrersitz lag Tonis Handy in seine Einzelteile zerlegt. Bianca fischte einen Beutel aus ihrer Jackentasche und sammelte alles darin ein, dann machte sie sich mit den Fundstücken auf den Weg zum Tatort. Von Weyrich fehlte jede Spur. Er war weder in der Hütte, noch reagierte er auf ihr Rufen. Wo steckte er bloß? Es gab jede Menge zu tun. Sie mussten das Absperrband anbringen und den Fundort großräumig gegen neugierige Wanderer absichern, die bei dem Prachtwetter sicher nicht lange auf sich warten ließen.

Sie fand Weyrich schließlich würgend und mit leicht grünlichem Teint, als er gerade aus dem Plumpsklo hinter der Hütte auftauchte.

»Da klebt überall Blut und …«

Ohne den Satz zu vollenden, machte er wieder kehrt.

»Männer! Große Klappe und nichts dahinter«, knurrte Bianca und begann, das Gebiet rund um die Hütte weitläufig zu sperren. Sie war gerade mit ihrer Arbeit fertig, da tauchte auch schon der erste Wagen des Ermittlungsteams auf. Sehr zu Biancas Freude saß darin Dr. Lorenz Lacher. In dunkelblauer Jeans und kurzärmeligem weißen Hemd machte er heute wieder eine unverschämt gute Figur. Wie hatte Rosa ihn gleich noch mal beschrieben? Ein jüngerer Verschnitt von George Clooney und Pierce Brosnan? Der Vergleich amüsierte Bianca. Sie grinste verschmitzt.

»Hallo, meine Liebe«, begrüßte er sie überschwänglich.

Der traurige Anlass, der sie zusammengeführt hatte, schien den Pathologen wenig zu stören. »Dein Ruf hat mich ereilt, und ich habe mich sofort auf den Weg gemacht«, schmunzelte er.

»Geeilt ist fast untertrieben. Bist du geflogen?«

»Nein«, wehrte Lorenz belustigt ab. »Ich habe ein Häuschen drüben in Nussdorf geerbt und nutze es als Wochenenddomizil. Wir sind gewissermaßen Nachbarn. Habe ich das noch nie erwähnt?«

Bianca schüttelte den Kopf.

»Verzeih mir«, raunte er ihr ins Ohr, als er an ihr vorbeiging, und bescherte Bianca eine Gänsehaut. »Wir werden das alsbald bei einem Gläschen Wein nachholen. Aber nun muss ich mich schweren Herzens an die Arbeit machen. Dein Kollege beobachtet uns schon die ganze Zeit mit Argusaugen«, zwinkerte er Bianca zu.

Ihr lief es abwechselnd heiß und kalt über den Rücken. Warum nur brachte dieser Mann sie so aus der Fassung? Damals, bei dem Ball …

»Aufwachen, Frau Kollegin. Jetzt is net die Zeit zum Tagträumen. Wir müssen noch Fotos schießen, bevor dein Märchenprinz die Leich freigibt«, riss Weyrich sie aus ihren Gedanken.

»Das ist kein Märchenprinz, und meiner schon gleich gar nicht, sondern unser Arbeitskollege, der Lorenz. Für dich immer noch der Herr Doktor Lacher, verstanden?«, fauchte sie ihn böse an und zischte hoch erhobenen Hauptes an ihm vorbei. »Außerdem hättest du die Fotos längst schießen können, wenn du nicht die ganze Zeit am Klo gehockt wärst und dir die Seele aus dem Leib gekotzt hättest, du Großmaul!«, parierte sie über ihre Schulter hinweg zurück.

Der Rest des Teams kam eine halbe Stunde später und mit ihm die ersten Schaulustigen.

Gegen Mittag hatten sie ihre Arbeit beendet. Als die Bergrettung die Leiche vom Toni ins Tal brachte, machten Bianca und ihr Kollege sich ebenfalls an den Abstieg.

Schweigend gingen sie nebeneinander her. Ein Gedanke ließ Bianca nicht los. Hatte ihr Gefühl sie getäuscht? War am Ende Toni der Mörder, der sich selbst gerichtet hatte?

12. Kapitel
Sonntag, 16. März

»Ihr habt's mir das Geschäft heute ordentlich versaut! Alles sperrt's ab! Den Wanderweg auch! Damit vertreibt's mir die ganzen Gäst. A schöner Saisonauftakt is das.« Wild gestikulierend lamentierte der Sepp herum.

»Jammer net! Der Gastgarten is eh voll. Besorg uns lieber a Platzl zum Sitzen. Und für den Aufruhr kannst d' dich bei meiner Kollegin bedanken. Die hat das ganze Großaufgebot angezettelt.«

»Wobei die Betonung auf BEDANKEN liegt«, warf Bianca energisch ein. »Ein paar narrische Halbschuhtouristen weniger, die heut die Berg verunsichern und stattdessen gleich bei euch eingekehrt sind.«

»Schon guat, schon guat«, lenkte der Wirt grinsend ein. »Da hinten, der Siebener wird glei frei. Die Frau Hofrat hat scho bezahlt.« Dabei deutete er auf einen Tisch bei der Hausmauer.

»Passt, dann bringst uns gleich zwoa kühle Halbe.«

»Für mich bitte einen Johannisbeersaft mit Leitungswasser statt dem Bier. Ich bin schließlich im Dienst«, orderte Bianca.

»Die andere is eh net für dich, sondern für'n Sepp.«

Das ließ der Wirt sich nicht zweimal sagen. Augenblicklich verschwand er in der Gaststube.

Weyrich steuerte währenddessen zielstrebig auf den genannten Tisch zu, knallte seine Dienstmütze auf die Tischplatte und riss der alten Dame ungeduldig den Stuhl aus der Hand, den diese eben hineinschieben wollte.

»Ich muss doch sehr bitten«, protestierte die Frau Hofrat.

»Bitten brauchst net. Mach einfach a bissal schneller. I hab net ewig Zeit.«

»Hast du das gehört, Caesar? So ein Rüpel«, wandte die Alte sich aufgebracht an ihr Schoßhündchen, einen kleinen Chihuahua, der lauthals loskeifte und angriffslustig die Zähne fletschte. Weyrich blieb völlig unbeeindruckt.

»Kusch, du Köter, sonst ereilt dich am End das gleiche Schicksal wie deinem berühmter Namensvetter«, knurrte Weyrich gereizt.

Entrüstet nahm die Dame ihren Liebling auf den Arm und suchte aufgebracht das Weite.

»Von wegen, ich vertreibe ihm die Gäste«, schüttelte Bianca den Kopf und nahm ebenfalls am Tisch Platz.

Der Wirt hatte von dem kleinen Eklat nichts mitbekommen. Die Vorfreude auf die edle Spende stand ihm ins Gesicht geschrieben. Er grinste über beide Ohren, als er die Getränke vor ihnen abstellte.

»Na dann, prost«, meinte Weyrich, hob sein Glas und nahm einen ausgiebigen Schluck.

»Vergelt's Gott«, erwiderte Sepp und tat es ihm nach. Anschließend wischte er sich genüsslich den Schaum vom Mund und ließ sich auf dem Stuhl zwischen Weyrich und Bianca nieder.

»Was war denn da oben auf der Hütten los? Die Gäste haben von einem Toten erzählt. Is a Hiesiger?«

»Der Toni Helminger«, antwortete Weyrich und erntete dafür von Bianca einen heftigen Tritt gegen sein Schienbein.

Dem Sepp fiel die Zwistigkeit der beiden nicht auf.

»Der nächste Mord?«, hakte er neugierig nach.

»Die Ermittlungen sind am Laufen. Noch wissen wir nichts Genaues«, mischte Bianca sich ins Gespräch. »Aber weil wir gerade dabei sind. Ich hätte ein paar Fragen an Sie.«

»Fragen? An mich?« Verwundert hob der Wirt die Augenbrauen. Er nahm einen weiteren kräftigen Zug von seinem Glas und rutschte unbehaglich auf dem Stuhl hin und her.

»Wann habt's ihr denn wieder aufgesperrt?«

»Am Freitag.«

Bianca war wie elektrisiert. »Ist Ihnen an dem Tag irgendetwas Ungewöhnliches aufgefallen?«

»Ungewöhnliches? Aufgefallen?« Nachdenklich fuhr er sich über seine Glatze.

»Na ja, vielleicht haben Sie jemanden gesehen, der zur Jagdhütte hinauf ist?«, half Bianca ihm auf die Sprünge.

Der Wirt schüttelte den Kopf.

»I hab alle Hände voll zu tun gehabt. Fünfundzwanzig Gäste. Alle mit einem Mordsdurst und einem Bärenhunger. Da bleibt koa Zeit zum Herumsteh'n und Schau'n.«

»Richtig! Da war ja das Preisschnapsen vom Kameradschaftsbund bei dir«, fasste Weyrich sich an die Stirn. »Eigentlich wollt i auch kommen, aber i hab mir nachmittags meinen Haxn verletzt. So was Depperts.«

»Du bist uns eh abgegangen.«

»So, so«, grinste Weyrich. »Wer war denn aller da?«

»Die üblichen Verdächtigen halt. Wenn's ums Kartenspielen geht, is der Heli Oberschmid natürlich immer mit dabei.«

Bianca erinnerte sich an das Gespräch zwischen der alten Fellhoferin und dem Oberschmid, das sie belauscht hatte.

»Soll das heißen, dass er ein Spieler ist?«, bohrte sie nach.

Der Sepp warf Weyrich einen unsicheren Blick zu.

»Das weiß doch jeder im Dorf«, sprang Weyrich für ihn in die Bresche.

»Hat er Schulden?«

Der Wirt nickte. »Bei seinem Spezi, dem G'senger Hias.«

»Dem Wirt vom Goldenen Anker?«

»Ja, aber das geht mich nix an. Bei mir is koa Rechnung offen.«

»Und wer war sonst noch bei dir zum Kartl'n?«, lenkte Weyrich vom Thema ab.

»Der Steinlechner Franz hat mit seiner Stieftochter vorbeig'schaut.«

»Mit der Nina?«

»Ja! Das hat mi g'freut, dass mich die wieder einmal besucht. Die hat vor a paar Jahr bei mir ausgeholfen. Sie is aber net lang blieben. Eigentlich wollt's den Toni sprechen, aber der is net gekommen. Die Fanni hat mir erzählt, dass sich der Heli und sie draußen vor der Tür heftig gestritten haben, und das in ihrem Zustand«, dabei deutete er eine riesige Kugel vor seinem ohnehin schon sehr beleibten Bauch an.

»Wer is die Fanni?«, erkundigte Weyrich sich neugierig.

»Meine neue Kellnerin. A Schwäbin«, er zuckte entschuldigend die Schultern, »aber a ganz a Tüchtige. Vielleicht kann sie euch ja weiterhelfen.«

Weyrich nickte.

»Und du hast sicher wieder deine legendären Surstelzen g'macht, oder?«

Er schluckte bei dem Gedanken an das köstliche Gericht.

»Sicher!« Sepp lachte schallend. Bianca hatte schon Sorge, dass die Knöpfe seines Gilets dem Druck seiner üppigen Leibesfülle nicht lange standhalten würden und allesamt auf einmal absprangen.

»Apropos essen. Bringst uns die Speisekarte?«

»Und noch oan's von dem da?«, erkundigte der Sepp sich geschäftstüchtig und deutete dabei auf Weyrichs mittlerweile leeres Bierglas.

»Freili! Es heißt doch, oan's is koans.«

»Und auf oan Fuaß is schlecht steh'n«, ergänzte der Wirt.

»Außerdem hast eh a Chauffeuse.«

Bianca bedachte ihn mit einem niederschmetternden Blick.

»Nix für ungut, Frau Inspektor«, besänftigte er sie. »A bissal Spaß muss sein. Das Leben is eh hart genug«, hieb er ihr freundschaftlich in die Rippen. »I bin übrigens der Sepp. Und wie hoaßt du, schöne Frau?«

Bianca verdrehte grinsend die Augen und stellte sich vor. Im Gegensatz zu ihrem Kollegen hatte der Wirt einen Charme, dem sicher schon manche Frau erlegen war.

»A schöner Name«, schmeichelte er. »So, jetzt muss i mich aber wieder an die Arbeit machen. Die Leut haben Hunger. I schick euch die Fanni.« Er stand auf, nahm Weyrichs Glas und verschwand in die Gaststube.

Am Tisch neben ihnen beschwerte sich ein Gast in plattdeutschem Dialekt über den schlechten Service. Ein junges, verliebtes Pärchen im Motorraddress schoss noch schnell ein Selfie mit dem See im Hintergrund. Hoffentlich nicht ihr letztes, dachte Bianca. Die Strecke durch das Weißenbachtal nach Bad Ischl war unter den Motorradfahrern sehr beliebt. Leider unterschätzten viele die kurvige Straße, und für einige endete hier auf tragische Weise ihr Leben. Eine falsche Entscheidung, eine einzige, konnte fatale Folgen haben. Hatte sie sich heute auch falsch entschieden? In dem Moment läutete Biancas Handy. Sie hatte die Nummer aus ihrem Telefonbuch gelöscht, wusste aber nur zu gut, wer am anderen Ende der Leitung war. Bianca widerstand dem Impuls abzuheben und drückte die Lautlostaste. Im Augenblick hatte sie keine Lust auf eine Auseinandersetzung. Am Nebentisch wurden Speckknödel mit Sauerkraut serviert, die einen herrlich würzigen Duft verbreiteten, der Bianca das Wasser im Munde zusammenlaufen ließ. Sie schluckte. Ihr Magen knurrte fordernd und bestätigte, dass es wirklich höchste Zeit war. Sie hatten beide nichts gegessen, seit der Oberschmid sie mit seinem Anruf aus dem Bett gerissen hatte. Ihr Handy vibrierte erneut. Trotzig ignorierte sie es auch dieses Mal. Sie wusste, dass sie ihm eine Antwort schuldig war. Er würde nicht eher Ruhe geben. Sie kannte ihn nur zu gut.

»Na, warum gehst d' denn net dran?«, erkundigte ihr Kollege sich gespannt.

Bianca zuckte die Schultern.

»Nicht wichtig«, erwiderte sie schließlich ausweichend.

Die Fanni rettete sie vor weiteren Fragen. Sie brachte den bestellten Nachschub für Weyrich und zwei Speisekarten.

»Griaß eich! Dud mir leid, wenn's längr dauerd had. Es isch grad mordsmäßich vil los.« Dabei strahlte sie übers ganze Gesicht, dass man ihr gar nicht böse sein konnte.

Die Kellnerin war etwa zwanzig Jahre, klein und untersetzt, hatte aber ein hübsches Gesicht mit sinnlich vollen Lippen und Wimpern, die so lang und dicht waren, dass jede Frau sie darum beneidete. Ihr langes naturblondes Haar war zu Zöpfen geflochten, die ihr etwas Unschuldiges, Kindliches verliehen. Weyrich nahm einen prüfenden Schluck von seinem Bier.

»Passt scho. Schön kalt, wia's sein soll!«, stellte er zufrieden fest.

»Gud«, nickte sie erleichtert. »Der Chef hedd gmeind, ihr hädschd oi Frag an mi?«

»Ja! Habt's noch einen Schweinsbraten mit Knödel und Kraut?«

Bianca schüttelte verzweifelt den Kopf.

»Sag, hast du wirklich immer nur die Fresserei im Schädel?«

»Setz dich kurz«, befahl sie der Fanni, »und erzähle uns, was an dem Freitag alles passiert ist.«

Fanni knetete nachdenklich die Schürze ihres Dirndlkleides.

»Na ja«, meinte sie schließlich zögernd. »I war grad in der Küche, die Schdelza ufgießa, das muss so gegen fünf Uhr gwesa sai. Vielleichd au scho oi wenich schbädr, da hon i einen Krachr gehörd. Kurz druff einen zwoida.«

»Und?«

»Wie i mid mainr Arbeit ferdich war, bin i raus, um nachzugugga, abr da war nix. Vielleichd isch ja wiedr irgendwo a Schdügg Fels abgebrocha. Des kommd öfders vor, hedd mir der Chef gsagd.«

»Das stimmt! Grad nach dem Winter«, bestätigte Weyrich. »Deshalb is der Kienbergwandtunnel, drüben am Mondsee, im Frühjahr wegen der Felsräumungsarbeiten immer eine Zeit lang gesperrt.«

»Hat das dein Chef auch gehört?«, kam Bianca wieder zum Thema zurück.

Fanni schüttelte den Kopf. Der Sepp war im Weinkeller und hatte von dem Vorfall oben nichts mitbekommen.

»War sonst noch etwas?«

Fanni seufzte.

»Jo, des war vielleichd oi bleedr Tag. I bin zurügg in die Küche, weil i vergessa hab, die Kartoffeln ins Rohr zu lega, wie mir des der Chef ufgedraga had. Mid den Gedanka war i no bei däm Vorfall, ond scho isch's passiert.«

»Was?«

»I han mi am Grillrost verbrannd. Zum Glügg war die Frau Dokdor in der Nähe ond hedd mi verarzded.«

Sie schob den Ärmel ihrer schwarzen Trachtenjacke zurück und präsentierte ihnen den Verband.

»Des war oi Schmerz. Abr der Heli hedd mir oi guats Schnapsel schbendiert, ond noh had's scho gbasschd. Mir Frauen sind ja hard im nehma«, zwinkerte sie Bianca grinsend zu.

»Das stimmt!«, bestätigte sie und erntete einen verächtlichen Schnaufer von ihrem Kollegen.

»Wann ist denn der Heli gekommen?«

»Kurz no der Frau Dokdor. Er wollde sich scho uf den Abend einschdimma.«

»Verstehe! Einstimmen!«, lachte Weyrich auf und hob dabei sein Bierglas in die Höhe.

»Ja! Er war au ganz guad druff, zumindeschd, bis diese Frau ufgedauchd isch.«

»Fanni! Der Vierer-Tisch will bestellen!«

Pflichtbewusst schoss sie in die Höhe.

»I muss wiedr zu mainr Arbeid, sonschd bekomm i Ärger. Die Urlaubr han ja koi Zeid zom Warda.«

Bianca hielt sie am Unterarm fest. »Eine Sekunde noch! Welche Frau?«

»Na, die Schwangere! Den Nama von ihr woiß i ned. Die zwoi han wild gesdridda, dussa am Barkblaz.«

»Am Parkplatz? Und hast gehört, worum es ging?«

Der Wirt schrie erneut nach ihr, diesmal ungeduldiger.

»Jo, Chef! I bin scho underwegs!«

Sie befreite sich aus Biancas Griff, ging ein paar Schritte, machte dann aber kehrt und antwortete.

»Vil hon i ned gehörd vo däm Schdreid. I bin ja un die Egge gschdanda. Hab nur kurz oi Zigarette geraucht, und drinnen war es ziemlich laud. I han nur geseha, dess sie ihm ebbes ins Ohr gzischd had, noh hedd sie ihn agschbuggd.«

»Angespuckt?«, übersetzte Bianca ungläubig.

»Ja! Dann isch zom Taxi glaufa, des grad für sie gekomma isch«, bestätigte die Fanni.

»Und wie hat der Heli darauf reagiert?«, erkundigte Bianca sich gespannt.

»Dir zweich i's au no, du dreggig kloi Schlamb, hedd er ihr nachgeschria. Mehr woiß i wirklich ned. Abr jedzd muss i geha, sonschd kündigd mi der Chef no am End.«

»Koa Sorg! I kümmer mich scho drum«, erbot Weyrich sich.

»Sagst dem Sepp, dass ihm meine Kollegin ein Bier spendiert. Und mir bringst den Schweinsbraten«, schrie er der Kellnerin nach.

»Der isch leidr aus«, antwortete die Fanni, die gerade den Vierer-Tisch erreicht hatte und emsig ihren Bestellblock zückte. Bianca deutete auf einen silbergrauen Ford Fiesta mit Vöcklabrucker Kennzeichen, der soeben in die Einfahrt bog.

»Das riecht nach Ärger. Ich glaube, die Hyäne hat unsere Fährte gewittert.« Bianca deutete mit den Kopf in Richtung des Wagens.

»Was?«, entgegnete Weyrich grantig, ohne ihrem Blick zu folgen.

»Täusche ich mich, oder ist das der Wagen von der Lilo Meisel?«

Sie hatte sich nicht geirrt. Kurz darauf tauchte der feuerrote Haarschopf der Journalistin aus dem Fahrzeug auf. Weyrich zückte sein Portemonnaie aus der Jackentasche und legte hastig ein paar Geldscheine auf den Tisch. Er verzichtete auf das Wechselgeld, winkte dem verblüfften Wirt zum Gruß und verließ, gefolgt von Bianca, fluchtartig den Gastgarten über den Hinterausgang.

»Die Lilo«, meinte Weyrich, als sie wieder im Auto saßen, »die geht mir schön langsam gewaltig auf die Nerven.«

Bianca nickte.

»Aber reg dich nicht auf! Das bringt nichts«, versuchte sie, ihn zu beruhigen. »Das Foto, das sie gerade von dir geschossen hat, war reine Provokation. Damit kann sie nichts anfangen. Die wollte dich bloß wieder reizen. Und das ist ihr auch wunderbar gelungen.«

Weyrich zuckte mit den Schultern. Dass er, ohne lange nachzudenken, die Autotür zuschlagen wollte, als sie mit ihrer Kamera vor ihm aufgetaucht war, war ein Reflex. Leider hatte da die Lilo schon den Fuß in den Türspalt gestellt, und es hatte eine unschöne Szene mit Schmerzensschreien, wüsten Beschimpfungen bis hin zu Klagedrohungen gegeben, bevor es Weyrich und Bianca gelungen war, vom Parkplatz beim Jagawirt zu flüchten.

»Und was is, wenn s' ihre Drohung ernst meint? I seh schon förmlich die morgige Schlagzeile im Vöcklabrucker Bezirksblattl vor mir. Gewaltsame Attacke …«

»Jetzt hörst endlich auf mit dem Gejammere«, unterbrach Bianca ihn und hieb zornig auf das Lenkrad ein. »Die Rechtsabteilung wird sich darum kümmern. Das, was vorhin passiert ist, war nichts weiter als ein blödes Missgeschick.«

»Genau!«, pflichtete Weyrich ihr bei. Er hob seine Dienstmütze von der Stirn und wischte sich mit einem Taschentuch den Schweiß von seiner Glatze.

»Aber du kennst doch diese Journalisten. Die dreh'n dir jedes Wort im Mund um. Am End werd i wegen so einem Blödsinn a noch suspendiert, und das, wo i doch grad noch ein paar Jahr bis zu meiner Pension hab.«

»Schwachsinn! Wenn die wen suspendieren, dann wohl mich«, erwiderte Bianca und schaltete missmutig einen Gang herunter, weil zwei Radfahrer wieder einmal nebeneinander auf der ohnehin schon engen Straße fuhren, ohne Anstalten zu machen, Bianca vorbeizulassen.

»Wegen dem heutigen Einsatz, meinst du?«

Bianca nickte. »Der Haller hat vorhin angerufen.«

»Deshalb bist net drangegangen«, grinste Weyrich.

»Er wartet sicher auf eine Erklärung für den Großeinsatz. Aber was soll ich ihm sagen? Dass mich mein weiblicher Instinkt noch nie im Stich gelassen hat?«

»Bloß net! Euer Bauchgefühl is für uns Männer wia a fremdes

spanisches Dorf. Unbegreiflich und somit nicht existent. Und der arrogante Oberinspektor macht da koa Ausnahme, das kann i dir versichern.« Abwehrend schüttelte Weyrich die Hände.

»Dann wäre da immer noch die Aussage von der Fanni. Die zwei Kracher, wie sie es so schön ausgedrückt hat, könnten durchaus die Schüsse gewesen sein, mit denen der Toni getötet worden ist. Und kurz darauf tauchen auch noch die beiden anderen Verdächtigen in dem Fall im Gasthaus auf.«

»Der Heli und die Nina? Schau dich an. I hab mir gedacht, du hättest die Nina scho von deiner Liste gestrichen. Aber davon abgesehen. Übersiehst du da nicht eine winzige Kleinigkeit?«, warf Weyrich ein.

»Und die wäre?«

»Na, den Abschiedsbrief! Das ist doch wohl Beweis genug! Und der«, dabei trommelte er mit den Fingern auf das Armaturenbrett des Dienstfahrzeugs, »war ganz sicher vom Toni. Dem seine Sauklaue is net zum Verwechseln. Die kenn i. Der war doch jahrelang der Schriftführer von unserer Imkerortsgruppe, und jedes Mal hab i mich geärgert, wenn i seine depperten Protokolle abtippen hab müssen. Die hab i kaum entziffern können.«

»Wenn dir jemand eine Waffe an die Stirn setzt, würdest selbst du ein Geständnis schreiben. Das sagt also gar nichts aus«, konterte Bianca gereizt.

»Und, Frau Siebeng'scheit? Was hätte der Heli für einen Grund, den Toni zu töten?«

»Was weiß ich!«, fauchte sie Weyrich an. »Du redest schon genauso wie der Haller. Aber das hilft mir nicht weiter.« Wütend schob sie sich eine Haarsträhne aus dem Gesicht.

»Vielleicht rettet dich dein Märchenprinz. Fragst ihn halt, was er von deiner These hält«, stichelte Weyrich.

»Das werde ich auch. Leider kann ich vor morgen früh mit

keinem Ergebnis rechnen, und eher lässt der Lorenz sich zu keiner Aussage hinreißen. Dazu kenne ich ihn schon zu gut.« Resigniert schüttelte Bianca den Kopf.

Mittlerweile waren sie zu Hause angelangt. Rosa erwartete sie bereits zum Essen. Zu Weyrichs großer Freude und Erleichterung tischte seine Schwester Schweinsbraten auf, bei dem er ordentlich zulangte und darüber den Vorfall mit der Journalistin vergaß. Auch Bianca ließ sich nicht zweimal bitten. Schweigend stillte sie ihren Hunger und hing dabei ihren Gedanken und Sorgen nach. Vergeblich versuchte Rosa, sie in ein Gespräch zu verwickeln. Schließlich gab sie es auf, räumte die Teller ab und ging in die Stube. Wenig später kam sie mit drei Gläsern und einer Flasche mit selbst gebranntem Honigschnaps in die Küche zurück.

»Das vertreibt die Sorgen«, meinte sie und schenkte ein. Bianca leerte ihr Glas, kaum dass Rosa eingeschenkt hatte, und füllte es gleich noch ein weiteres Mal. Verwundert zog Weyrich die Augenbrauen hoch, hielt sich jedoch mit einer Bemerkung zurück. Stattdessen verzog er sich für sein übliches Mittagsschläfchen. Auch Bianca entschuldigte sich. Sie ging in ihr Zimmer, wählte die Nummer von Haller und wartete. Nach dem fünften Läuten schaltete der Anrufbeantworter sich ein. Bianca atmete auf. Vorerst blieb ihr die Konfrontation erspart. Erleichtert schlüpfte sie in ihre Laufkleidung und verließ kurz darauf das Haus. Ihre Gedanken fuhren Karussell. Sie musste den Kopf frei bekommen. Laufen war dafür die beste Medizin, noch dazu bei diesem Prachtwetter. Sie würde zu ihrem Lieblingsplatz joggen. Einem kleinen Holzsteg am Ende des Mondsees. Vielleicht war es ohnehin ihr letztes Mal. Haller hatte doch nur auf eine solche Gelegenheit gewartet. Sie lachte bitter auf und lief los. Vierzig Minuten später erreichte sie den Steg. Leider war er besetzt. Graues Laufshirt, graue Hose und giftgrüne Laufschuhe beim Näherkommen sprangen ihr ins Auge.

»Die Frau Inspektor! Da schau an!«, begrüßte Oberschmid Heli sie, der ebenfalls auf sie aufmerksam geworden war. Er klopfte auf den Steg und deutete ihr damit, Platz zu nehmen. Bianca schüttelte dankend den Kopf. Sie hatte keine Lust auf Zweisamkeit, und erst recht nicht mit ihm.

»Keine Zeit! Wir müssen noch zur Vroni.«

»Die Arme! Die Nachricht wird sie hart treffen, aber zum Glück begleitet euch die Gitti.«

Bianca runzelte die Stirn.

»Das hat sie mir erzählt, als sie mich heute Vormittag nach Hause gebracht hat«, fügte Oberschmid erklärend hinzu. »Ach! Bitte erinnert's die Frau Doktor, bei mir vorbeizukommen. Meine Vitamininfusion is wieder fällig. A bissal a Doping.« Verschwörerisch zwinkerte er Bianca zu. »Vielleicht kann s' mir a noch Schlaftabletten aus der Hausapotheke mitnehmen. Net, dass mich die Bilder vom Toni in meine Träume verfolgen. I versteh immer noch net, was den für Teufi geritten hat. Die arme Vroni. Schlimm genug, dass er sich umgebracht hat, aber dass er auch noch meinen Schwager am Gewissen hat. Das …«

»Das wird sich erst herausstellen«, vollendete Bianca den Satz.

»Was soll denn das heißen? Der Fall ist doch abgeschlossen?«, unterbrach Oberschmid sie scharf.

»Noch nicht! Vielleicht hat der Toni verschwinden müssen, weil er etwas gehört oder gesehen hat, was nicht für ihn bestimmt war?«

Nervös fuhr Oberschmid sich durch sein dichtes Haar. »Aber das würde ja bedeuten …«, stammelte er.

»Dass der Mörder noch unter uns ist, und wenn das der Fall ist, finden wir ihn. Darauf können Sie Gift nehmen!«

Sein linkes Augenlid begann, unkontrolliert zu zucken. Rasch wandte er den Blick von Bianca ab.

»Einen schönen Tag noch, Herr Oberschmid!«, verabschiedete Bianca sich, doch dieser schien sie nicht zu hören. Er starrte auf den spiegelglatten See hinaus. Nur zu gern hätte Bianca in dem Augenblick seine Gedanken gelesen.

»Na, dann bringen wir's hinter uns«, meinte Weyrich und schlug die Autotür zu. Bianca folgte ihrem Kollegen. Sie waren der Frau Dr. Reinisch hinterhergefahren, die bereits zur Haustür gegangen war und läutete. Schon nach wenigen Sekunden öffnete die Vroni Helminger die Tür. Als sie die drei erblickte, erstrahlte auf ihrem Gesicht ein mattes Lächeln.

»Ihr seid's! I hoff, ihr bringt's gute Nachrichten?«

Sie war blass, dunkle Augenringe zeugten von wenig Schlaf in den letzten Tagen.

»Dürfen wir reinkommen?«, bat die Frau Doktor.

Vroni führte ihre Gäste in die Küche, in der sie Bianca schon am Freitag empfangen hatte.

»Setzt's euch hin.« Sie deutete auf die Eckbank und holte, ohne zu fragen, vier Stamperl und eine Flasche Schnaps aus der Glasvitrine neben dem Tisch.

»Ihr trinkt's doch einen mit mir?«

»Ich nicht«, wehrte Bianca ab und warf ihrem Kollegen einen vorwurfsvollen Seitenblick zu. Weyrich nahm davon allerdings keine Notiz, genauso wenig wie die Vroni selbst. Trotz ihres Einwands standen kurz darauf vier gefüllte Stamperl vor ihnen auf dem Tisch.

»Prost!«, sagte die Vroni. Sie nahm ihnen gegenüber auf dem Stuhl Platz und stürzte ihres in einem Zug hinunter.

»Und? Habt's ihn gefunden?«, nahm sie all ihren Mut zusammen.

»Ja«, antwortete Weyrich. Er leerte sein Glas und schob es Vroni zu, die es gleich wieder auffüllte. Bianca schüttelte missbilligend den Kopf.

»Is er verletzt?«

»Vroni, es ist Folgendes.« Die Frau Dr. Reinisch kam Weyrich zu Hilfe. Sie war um einen beruhigend sachlichen Ton bemüht. »Wir haben deinen Mann gefunden. Oben bei der Jagdhütte.«

Die Ärztin atmete tief durch. Bianca merkte, dass es ihr schwerfiel zu sagen, was gesagt werden musste.

»Der Toni hat sich da oben erschossen. Es tut mir leid.«

Vroni starrte sie mit offenem Mund an, stürzte dann ihren Schnaps hinunter, als könnte sie das eben Gehörte einfach wegspülen.

»Selbstmord? Der Toni?« Sie schüttelte ungläubig den Kopf.

»Das is leider noch net alles.« Ihr Kollege hatte leise, fast widerwillig gesprochen. »Er hat einen Abschiedsbrief hinterlassen, in dem er den Mord am Hans gestanden hat.«

Vroni schluchzte auf und vergrub ihr Gesicht in den Händen. Weyrich war zu ihr geeilt und legte ihr tröstend den Arm um die Schultern, während die Frau Doktor einige Ampullen aus ihrem Arztkoffer fischte. Plötzlich hob die Vroni den Kopf. Sie zitterte vor Erregung und fauchte wie ein wild gewordener Straßenkater, den man zu sehr reizt.

»Mein Toni is weder a Selbstmörder, noch hat er jemanden umgebracht!«

Sie sprang auf, griff sich die Schnapsflasche vom Tisch und schleuderte sie zu Boden. Weyrich, der unmittelbar neben ihr stand, zuckte zusammen, als diese mit lautem Knall in tausend Scherben zersprang.

»Schaut's ihn euch doch an!« Dabei deutete sie auf die Fotografie, die an der Wand hinter der Sitzbank hing. »Sieht so a Mörder aus? Schämen sollt's euch, wenn ihr das glaubt's!«

Damit stürzte sie aus der Küche, in Socken und ohne auf die Scherben zu achten. Frau Dr. Reinisch und Weyrich folgten ihr. Bianca sah sich in der verlassenen Küche um und betrachtete das Foto, auf das Vroni gezeigt hatte. Es war jenes, das Bianca schon vor ein paar Tagen aufgefallen war. Es zeigte den Toni in seiner Feuerwehruniform mit der Feuerwehrspritze in seiner Linken. Plötzlich fiel es Bianca wie Schuppen von den Augen. Mit einem Schlag war ihr bewusst, was sie heute bei der Jagdhütte irritiert hatte. Was an dieser Szenerie so ganz und gar nicht gestimmt hatte.

13. Kapitel
Montag, 17. März

Das Aufwachen am diesem Morgen war für Bianca alles andere als angenehm. Ihr Schädel brummte. Eine vage Erinnerung an den vergangenen Abend flackerte auf und nahm mehr und mehr Gestalt an. Nachdem sie gestern Nachmittag der Vroni Helminger die Nachricht vom Tod ihres Mannes überbracht hatten, waren sie noch beim G'senger Hias im Goldenen Anker eingekehrt. Eigentlich hatte Bianca gehofft, dort den Oberschmid Heli anzutreffen. Nur allzu gern hätte sie mehr darüber erfahren, worum es bei dem Streit mit Nina Gruber gegangen war.

»Der Heli kommt scho no«, vertröstete der Wirt sie ein ums andere Mal. Er füllte Biancas Stamperl immer wieder fleißig mit Schnaps voll.

Der Oberschmid war dann doch nicht gekommen, und Bianca erschrak bei dem Gedanken, wie viele Schnäpse sie getrunken haben musste, um dem Hias zumindest ein paar Informationen über seinen Freund zu entlocken.

»Oh mein Gott! Acht randvolle Gläser und eine Halbe Bier«, flüsterte sie entsetzt. Kein Wunder, dass ihr Kopf dröhnte.

Außerdem erinnerte sie sich nun auch wieder, dass Rosa bei ihrer Heimkehr aus ihrem Zimmer gestürmt war, weil Weyrich und sie so geräuschvoll die Stiegen hinaufgepoltert waren. Dass Rosa Zeugin ihres Rausches werden musste, war Bianca peinlich. Aber noch peinlicher war ihr der Gedanke, dass ihr Kollege sie schließlich gepackt und ins Bett gehievt hatte. Der

Peinlichkeiten noch nicht genug, hatte er ihr auch noch Jacke und Schuhe ausgezogen, ehe sie zu guter Letzt in einen unruhigen Schlaf gefallen war.

Alles in allem kein Grund, aufzustehen, Weyrich und Rosa unter die Augen zu treten und ihnen fröhlich einen guten Morgen zu wünschen. Geschweige denn, sich entspannt an den Frühstückstisch zu setzen.

»Bianca! Aufstehen! Frühstück!«

Weyrich hatte also nicht vergessen, sie wie vereinbart zu wecken. Wie konnte er nach der durchzechten Nacht nur so frisch und munter sein? Sie quälte sich ins Bad, warf zwei Schmerztabletten auf einmal ein und spülte sie mit reichlich Wasser hinunter. Unbeholfen kletterte sie unter die Dusche. Abwechselnd ließ sie kaltes und warmes Wasser über ihren lädierten Schädel prasseln. Langsam, sehr langsam ließen die Schmerzen nach.

Etwas blass erschien Bianca wenig später in der Küche.

»Ah, unsere kleine Schnapsdrossel weilt auch wieder unter den Lebenden!«, begrüßte Weyrich sie schmunzelnd. »Du schaust ja furchtbar aus.«

»Gib a Ruh!«, befahl Rosa ihm streng. »Du saufst öfter, aber das arme Mädel so einwassern.«

Rosa eilte kopfschüttelnd zum Kühlschrank, öffnete das Tiefkühlfach und entnahm ihm einen Eisbeutel, den sie Bianca in die Hand drückte.

»Die is alt genug, dass s' weiß, was s' tut«, protestierte Weyrich. »Zumindest möchte man das meinen.«

»Was soll denn das wieder heißen?«, fuhr Bianca ihn grantig an.

Sie schlurfte zur Spüle und füllte sich ein Halbliterglas mit frischem Leitungswasser, das sie gierig bis zur Hälfte leerte.

»Ganz einfach! Mit deinem übertriebenen Ehrgeiz bringst d' dich imma wieder in Schwierigkeiten. Ständig musst du dich beweisen«, dabei fuchtelte er mit seinen Armen theatralisch in der Luft herum. »Vor wem und wozu? Das bringt doch letzten Endes nur Ärger.«

»Soll ich einfach wegschauen, während hier einer nach dem anderen umgebracht wird?«, konterte Bianca bissig.

»Papperlapapp! Mach es so wie i! Dienst nach Vorschrift. Net mehr und net weniger.«

»Super! Toller Ratschlag! Da habe ich in dir ja einen erstklassigen Lehrmeister«, fauchte Bianca gekränkt.

»Jawohl! Aber leider hörst d' net auf mich. I kann dich eh verstehen«, lenkte Weyrich ein. »I war a einmal jung und voller Tatendrang.«

Bianca schnaufte verächtlich. Sie zog einen Stuhl unter dem Esstisch hervor und ließ sich kraftlos darauf sinken, während ihr Kollege ungerührt fortfuhr.

»Und was war der Dank dafür? Prügel haben sie mir in den Weg geworfen. Hinter meinem Rücken intrigiert. Und schließlich hierher nach Unterach verbannt. Genauso wia di. Nur hab i meine Lektion begriffen.« Stolz klopfte er sich auf seine Brust.

»Und die wäre?«, blaffte Bianca entnervt.

»Die meisten Vorgesetzten wollen koane so ehrgeizigen Mitarbeiter wia di. Weißt a, warum?«

Bianca zuckte ratlos mit den Schultern.

»Weil's selbst die größten Nieten sind. Viele davon sind doch nur in diese Positionen gekommen, nachdem s' in den richtigen Hintern gekrochen sind, oder?«

»Protektion und Freunderlwirtschaft«, schnaufte Bianca verächtlich.

Er nickte bestätigend.

»Schau dir doch den Haller an, diesen aufgeblasenen, arroganten Schnösel. Der is doch das Paradebeispiel an Unfähigkeit schlechthin. Für den stellst d' doch a potenzielle Bedrohung dar. Hoch motiviert, intelligent.«

»Danke!«, grinste Bianca. Sie nahm den Eisbeutel vom Nacken, wendete ihn und presste ihn gegen ihre Stirn.

»Na ja, zumindest meistens«, schwächte Weyrich ab. »Der Haller hat Angst um seinen Posten! Verstehst?«

»Blödsinn! Den will ich doch gar nicht! Außerdem geht es zwischen dem Haller und mir um etwas ganz anderes. Aber darüber möchte ich nicht reden.«

»Sei es, wie es sei«, winkte Weyrich ab. »Er hat di am Kicker. Und die gestrige Aktion von dir hat ihm nur wieder neuen Zündstoff geliefert.«

»Das weiß ich selber«, fauchte Bianca. »Aber was hätte ich denn machen sollen? Dort oben bei der Hütte gab es keinen Handyempfang. Wie hätte ich also seine Genehmigung einholen sollen? Falls ich ihn überhaupt am Sonntag erreicht hätte. Irgendjemand musste aber eine Entscheidung treffen. Nachdem du dich erfolgreich gedrückt hast. Und nun darf ich die Sache ausbaden. Bravo!« Zornig klatschte sie den mittlerweile warmen Eisbeutel auf den Esstisch.

»Für mich war der Fall von Anfang an sonnenklar. Selbstmord. Aus, basta! Fall abgeschlossen! Was braucht's da noch das ganze Team?«

»So, bist d' endlich fertig? Suderst der Armen die Ohren voll, wo ihr doch eh der Schädel no brummt«, unterbrach Rosa ihren Bruder schroff. »Da! Les lieber!« Sie klatschte ihm die Zeitung vor die Nase, die sie gerade aus dem Briefkasten geholt hatte. »Vielleicht hat die Lilo Meisel einen schönen Artikel über deine gestrige Aktion verfasst. Oder es flattert gar a Klage wegen Körperverletzung von ihrem Anwalt bei dir ein, gell, mein Lieber?!« Rosa lachte, als sie das bestürzte Gesicht ihres Bruders sah. »Es heißt net umsonst, wer im Glashaus sitzt, soll net mit

Steinen werfen! So«, und damit wandte sie sich an Bianca, »und du trinkst jetzt einmal einen starken Kaffee mit einer Prise Salz drinnen. Das hilft gegen den Kater.«

Angewidert zog Bianca die Nase kraus.

»Runter damit!«, kommandierte Rosa und drückte ihr die Tasse in die Hand.

Gehorsam würgte Bianca Rosas Wundergebräu hinunter.

»Brav! Wenigstens hörst d' auf mi!«, nickte Rosa zufrieden. Das angebotene Frühstück lehnte Bianca dankend ab.

»Gut. Dann geh i schnell einkaufen.«

»Vergiss net auf meine Leberkässemmel, gell. I hab scho einen Mordshunger«, erinnerte ihr Bruder sie.

Rosa tippte mit ihrem Zeigefinger an die Stirn. »Hol's dir selber. I bin doch net deine Dienstmagd!« Damit verschwand sie aus der Küche.

Murrend vertiefte Weyrich sich wieder in die Ausgabe des Vöcklabrucker Bezirksblattes.

»Dein Rausch war übrigens für d' Katz'. Das weiß do jeder, dass der Heli außer seiner Spielsucht a no a Schwäche für die jungen Pupperl hat.«

»Na, dann habt's ihr ja Gemeinsamkeiten«, grinste Bianca gehässig. Ihr war nicht entgangen, dass Weyrichs Blick auf den spärlich bekleideten Mädchen von Seite vier hängen geblieben war.

»Die Weiber können mir gestohlen bleiben. Und die«, dabei deutete er auf den Zeitungsartikel, »sind net amoi schön. An diese Hungerhaken is nix dran, außer an Haufen Silikon vorn und hint'. I wollt nur nachschauen, ob die Meisel etwas über unseren gestrigen Vorfall geschrieben hat.«

»Und? Hat sie?«

»Na, zum Glück nix«, erwiderte ihr Kollege erleichtert und blätterte rasch weiter. »Nur a paar Zeilen über den, wie sie es bezeichnet, vermutlichen Selbstmord vom Toni. Magst du's lesen?«

»Nein danke«, winkte Bianca ab. Sie stand auf, ging zur Kaffeemaschine und schenkte sich ihre Tasse voll. »Das erspare ich mir.«

Weyrich kratzte sich nachdenklich am Kinn, dann legte er die Zeitung beiseite und sah aus dem Fenster. »Oh je! Die Aicherin am Morgen bringt Kummer und Sorgen. Und i denk, die will grad zu uns herüberkommen. Um die darfst di du kümmern. I verziag mi. I muss dringend meine morgendliche Revierrunde machen. Wir treffen uns drüben, am Posten.«

In diesem Moment läutete Biancas Handy. Lorenz war am anderen Ende der Leitung.

»Wart! Der Doktor Lacher ruft gerade an. Wahrscheinlich will er …«, aber ihr Kollege war schon geflüchtet.

»Frau Inspektor, gut dass i Sie antreffe!«, begrüßte die Aicherin sie, als Bianca ihr die Tür öffnete.

»Viel Zeit habe ich allerdings nicht. Ich muss gleich los. Also, worum geht's?« Dabei trommelte Bianca ungeduldig mit ihren Fingern gegen die Tür.

»Sie sind net zufällig dem Heli begegnet, oder?«, erkundigte die Aicherin sich und stützte sich auf ihren Besen, mit dem sie den Eingang zum Gemeindeamt gekehrt hatte.

»Bei uns ist er nicht«, schüttelte Bianca den Kopf und versuchte, an der Anni vorbeizukommen. Die machte aber keine Anstalten, von der Seite zu weichen.

»Seltsam! Sonst is er doch a imma pünktlich«, wunderte sie sich.

»Vielleicht ist der Oberschmid auswärts unterwegs und kommt erst später ins Büro?«

»Na!«, winkte die Aicherin entschieden ab. »Der is mit dem Huber Georg verabredet. Und der wart scho seit einer Dreiviertelstund auf ihn. Am Handy is er a net zu erreichen. Da stimmt do was net. Der Heli vergisst nie auf einen Termin. Der is imma pünktlich.« Dabei tippte sie mit ihrem Zeigefinger auf das Ziffernblatt ihrer Armbanduhr.

In diesem Moment kam Rosa vom Einkauf zurück. Die Aicherin war kurz abgelenkt. Diese Gelegenheit nutzte Bianca und drängte sich seitlich an ihr vorbei. Oberschmids Termine hin oder her. Sie musste aufs Revier. Bald würden sie sich mit dem Pathologen treffen. Bianca brannte auf seine Neuigkeiten.

»Tut mir leid!«, schrie sie der verdutzten Aicherin über die Schulter zu. »Ich habe es eilig! Der Oberschmid wird schon auftauchen. Vielleicht hat er verschlafen. Das kann vorkommen.«

Bianca sprintete los.

»Ja, ja! Und der Georg kann warten. Der is eh in der Pension. Das hab i mir scho vom Weyrich anhorchen können. Und da heißt's imma, die Polizei dein Freund und Helfer«, maulte die Aicherin beleidigt hinterher.

»Wir müssen los! Kommst du?«, schnaufte Bianca, als sie ihren Kopf zur Postentür hineinstreckte.

Weyrich biss gerade in seine Leberkässemmel, nuschelte etwas Unverständliches und bedeutete Bianca zu gehen.

»Soll das heißen, dass du hierbleibst?«, übersetzte sie. »Aber wir treffen uns doch in zwanzig Minuten mit dem Doktor Lacher im Café Berger in Mondsee. Ich bin schon gespannt, was der Autopsiebefund vom Helminger ergeben hat.«

Weyrich würgte den letzten Bissen hinunter und spülte mit einem kräftigen Schluck Bier nach. Wie konnte ihr Kollege schon wieder Alkohol trinken? Bianca wurde schon beim bloßen Anblick übel, vom Geruch ganz zu schweigen.

»Was soll der großartig Neues ergeben haben? Erschossen hat er sich, der Toni!«

Wütend stampfte sie mit dem Fuß am Boden auf. »Und du meinst, dass der Lorenz extra von Linz nach Mondsee fahren würde, wenn er uns nichts Wichtiges zu sagen hätte?«

»Wie naiv bist du eigentlich? Der kommt do eh net wegen dem depperten Befund.«

»Sondern?«

»Sondern, sondern?«, äffte er Bianca nach. »Na, weil er ein Aug auf dich geworfen hat. Das is mir sofort aufgefallen.«

»Aber …«

»Nix aber. Fahr du nur allein zu dem Treffen mit deinem Märchenprinz. I erledige inzwischen die Ablage.«

»Und das Foto bei der Vroni, von dem ich dir gestern erzählt habe?«

Weyrich bedachte seine Kollegin mit einer wegwerfenden Handbewegung, aber sie ließ nicht locker.

»Ist das nicht Beweis genug? Ich bin mir sicher …«

»… dass dich der Oberinspektor Haller bald nach Tschiputi versetzen wird, wenn'st d' so weitermachst!«, vollendete Weyrich grinsend den Satz und widmete sich seiner zweiten Leberkässemmel.

»Das täte dir so passen, gell?«, schnauzte Bianca zurück.

Weyrich überlegte kurz, winkte aber schließlich zu Biancas Verwunderung ab. »Na! Gar net!«

»Und warum nicht?«, hakte Bianca neugierig nach.

»Ganz einfach! Wenn di mein Schwester nimma zum Reden hat, dann quasselt's mir wieder die Ohren voll.«

Er bedachte sie mit einem schelmischen Grinser.

»Na wart!«, konterte Bianca schmunzelnd. »Das erzähl ich heute Abend der Rosa. Irgendwann macht sie ihre Drohung einmal wahr. Dann packt sie ihre Koffer und geht.«

»Du kannst sie gern mitnehmen nach Tschiputi. Aber jetzt schau, dass du weiterkommst. I hab schließlich zu arbeiten.«

»Passt! Dann sage ich der Aicherin Bescheid, dass du dich darum kümmerst, wo der Oberschmid steckt.«

»Untersteh di!«, drohte Weyrich und warf das zerknüllte Jausenpapier nach ihr, aber Bianca war schon außer Reichweite.

Das Café Berger lag in einer kleinen Seitenstraße von Mondsee abseits des touristischen Trubels. Bianca zwängte ihren Wagen in die letzte freie Parklücke gegenüber dem Café, stellte die Parkuhr und eilte über die Straße.

Als sie die Tür öffnete, schlug ihr der würzige Geruch von frisch gebackenem Brot und der süße Duft von krossem Plundergebäck entgegen. Der Verlockung konnte Bianca kaum widerstehen. Sie blieb an der Vitrine stehen, beäugte sehnsüchtig die köstlichen Topfen-Zimt-Schmankerl, eine Spezialität aus dem Hause Berger, wie ihr die nette Verkäuferin hinter dem Tresen strahlend versicherte. Schweren Herzens lehnte sie das verlockende Angebot ab und sah sich im Lokal um.

Die Einrichtung war in schlichtem Braun gehalten. Die elfenbeinfarben gesprenkelten Granittischchen bildeten einen hübschen Kontrast dazu. Ganz anders als die schwülstige Opulenz im Café Roth, in dem sie sich mit dem Oberschmid Heli getroffen hatte. An der riesigen Fensterfront zur Straßenseite hin hatte eine Gruppe Pensionisten mehrere Tische beschlagnahmt. Während die Damen damit beschäftigt waren, den neuesten Klatsch und Tratsch auszutauschen, philosophierten die Herren über die aktuelle politische Lage des Ortes.

An einem Tisch in der hintersten Ecke des Lokals entdeckte sie schließlich Lorenz. Er telefonierte und war dabei in seine Akten vertieft, die er über zwei Tische ausgebreitet hatte. Eine korpulente Dame mit dicker Hornbrille stieß mit ihrer Handtasche unabsichtlich eine Tasse von einem der Tische. Mit lautem Geklapper krachte sie auf den Boden und zerbrach. Lorenz schreckte hoch und sah Bianca. Hastig sammelte er seine Unterlagen zusammen und bedeutete ihr, Platz zu nehmen.

»Ciao, Bella! Neuer Lippenstift? Der steht dir gut!«, begrüßte er sie überschwänglich wie immer.

Bianca blickte verlegen zur Seite. Tatsächlich hatte sie heute etwas Farbe aufgetragen, aber doch nur, damit ihr nicht gleich jeder den gestrigen Exzess ansah.

»Spann mich nicht auf die Folter! Was hast du im Fall Helminger herausgefunden?«, begann sie ohne Umschweife.

»Gerade eben habe ich mit dem Gruber von der Spurensicherung telefoniert. Unsere Ergebnisse stimmen überein.«

»Inwiefern?«, forschte Bianca nach.

»Es wurden zwei Kugeln aus dem Magazin abgefeuert. Das wiederum deckt sich mit meinem Befund. Die erste davon ist horizontal eingetreten und hat die hintere Schädeldecke durchschlagen, eine weitere ist durch den Unterkiefer vertikal nach oben hin ausgetreten.«

»Und das bedeutet im Klartext?«

Die Pensionisten vorne im Lokal hatten sich erhoben und stimmten gerade ein ohrenbetäubendes Geburtstagsständchen an. »Happy birthday to you«, trällerten sie, begleitet von begeistertem Klatschen. Der Tumult steigerte sich, als das Servierfräulein auf den Jubilar zuschritt. In ihrer Hand balancierte sie eine Sachertorte, die mit einem Lichtermeer an Kerzen bestückt war. Ein weiteres Lied wurde angestimmt, diesmal sogar mit Gitarrenuntermalung. An eine Unterhaltung war bei dieser Lautstärke nicht mehr zu denken.

»Ich kenne ein nettes Plätzchen, wo wir uns ungestört unterhalten können«, grinste Lorenz, dem die Situation nicht ungelegen zu kommen schien.

Draußen war herrliches Frühlingswetter. Ein wenig Frischluft würde ihr sicher guttun, also willigte Bianca ein. Lorenz drückte der Servicekraft einen Geldschein in die Hand und folgte Bianca nach draußen. Bianca hakte sich bei ihm unter, und gemeinsam schlenderten sie durch die schmalen Gässchen, vorbei an der mächtigen Basilika, bergauf zum Hilfbergkirchlein. Der Aufstieg über die steile Straße war nach Biancas gestrigem Schwips eine echte Herausforderung. Tapfer biss sie die Zähne zusammen und kämpfte sich nach oben.

»Und? Wie findest du's hier?«, erkundigte Lorenz sich erwartungsvoll.

»Schön! Aber nun spann mich nicht länger auf die Folter«, schnaufte sie atemlos.

»Nicht so ungeduldig, Mademoiselle«, grinste er schelmisch. »Lass uns zuerst Platz nehmen«, er deutete auf eine Holzbank auf der gegenüberliegenden Seite, »und den atemberaubenden Blick auf den Mondsee genießen.«

Unter anderen Umständen wäre Bianca das sicher nicht schwergefallen. Das Fleckchen hier oben strahlte eine wohltuende Ruhe aus, die Sonne glänzte von einem nahezu perfekten Azurblau herab und ließ den See prachtvoll schimmern. Bianca schloss für einen kurzen Moment die Augen. Sie stellte sich vor, wie es jetzt wäre, einfach den Kopf an die Schulter des attraktiven Mannes an ihrer Seite zu lehnen, ihr Gesicht der Sonne emporzurecken und den Augenblick voll und ganz auszukosten. Das wäre wunderbar, aber die Realität sah anders aus. Ungeduldig begann Bianca, hin und her zu zappeln, bis Lorenz sich schließlich geschlagen gab.

»Also gut, du kleine Nervensäge! Du hattest natürlich völlig recht mit deiner Annahme. Schon der erste Schuss war tödlich.«

»Das heißt, dass …«, folgerte Bianca.

»… der Helminger ermordet wurde«, vollendete Lorenz den Satz.

»Und das Geständnis, das er hinterlassen hat?«

»Ist tatsächlich von ihm verfasst worden. Aber mit einer Waffe vor der Nase würde jeder so etwas aufs Papier kritzeln, oder? Außerdem sprechen auch die Kugelschreiberspuren an seiner linken Hand dafür.«

»Aber den Jagdstutzen hatte er in seiner Rechten. Wäre es möglich, dass der Helminger beidhändig war?«

»Grundsätzlich ja. Dagegen sprechen aber die verminderten Benutzungszeichen der rechten Hand. Das heißt, an seiner Arbeitshand, in seinem Fall die linke, war die Hornhaut viel dicker als rechts. Aber diese Randbefunde untermauern nur das Hauptargument. Und das war …«

»Der erste Schuss, der den Tod herbeiführte.«

»Genau! Und der hat ihn von vorne getroffen, während der zweite durch ihn von unten nach oben gedrungen ist.«

»Das heißt, der Mörder stand vor ihm. Vermutlich auf der anderen Seite des Tisches.« Bianca legte den Finger an den Mund und kniff die Augen zusammen. »Spielen wir das ganze Szenario einmal durch. Er setzt ihm die Waffe an, zwingt ihn, das Geständnis zu schreiben, und erschießt ihn dann eiskalt. Anschließend klemmt er ihm die Waffe zwischen die Beine und drückt mit dem Helminger seiner rechten Hand noch einmal ab.«

»Das erklärt die Schmauchspuren, die wir auf seiner rechten Hand gefunden haben.«

»Was wiederum bedeutet, dass der Mörder entweder nicht sehr schlau oder in großer Eile war. Weil er vielleicht auf eine Veranstaltung gegangen ist, die ganz in der Nähe stattgefunden hat«, setzte Bianca die losen Puzzleteile in ihrem Kopf zu einem sinnvollen Ganzen zusammen.

»Wobei er sich davor sicher umziehen musste«, warf Lorenz ein.

»Hat der Gruber eine Kleidung am Tatort gefunden?«

Er schüttelte den Kopf. »Die hat der Täter vermutlich mitgenommen.«

Bianca seufzte erleichtert auf, und ehe Lorenz wusste, wie ihm geschah, drückte sie ihm einen dicken Kuss auf die Wange. Verwirrt starrte er sie an.

»Entschuldige!«, stammelte Bianca verlegen. »Aber ich bin so erleichtert. Jetzt kann ich endlich beruhigt den Haller zurückrufen.«

»Hat er sich denn nicht bei dir gemeldet?«

»Schon«, gab Bianca kleinlaut zu. »Aber ich bin nicht an den Apparat gegangen.«

»Weil …?«, runzelte Lorenz die Stirn.

»… ich mir nicht sicher war, ob ich die richtige Entscheidung getroffen habe, und eine Genehmigung für den Einsatz konnte ich mir von ihm auch nicht einholen. Du kennst ja die blöden Vorschriften! Offen gestanden, hab ich gefürchtet, dass er mich entweder an den A… der Welt versetzt oder gleich vom Dienst suspendiert.«

»Aber das habe ich doch alles im Vorfeld mit ihm erledigt. Mir war klar, dass ihr dort oben bei der Jagdhütte keinen Empfang habt's. Schließlich kenne ich die Gegend wie meine Westentasche.«

»Und warum hast du mir das nicht erzählt? Dann war ja meine ganze Sorge umsonst?« Bianca stieß ihn in gespielter Empörung sanft in die Rippen.

»Eigentlich hätte ich dafür einen Kuss erwartet«, maulte Lorenz. Er zog die Mundwinkel nach unten, als würde er in Tränen ausbrechen.

Bianca lachte und drückte ihm einen Kuss auf die Wange. Diesmal war Lorenz darauf vorbereitet. Er drückte sie an sich. Sein Duft raubte ihr fast den Verstand. Er roch nach Zitronenseife und Leder. Gierig sog sie ihn auf.

»Vorsicht! Daran könnte ich mich sehr schnell gewöhnen«, raunte er ihr ins Ohr. Seine Stimme klang belegt.

Bianca durchlief ein wohliger Schauer. Irritiert löste sie sich von ihm, rückte ein Stück ab und starrte verlegen auf ihre Schuhspitzen.

»Bianca, ich kenne da jemanden, der dich …«

In diesem Moment läutete Biancas Handy. Hastig kramte sie in ihrer Jackentasche danach. Die Nummer auf dem Display kannte sie nicht. Sie drückte auf abweisen und verfluchte den Anrufer, der diesen magischen Moment gestört hatte.

»Du kennst jemanden, der mich …?«, wiederholte sie und beugte sich fragend zu Lorenz.

Ihre Lippen waren sich ganz nah. Sie spürte seinen Atem. Er ging schneller, so wie der ihre.

Abermals schrillte ihr Telefon. In diesem Augenblick hasste sie ihren Job.

»Entschuldige!«, antwortete sie enttäuscht, wendete sich von ihm ab und nahm das Gespräch entgegen.

»Baldinger! Was gibt's?«, meldete sie sich verärgert.

»Frau Inspektor, bitte helfen Sie mir«, heulte eine Stimme in den Apparat. »Es geht um Leben und Tod!«

»Frau Gruber, sind Sie das?«

»Ja!«, plärrte die Anruferin ins Telefon. »I hab so Angst! Der will mi umbringen!«

»So beruhigen Sie sich doch. Wer will Sie umbringen? Wo sind Sie?«

»Im Café Berger. Die Rosa hat mir gesagt, dass i Sie dort treffe«, heulte sie.

»Bleiben Sie, wo Sie sind. Dort wird Ihnen nichts passieren. Ich bin gleich bei Ihnen.«

Verzweifelt sah sie Lorenz in die Augen, doch der drückte sie

fest an sich, gab ihr einen zärtlichen Kuss auf den Mund.
»Ciao, Bella! Dein neuer Lippenstift schmeckt süß wie seine Trägerin! Aber jetzt geh! Und pass gut auf dich auf!«
Ohne ein weiteres Wort zu verlieren, sprintete Bianca los.

14. Kapitel
Montag, 17. März – mittags

Der Kuss brannte immer noch auf ihren Lippen. Sie roch seinen Duft, als stünde er neben ihr. Zitronenseife und Leder. Seltsam, welche Streiche einem das Gehirn spielen konnte. Ihre Gedanken überschlugen sich. Sollte das etwa bedeuten, dass Lorenz eine Beziehung mit ihr …? War sie überhaupt bereit dazu? Mit einem Arbeitskollegen? Mit denen sollte man sich doch nichts anfangen …? Hätte, wäre, sollte – Schluss! Aus! Dies war nicht der Zeitpunkt für Privates, mahnte sie sich zur Vernunft. Es galt, einen Fall zu lösen! Und zwar schnell! So wie's aussah, lief der Verbrecher immer noch frei herum. Zwei Morde! Würde er nochmals zuschlagen? Und, wenn ja, wer war sein nächstes Opfer? Vor allem aber: warum? So sehr sie sich auch das Gehirn zermarterte, sie konnte kein Motiv erkennen.

Als Bianca wenig später im Café Berger eintraf, hatte sie auch den letzten Tropfen Restalkohol des Vortages herausgeschwitzt. Ihr bot sich ein ungewöhnliches Bild. Nina Gruber kauerte in einem Stuhl, flankiert von der gesamten Pensionistentruppe. Immer wieder schüttelte es sie vor lauter Schluchzen. Verzweifelt mühte sich der Jubilar, der sich Bianca kurzerhand als ein Herr Alfons vorstellte, Nina zu beruhigen. Er tätschelte ihre Hand und sprach beruhigend auf sie ein. Zu Ninas Rechten hatte die Mitzi Stellung bezogen. Ihre selbst ernannte Aufgabe bestand darin, Nina mit Sachertorte vollzustopfen.

Dabei leierte sie gebetsmühlenartig: »Iss! Dein Kinderl braucht Nährstoffe. Das is wichtig!«

Stück für Stück schaufelte sie der Armen in den Mund, dass Bianca schon vom bloßen Zusehen übel wurde. Mit gerunzelter Stirn sorgte sich Bianca, wann und vor allem wo Ninas Mageninhalt sich möglicherweise wieder entleeren würde. Hoffentlich nicht in ihrem Auto! Hier, unter all den neugierigen Alten, konnte sie auf keinen Fall mit ihr bleiben. Hinter dem Tresen stand die freundliche Verkäuferin, wobei ihr das Lachen in Anbetracht der Situation sichtlich vergangen war. Sie warf Bianca einen verzweifelten Blick zu, während sie immer wieder den Kopf schüttelte.

»Seit's da is, plärrt's nur. Wir bringen nichts aus ihr raus. Vielleicht wär's gescheiter, wenn wir einen Arzt holen? Am End hat's a Wochenbettdepression? Das soll ja koa Seltenheit sein bei die Schwangeren?«

Bianca hatte zwar wenig Erfahrung mit Schwangerschaften und noch weniger mit Geburten, aber eine Wochenbettdepression konnte sie mit Sicherheit ausschließen. Dazu hätte das Kind ja zwangsläufig schon auf der Welt sein müssen. Und das wiederum passierte hoffentlich nicht so schnell. Als Nina Bianca erblickte, beruhigte sie sich ein wenig. Schwerfällig hievte sie sich aus ihrem Stuhl, wobei die Alten wild umherfuchtelten und beinahe darüber in Streit gerieten, wie man dieser verzweifelten Schwangeren am besten beistehen könnte.

»Meine Herrschaften«, ging Bianca helfend dazwischen, »ich danke Ihnen allen recht herzlich für Ihre Hilfe. Aber jetzt übernehme ich die Frau Gruber und bringe sie sicher und wohlbehalten nach Hause.«

Nina heulte erneut auf und ließ sich gleich wieder kraftlos auf ihren Stuhl sacken.

»Na! Das geht net!«, schüttelte sie den Kopf. »Der Scheißkerl hat doch meine Adresse ausfindig g'macht!«

»Gut«, lenkte Bianca ein. »Dann nehme ich Sie eben erst einmal zu uns aufs Revier mit. Und gemeinsam überlegen wir uns, wo wir Sie sicher unterbringen.«

Nina winkte ab. »Na, auf koan Fall! Am End rennt er mir dort übern Weg!«

Sie vergrub ihr Gesicht in den Händen und schluchzte mitleiderregend.

»Schön und gut! So kommen wir nicht weiter, wenn Sie die ganze Zeit nur heulen. Ich möchte Ihnen helfen! Aber dazu müssen Sie mir erzählen, was genau vorgefallen ist. Ich habe keine Lust, Ihnen alles aus der Nase zu ziehen.«

Biancas Ansage zeigte Wirkung. Nina rappelte sich hoch, wobei Alfons ihr unterstützend unter die Arme griff. Mitzi folgte seinem Beispiel auf der anderen Seite. Mit vereinten Kräften gelang es, Nina auf die Beine zu bekommen.

»Geh mit der Frau Inspektor mit«, sprach Alfons beruhigend auf sie ein und klopfte ihr dabei liebevoll auf die Schulter. »Die passt scho guat auf di auf!«

Zögernd setzte Nina sich in Gang, und weitere zehn Minuten später hatte Bianca sie endlich in ihren kleinen VW Golf verfrachtet. Keine Sekunde zu früh.

»Ihre Parkuhr is seit fünf Minuten abgelaufen«, rügte die Politesse. Dienstbeflissen zückte sie ihren Block aus der Tasche ihrer Uniformjacke.

»Ja und? Zehn Minuten darf ich überziehen. Oder ist das in Mondsee anders?«

In diesem Moment stürmte ein kleiner, untersetzter Mann aus dem Café Berger.

»Frau Inspektor!«, wedelte er aufgeregt mit seinem Spazierstock, als er Bianca auf der anderen Straßenseite erblickte. »Gut, dass i Sie no antreffe! Mir is da etwas eingefallen.«

»Und das wäre?«

Bianca ging ihm entgegen, während sie aus dem Augenwinkel heraus wahrnahm, dass die Politesse demonstrativ auf ihre Uhr blickte.

»I hab die ganze Zeit überlegt, warum mir das Fräulein so bekannt vorkommt. Jetzt weiß ich's! Die wohnt seit Kurzem in dem Haus gegenüber von unserem. Gestern auf d' Nacht hab i unseren Maxi gesucht. Er is wieder einmal net heimkommen, der Strawanza. Wie's halt so sind, die Kater«, grinste er spitzbübisch. »Und da is mir a Mann vor dem Fräulein ihrer Tür aufgefallen. Pumpert und geschrien hat er, dass sie ihn reinlassen soll.«

»Können Sie mir beschreiben, wie er ausgesehen hat?«

»A mords a großer Lackl war's. Der Statur nach sicher a Sportler.«

»Hatte der zufällig dunkelblondes, gewelltes Haar?«, erkundigte Bianca sich aufgeregt.

Der Alte nickte. »Ja, i glaub scho. Zumindest, soweit i das bei dem Licht der Straßenlaterne sehen konnte. Auf jeden Fall wollt i ihn grad schimpfen. Wia kann man um neune auf d' Nacht so einen Wirbel schlagen? Das gehört sich net! Es gibt Leut, die um die Zeit scho schlafen, oder? Aber wie er mi gesehen hat, is er in sei Auto gestiegen und abgehauen.«

»Können Sie sich noch an die Automarke erinnern?«

»Freili! I war do früher Mechaniker«, nickte er stolz. »Der hat einen schwarzen Ford Galaxy mit Vöcklabrucker Kennzeichen gefahren. Die Nummer hab i mir leider net gemerkt. Aber möglicherweise is das der Grund, warum das Fräulein gar so aus dem Häusl is.«

Bianca notierte sich rasch seine Daten in ihr Notizbuch, bedankte sich herzlich und flitzte zu ihrem Wagen zurück.

»Die zehn Minuten Kulanzzeit sind um. Das gibt einen Strafzettel!«, fing die Politesse sie ab und setzte entschlossen zum Schreiben an.

»Untersteh dich!«, fauchte Bianca aufgebracht.

Sie riss die Fahrertür auf, sodass die Politesse notgedrungen einen Sprung zur Seite machen musste. Um ein Haar wäre sie dabei über ein Metallgitter gestolpert, das im Boden eingelassen war.

»Na, na!«, schimpfte sie. »Geht das net höflicher? Wir sind doch schließlich alles Kollegen.«

»Ich bin im Einsatz! In einem Mordfall! Da bleibt keine Zeit für Höflichkeiten, und wenn du mich jetzt noch länger in der Ausübung meines Dienstes hinderst«, dabei nahm ihre Stimme einen drohenden Unterton an, »werde ich dich deinem Vorgesetzten melden müssen. Auf Wiederschauen! Frau Kollegin!« Damit drosch Bianca ihre Autotür zu und manövrierte ihren Wagen aus der engen Parklücke.

»Dumme Parkwachtl!«, keifte sie und drückte aufs Gas.

Nina hatte sich in der Zwischenzeit ein wenig beruhigt. Gedankenverloren zupfte sie an der mittlerweile völlig durchweichten Geburtstagsserviette, die die Mitzi ihr als Taschentuchersatz in die Hand gedrückt hatte.

»Und wo bringen S' mi jetzt hin?«, erkundigte Nina sich zögerlich und so leise, dass Bianca sie kaum hören konnte.

»Nach Hause! Sie brauchen dringend ein wenig Ruhe. Denken Sie an Ihr Kind.« Dabei deutete sie mit dem Kinn auf Ninas Bauch.

»Aber …«

»Keine Widerrede!«, entgegnete Bianca streng. »Der Oberschmid ist sicher längst in der Arbeit. Er war doch der Grund, weshalb Sie so aufgebracht sind, oder? Der lungert doch nicht ewig vor Ihrer Tür herum.«

Nina schnaufte verächtlich.

»Sie kennen den Heli nicht. Der is stur. Was sich der in den Kopf setzt, das zieht der durch. Der kommt wieder!«, prophezeite sie, und ihre Stimme begann, verdächtig zu zittern.

»Bis dahin sind Sie längst verschwunden. Nein, nein«, beharrte Bianca, »Sie rasten sich brav aus, erzählen mir Ihre Geschichte, und danach überlegen wir uns, wo wir Sie sicher unterbringen.«

»Danke, Frau Inspektor!«, schluchzte Nina erleichtert auf.

Bianca nickte und konzentrierte sich weiter auf den Verkehr. Der neu errichtete Kreisverkehr beim Autobahnzubringer Mondsee war Segen und Fluch gleichermaßen. Immer wieder gab es unbeherrschte Verkehrsteilnehmer, die auf der zweiten Fahrspur nach vorne preschten, um dann völlig unmotiviert in letzter Sekunde vor der Einfahrt in den Kreisverkehr ihren Wagen auf die rechte Spur zu reißen. Die waren Bianca allerdings lieber als jene, die bei der Einfahrt ohne ersichtlichen Grund auf die Bremse sprangen, während der Hintermann, mit schnellerer Auffassungsgabe, schon längst entschieden hatte, zügig einzufahren. Heftige Auffahrunfälle waren keine Seltenheit in diesem Straßenabschnitt. Stellte sich also zwangsläufig die Frage, ob man das Geld für den teuren Umbau nicht besser für andere Projekte verwendet hätte. Zum Beispiel für die Errichtung einer Hundewiese. Für eine Hundewiese? Wie kam sie denn nun bloß auf diesen Gedanken?

Richtig, Christina! Eine liebe Freundin von ihr und stolze Besitzerin von zwei Dobermännern hatte bei ihrem letzten Treffen darüber geklagt, dass Mondsee kein Herz für Hunde hätte. Immer wieder wurde das Anliegen abgelehnt. Kein Geld, kein Bedarf, lautete die lapidare Antwort. Christina! Sie war die Lösung für ihr Problem! Ihre Freundin hatte ein großes Haus am Mondseeberg, mit einer prachtvollen Aussicht auf den See und genügend Platz für Gäste. Sie würde Nina sicher aufnehmen, bis Bianca eine andere Bleibe gefunden hatte. Bei ihrer Freundin war Nina in Sicherheit.

Als sie bei Ninas Haus ankamen, blickte die Schwangere sich wie ein gehetztes Tier nach allen Richtungen um. Doch nirgendwo parkte der schwarze Ford Galaxy vom Oberschmid Heli. Nina entspannte sich erst, als sich die Haustür hinter ihnen schloss. Während sie auf die Toilette watschelte, nutze Bianca die Gelegenheit, ihren Kollegen zu informieren. Erstaunlicherweise ging er gleich nach dem ersten Läuten an den Apparat.

»Was gibt's, Frau Kollegin?«, meldete Weyrich sich ungehalten. »I bin gerade in einer wichtigen Besprechung.«

»Wieso? Ist der Oberschmid bei dir?«

»Na! Warum soll er? Außerdem was geht's mi an, wo der steckt und warum er auf seinen Termin vergessen hat. I bin do net sein Kindermädl«, knurrte Weyrich.

»Und wer ist dann zu Besuch, wenn ich fragen darf?«, bohrte Bianca nach.

»Ja, der Karli halt!«, gab er kleinlaut zurück.

»Ach! Feiert's ihr schon meine Versetzung nach Tschiputi? Da muss ich dich leider enttäuschen! Ich hab wieder einmal den richtigen Riecher gehabt. Der Helminger ist nämlich tatsächlich ermordet worden. Du kannst dir also deine Abschlussarbeiten ersparen. Aber …«, Bianca legte eine kurze Pause ein, »… weil du doch sicher gerade vor der Akte sitzt, kannst du mir nachschauen, ob das Alibi vom Oberschmid wasserdicht war?«

»Den Termin auf der Landesregierung meinst?«, hüstelte Weyrich.

Bianca hatte ihr Notizbuch aus der Jackentasche gefischt und blätterte nach dem gesuchten Eintrag.

»Genau! Bei diesem Bauamtsleiter. Dieser Herr Doktor Renz. Hat der den Termin am Montag um acht Uhr in der Früh mit dem Oberschmid bestätigt?«

»Na ja. Wir haben die Mail vom Oberschmid, die er uns weitergeleitet hat …«

»Die interessiert mich nicht. Du hast das doch nachgeprüft, oder?«

»Wollt i! Seine Sekretärin war krank, und dann is uns die Flucht vom Toni dazwischengekommen. Danach hab i's verschwitzt.«

»So, so! Verschwitzt!« Biancas Stimme nahm einen drohenden Unterton an. »Dann bestellst du deinem Freund liebe Grüße von mir. Die Party ist für heute beendet. Du rufst auf der Stelle …«

»I weiß scho, was i zu tun hab«, unterbrach Weyrich sie grantig.

»Lass mich ausreden! Ich bin noch nicht fertig!«, protestierte Bianca und stampfte zornig mit ihrem Fuß auf den Boden. »Klär das sofort! Dann setzt du dich in Bewegung, suchst den Oberschmid und bringst ihn zur Einvernahme aufs Revier. Schließlich ist er uns auch noch eine Erklärung schuldig, wo er sich am Freitag herumgetrieben hat, bevor er beim Jagawirt aufgetaucht ist. Vielleicht hat er eine kleine Bergtour unternommen? Also, leg los! Verstanden?«, befahl Bianca streng.

»Und während ich schufte, vergnügst du dich mit deinem Märchenprinz?«

»Schön wäre es«, entfuhr es ihr. Sie räusperte sich verlegen und setzte ein entrüstetes »Natürlich nicht!« hinterher. »Ich befrage in der Zwischenzeit die Nina. Ach ja! Sag, weißt du, welches Auto der Oberschmid fährt?«

»I glaub, einen schwarzen Ford. So einen Van oder wia man das nennt. Das Modell fällt mir grad net ein. Warum?«

»Passt genau!«, nickte Bianca zufrieden. »Dann war's tatsächlich der Oberschmid, der ihr gestern einen Besuch abstatten wollte. Und wie's mir scheint, ist er nicht in freundlicher Absicht bei ihr angetanzt.«

Bianca beendete das Gespräch. Ein furchtbarer Gedanke überkam sie. Waren sie am Ende mitverantwortlich für Helmingers Tod? Hätten sie ihn möglicherweise verhindern können, indem sie Oberschmids Alibi sofort nach seiner Befragung überprüft hätten? Sie schob die Idee rasch beiseite und konzentrierte sich auf Nina, die sich in der Zwischenzeit auf der Couch ausgestreckt hatte. Nicht ohne sich vorher einen Glimmstängel in den Mund zu stecken. Bianca verkniff sich eine Bemerkung. Sie war alt genug zu wissen, was sie tat. Außerdem beruhigte sie die Zigarette vielleicht ein wenig. Nicht, dass sie wieder die ganze Zeit dahinheulte. Bianca nahm auf dem Hocker neben ihr Platz, tippte noch schnell eine Textnachricht an ihre Freundin Christina in ihr Handy und wandte sich dann an Nina.

»Also, Frau Gruber, dann erzählen Sie, was gestern passiert ist. Außerdem habe ich von einem Streit zwischen Ihnen und dem Oberschmid beim Jagawirt gehört. Gibt's da einen Zusammenhang?«

Nina nickte, nahm einen tiefen Zug von ihrer Zigarette und paffte eine riesige Rauchwolke aus.

»I wollt Sie heut ohnehin anrufen. Unabhängig von dem, was gestern …« Ihre Stimme begann, verdächtig zu zittern.

»Weshalb?«, hakte Bianca rasch ein und hoffte, dass ihr eine neuerliche Heulattacke erspart bleiben würde.

»Der Toni«, begann Nina, stockend weiterzuerzählen, »hat mir am Freitag eine SMS geschickt.«

»Und, was hat er geschrieben?«, erkundigte Bianca sich aufgeregt.

Statt zu antworten, griff Nina in ihre abgetragene Trainingsjacke und kramte ihr Telefon hervor. Eine Weile zappte sie durchs Menü, bis sie schließlich das Gesuchte fand.

»Da hab ich's! Er schreibt: Bin unschuldig! Komm heute um 18.30 Uhr zu der Kapelle hinterm Jagawirt. Allein! I kenn den M…«

»Er kennt den M? Meint er damit den Mörder? Vom Fellhofer?«, rätselte Bianca. Ihre Gedanken rasten. »Das würde bedeuten, dass er am Montag beim Stall oben war. Er beschmiert das Stalltor mit der Parole. Kurz drauf kommt der Fellhofer. Er versteckt sich vor ihm so lang, bis er unbemerkt verschwinden kann. Der Schuss geht nach hinten los. Ein weiterer ungebetener Gast taucht auf. Allerdings sind seine Absichten nicht so harmlos. Er bleibt in seinem Versteck als stiller Beobachter und verlässt es erst wieder, als der Mörder verschwunden ist.«

»Aber warum is er dann net zu euch gekommen und hat euch die ganze Geschicht erzählt?«

»Das ist doch klar! Es fehlte ihm das Alibi. Deshalb ist er vor uns geflüchtet. Er versteckt sich bei der Hütte. Schickt die Nachricht an Sie. Warum hat er nicht seine Frau benachrichtigt? Und warum hat er sie nicht zu Ende geschrieben? Wurde er von jemandem unterbrochen?«

Nina zuckte mit den Schultern.

»I weiß nur, dass der Toni sich sicher net selbst umgebracht hat, so wia die in der Zeitung schreiben.« Wieder kullerten Tränen über ihr Gesicht. Mit ihrem Handrücken wischte sie diese einfach weg und erhob sich schwerfällig, um ihre Zigarette im Aschenbecher auszudämpfen. Auf ihrem Hals breiteten sich wieder diese hässlichen roten Flecken aus, die Bianca schon bei ihrem ersten Besuch aufgefallen waren.

»Sie sind also um die vereinbarte Zeit zum Treffpunkt?«

»Ja!«, bestätigte Nina und begann wieder mit ihrer nervösen Kratzerei, die Bianca maßlos auf die Nerven ging. »Aber der Toni is net kommen. I hätt ihn angerufen. Aber sein Handy war ausgeschaltet. Also bin i ins Gasthaus rein und hab drinnen auf ihn gewartet. I hab mir gedacht, dass er sich vielleicht verspätet hat.«

»Und dort sind Sie dann mit dem Oberschmid in Streit geraten? Worum ging's dabei?«

Nina fuhr sich durch ihr strähniges Haar und schnaufte verächtlich.

»Dem Scheißkerl geht's imma nur ums Geld. Erpressen wollt er uns!«

»Wen? Uns?«

»Na, den Toni und mi.« Nina vergrub ihr Gesicht in beiden Händen, sodass Bianca sie nur undeutlich hören konnte.

»Er hat behauptet, dass er Fotos von uns beiden hätte! Und dabei hat er Daumen und Zeigefinger aneinandergerieben. I hab mi glei ausgekannt. Geld wollt er! Zahlst net, hat er mir gedroht, wird a Unglück passieren, und dabei hinterfotzig gelacht.«

»Was haben Sie ihm darauf geantwortet?«, erkundigte Bianca sich. Gespannt rückte sie näher an Nina heran.

»I wär ihm am liabsten an die Gurgel gesprungen, den Saukerl, den grausigen. Nah genug war i ihm scho. Seinen bierschwangeren Atem hab i no heut in der Nasen. Wenn i nur dran denk, wird mir schlecht. I hab ihm ins Ohr gezischt, dass er sich vorsehen soll, der Toni weiß alles und wird über ihn auspacken.« Dabei schob sie ihr Handy aus ihrer Jackentasche und wedelte zur Erinnerung damit herum. »I weiß, i hätt ihn besser net reizen sollen. Aber in meiner Wut hab i ihm a no mitten in sei dreckiges Gesicht gespuckt.«

»Wie hat der Oberschmid darauf reagiert?«

»Zuerst hat er die Augen ungläubig aufgerissen und is käsweiß geworden im Gesicht. Aber auf einmal is a Zittern durch seinen Körper gegangen, gleichzeitig hat er einen hochroten Schädel kriagt. ›Na wart, du dreckige, kleine Schlampe!‹, hat er mir gedroht. Seine Händ haben sich langsam zu Fäusten geballt. I hab geschaut, dass i weiterkomm. ›Dir zeig ich's!‹, hat er mir nachgeschrien. In dem Moment is mei Taxi gekommen und hat mi gerettet. I bin reingesprungen und heimgefahren.«

»Der Taxifahrer!«, rief Bianca aus und tippte sich mit dem Zeigefinger an die Stirn. Nina sah sie mit ihren verheulten Augen fragend an. »Über den Taxifahrer ist er an Ihre neue Adresse gekommen!«

»I Rindvieh! I hirnloses!«, entfuhr es ihr.

Sie wollte sich eine weitere Zigarette anstecken, aber Bianca hinderte sie sanft daran, indem sie die Hand auf ihre legte.

»Und gestern Abend ist er hier aufgetaucht? Was wollte er von Ihnen?«

»Das weiß i net. I hab ihm net aufgemacht. Zum Glück hat zur Straßenseite hin koa Licht gebrannt, also hab i mi ganz still verhalten. Zuerst hat er an die Tür geklopft, dann pumpert, und wia i mi imma no net gerührt hab, hat er auf die Tür eingedroschen und geschrien, dass i aufmachen soll, er hätt was zum Reden. Wenn i net aufmach, passiert was Schlimmes! I hab mir gedacht, mei letztes Stünderl hat geschlagen! Gleich tritt er die Tür ein und bringt mi um.«

»Warum haben Sie nicht die Polizei gerufen?«

»I hab am ganzen Leib gezittert. Vor lauter Angst«, beschämt zupfte sie an dem Ärmel ihrer Jacke, »hab i mir in die Hosen gemacht. Aber plötzlich war a Ruh. Wia i mi dann endlich getraut hab, durchs Fenster zu schauen, war er verschwunden. I hab mi die ganze Nacht im Bad eingesperrt. Net einmal meine Freundin hat mi überreden können, dass i rauskomm. I war wie gelähmt.«

Ein Zucken ging durch ihren Körper, dann brach sie erneut in Tränen aus, dass es sie schüttelte. Bianca drückte sie an sich und klopfte ihr beruhigend auf die Schulter. Das Handy in Biancas Hosentasche vibrierte. Sie fischte es mit der Linken heraus, während ihre rechte Hand Nina beruhigend weitertätschelte. Eine Nachricht von Christina!

»Freuen uns auf unseren Gast!«

Bianca atmete erleichtert auf. Es gelang ihr, Nina zu beruhigen. Gemeinsam packten sie die nötigsten Sachen zusammen. Wenig später ließ sie Nina in der Obhut ihrer Freundin und den beiden Dobermännern zurück.

»Bianca, i glaub, wir haben ein Problem!«, empfing Weyrich sie, kaum dass sie an ihrem Schreibtisch Platz genommen hatte.

Bianca warf einen flüchtigen Blick auf ihre Armbanduhr.

»Alles klar! Es ist kurz vor halb zwei Uhr, und du bist vor lauter Arbeiten nicht zum Essen gekommen«, erwiderte sie ungerührt und nahm das Notizbuch aus ihrer Tasche.

»Na!«, winkte Weyrich ab. »Der Oberschmid hat den Termin bei der Landesregierung um eine Stunde verschoben. Er ist also erst um neun Uhr gekommen.«

»Weil?«

»Angeblich wegen einem Verkehrsstau. Natürlich hab i das gleich überprüft, aber an dem Tag war keiner.«

Weyrich stand auf und ging nach nebenan in die Teeküche. Er drehte den Wasserhahn auf.

»Das heißt«, schrie Bianca ihm hinterher, damit er sie hören konnte, »er ermordet den Fellhofer, setzt sich ins Auto und fährt zu seinem Termin. Zeitlich wäre das durchaus machbar gewesen.«

»Bestimmt!«, bestätigte ihr Kollege. Er hatte ein Glas Wasser in der Hand und leerte es gierig bis zur Hälfte. Bianca sah ihn verwundert an.

»Sag, bist du krank? Oder sind das noch die verspäteten Nachwirkungen von gestern?«

»Weder noch!«, schüttelte er den Kopf. »Der Karli sagt, Wasser is wichtig für den Körper! I will ja net, dass i auch einen Herzkasperl bekomm, so wia er.«

Bianca klatschte begeistert in die Hände.

»Welche Erkenntnis! Ich staune!«

»Apropos Erkenntnis. I hab auch ein paar Leut wegen dem Freitag befragt.«

»Und?« Bianca hatte in der Zwischenzeit Oberschmids Fahrzeugdaten erhoben und notierte sich sein Kennzeichen in ihr Buch.

»Der Heli hat das Büro wia immer um zwölf Uhr verlassen und is rübergegangen zum Hias auf ein Mittagessen. Dort is er bis zirka drei gesessen. Und wann er beim Jagawirt angekommen is, wissen wir ja scho. Wo er dazwischen war, bleibt noch zu klären.«

»Na ja!«, meinte Bianca und erhob sich von ihrem Stuhl. »Dann würd ich vorschlagen, wir statten dem Oberschmid einen Besuch ab.«

15. Kapitel
Montag, 17. März – nachmittags

»Versteh einer die Weibsbilder!«, schimpfte Weyrich, als Bianca die Tür auf der Beifahrerseite öffnete und in den Wagen stieg. Er hatte sich schon hinters Steuer des Dienstwagens gezwängt und trommelte ungeduldig aufs Lenkrad.

»Ich habe mein Notizbuch im Büro vergessen«, erwiderte Bianca und fächelte damit vor Weyrichs Nase herum. Mit einer ärgerlichen Handbewegung wischte er es zur Seite und startete den Motor.

»I glaub's net! Zuerst kann's dir gar net schnell genug gehen. Und dann rennst wegen einem depperten Notizbüchl noch einmal zurück?«

»Reg dich ab!«, beschwichtigte Bianca. »Außerdem ist das kein deppertes Notizbuch. Da sind wichtige Aufzeichnungen drinnen. Ohne das gehe ich nirgendwo hin. Und jetzt fahr los!«

»I mach ja scho!«, brummte Weyrich ungehalten und drückte aufs Gaspedal. »Schließlich hab i net ewig Zeit. Für sechs Uhr is die Sitzung vom Imkerortsverband anberaumt. Da heißt's pünktlich sein.«

Nur mit Müh und Not verkniff Bianca sich eine Widerrede. Bei ihrem Kollegen war ohnehin Hopfen und Malz verloren.

Fünf Minuten später erreichten sie das Haus vom Oberschmid Helmut. Es lag in der Kohlstatt, einem Ortsteil oberhalb von Unterach, mit herrlicher Sicht auf die Bucht, die dem

Ort den Spitznamen Klein Venedig eingebracht hatte. Neben dem konservativen Baustil der Nachbarhäuser mit ihren verputzten Außenwänden, den wuchtigen Holzbalkonen und eichenen Eingangstüren stach Oberschmids moderner Bungalow aus Holz, Glas und Stahl regelrecht hervor.

Bianca pfiff anerkennend durch die Zähne. »Ich habe gedacht, der Oberschmid hat Schulden? Dass er sich als kleiner Gemeindeangestellter so ein Haus leisten kann? Respekt!«

»Seine verstorbene Frau hat den Baugrund und a gute Mitgift in die Ehe mitgebracht. Böse Zungen behaupten, er hätte s' eh nur wegen dem Geld geheiratet. Außerdem munkelt man, dass er dem Bauträger den ein oder anderen Gefall'n erwiesen hat. Getreu dem Motto – eine Hand wäscht die andere. Kennst d' dich aus?«, grinste Weyrich und drückte auf den Klingelknopf.

Nichts rührte sich. Er klopfte. Klingelte schließlich noch einmal, diesmal länger. Drinnen erklang leises Glockengeläut.

»Big Ben!«, bemerkte Bianca und erntete von ihrem Kollegen ein Stirnrunzeln. »Na, die Melodie.« Dabei deutete sie mit der Hand auf die Eingangstür. »Aber sag, welche Gefälligkeiten meinst du?«, bohrte sie neugierig nach.

»Ganz einfach! Der alte Reinisch hat Grünland in bester Lage günstig eingekauft.«

»Und der Oberschmid als Bauamtsleiter hat's ihm im Handumdrehen in Bauland umgewidmet«, vollendete Bianca den Satz.

»Richtig! A gutes G'schäft für beide, wenn da net die Immobilienbranche gerade eine Flaute erlebt hätte.«

»Dieser alte Reinisch, von dem du da sprichst …«

»War der Vater von unserer Gemeindeärztin«, nickte Weyrich. »Er ist bei einem Autounfall ums Leben gekommen. Sein Sohn, der Philipp, hat den angeschlagenen Betrieb übernommen. Das hab i dir doch eh scho erzählt, oder?« Weyrich klingelte erneut. »Wie's scheint, is der Vogel ausgeflogen.« Er wandte sich zum Gehen, als auch diesmal niemand öffnete.

»Wir schauen am besten einmal, ob sein Wagen in der Garage steht!«, entschied Bianca. Entschlossen stapfte sie über den Kiesweg davon. Vergebens machte sie sich am Tor zu schaffen. Es war verschlossen.

»Da, seitlich!« Weyrich deutete mit dem Kopf auf ein schmales Fenster an der Längsseite. »Aber wie kommen wir bloß rauf?«

»Ganz einfach! Mach mir eine Räuberleiter!«, befahl Bianca ihrem Kollegen kurzerhand.

Geschickt hantelte sie sich nach oben.

»Und? Siagst d' was?«, ächzte Weyrich.

Sie krallte sich am Fenstersims fest und spähte ins Innere. Dunkel konnte sie die Umrisse eines Vans ausmachen.

»Sein Auto steht drinnen!«, bestätigte sie und sprang leichtfüßig wieder auf den Boden. »Er kann also nicht weit sein. Komm, wir drehen eine Runde ums Haus! Vielleicht macht er ein kleines Schläfchen im Freien. Gut möglich, bei dem Prachtwetter.« Zielstrebig marschierte sie über die Wiese in Richtung Terrasse.

»Nobel, nobel!«, bestaunte Weyrich den Belag aus edlem Teakholz. Bianca hingegen begeisterte das phantastische Panorama. Mit einer ausholende Geste deutete sie auf den türkisblau funkelnden See und die kleinen Segelboote, die dort ankerten.

»So würde ich auch gerne wohnen.«

»Sag das deinem Märchenprinz und net mir«, grantelte ihr Kollege, der von Biancas Erkundungstrip genervt war.

Sie ließ ihn mit einer wegwerfenden Handbewegung stehen, drehte sich um und versuchte, durch die Scheiben der riesigen Fensterfront einen Blick ins Innere zu ergattern.

»Das is sein Wohnzimmer«, erklärte Weyrich überflüssigerweise. Er schnappte sich den Stuhl, der an der Hausmauer lehnte, und nahm Platz. »Und? Erkennst d' was?«

»Nein! Das spiegelt zu stark«, erwiderte Bianca enttäuscht. »Ich hab mir gedacht, dass du es so furchtbar eilig hast, zu deiner Sitzung zu kommen. Also! Auf, auf, Herr Kollege! Keine Müdigkeit vorschützen! Du gehst auf dem Weg zurück, auf dem wir gekommen sind. Ich schau auf der anderen Seite, ob wir irgendwo ein offenes Fenster oder eine Tür finden. Wir treffen uns beim Eingang.«

Maulend erhob Weyrich sich und trottete davon. Bianca eilte in die entgegengesetzte Richtung.

»Herr Oberschmid!«, rief sie. »Polizei! Bitte machen Sie auf!«

Nichts regte sich, alles blieb still. Bianca fischte ihr Handy aus der Tasche und wählte Oberschmids Mobilnummer, die sie sich in ihr Notizbuch notiert hatte. Kurz nachdem sie gewählt hatte, hörte sie aus einem der Zimmer ganz leise die Melodie »Girls, girls, girls« dudeln. Bianca schürzte die Lippen. »Wie passend! An Selbstbewusstsein fehlt's dem nicht! Aber wo steckt der Kerl bloß?«

Die Mobilbox schaltete sich ein. Sie versuchte es erneut. Auch diesmal ohne Erfolg.

»Vielleicht is er joggen?«, meinte Weyrich, als sie sich wenig später vor der Haustür trafen.

»Das wäre möglich«, bestätigte Bianca nachdenklich.

Sie presste ihre Nase gegen die gläserne Eingangstür, die unter ihrem Druck sofort aufsprang. Um ein Haar wäre sie gestrauchelt, fing sich aber in letzter Sekunde.

»Na toll! Da hätten wir uns die ganze Herumrennerei sparen können. Die Tür war nur angelehnt«, raunzte Weyrich.

Bianca hob die Augenbrauen, legte den Zeigefinger auf den Mund, holte ein paar Latexhandschuhe aus ihrer Uniformjacke und bedeutete Weyrich, sich ebenfalls welche überzuziehen.

»Waffe!«, zischte sie und zog ihre Glock 17 aus ihrem Holster.

»Jetzt übertreibst aber!«, protestierte ihr Kollege.

»Vertrau mir! Ich habe ein mulmiges Gefühl. Der Oberschmid ist nicht dumm. Er spürt, dass wir ihm auf den Fersen sind, und ist gefährlich. Die Geschichte mit der Nina beweist, dass er gewalttätig ist. Also, zieh deine Waffe!«

Ungeschickt fummelte Weyrich an seinem Pistolengurt, dass Bianca schon Sorge hatte, ihr Kollege könnte sich am Ende noch selbst verletzen. Vorsichtig stieß sie die Tür mit ihrem Fuß nach innen auf. Bianca sicherte den Flur und bedeutete Weyrich, ihr zu folgen.

Auf der linken Seite schloss an einen winzigen Ankleideraum, in dem auch Oberschmids giftgrüne Laufschuhe fein säuberlich geputzt bereitstanden, das Wohnzimmer mit der riesigen Fensterfront. Eine voluminöse champagnerfarbene Ledercouch nahm die rechte Hälfte des Raumes fast zur Gänze ein. An der Wand zu ihrer Rechten hing ein ebenso überdimensionaler Flachbildschirm. Der Esstisch aus Glas und die bordeauxroten Ledersessel auf der linken Seite rundeten die exquisite Einrichtung ab.

»Der Oberschmid lebt wohl gern auf großem Fuß«, bemerkte Bianca und schnaubte verächtlich durch die Nase.

Ein Torbogen teilte das Wohn- und Esszimmer von der angrenzenden Küche. Edles Ahorn, glänzendes Chrom und polierter Marmor dominierten hier. Richtig gekocht wurde darin wohl kaum, mutmaßte Bianca. Neben der Spüle stand ein Teller mit eingetrockneten Essensresten. Eine Fliege schwirrte darauf herum. Ansonsten war weder etwas zu sehen noch zu hören. Im Arbeitszimmer auf der gegenüberliegenden Seite war die Einrichtung zweckmäßiger. Weiße Bücherregale, vollgestopft mit fein säuberlich beschrifteten Ordnern und alten VHS-Kassetten.

»Liebesluder«, »Feuchte Lippen«, »Auf der Alm, da gibt's koa Sünd«. Bianca las einige der Titel laut vor und verzog angewidert ihr Gesicht.

»Ja mei!«, nahm Weyrich den Oberschmid in Schutz. »Deswegen is er no lang koa schlechter Mensch!«

»Das habe ich auch nie behauptet. Aber eine Neigung für junges Gemüse hat er zweifelsohne.« Sie deutete auf die Pinnwand hinter dem Schreibtisch, auf der zahlreiche Nacktfotos von Mädchen hingen, deren Höchstalter die zwanzig sicher nicht überschritt.

Auf dem Schreibtisch lag ein geöffneter Ordner mit Baugutachten. Ein Zeitungsartikel lugte zwischen den Klarsichthüllen hervor. Bianca zupfte ihn heraus und überflog die Überschrift.

»Neuerliche Tragödie im Bauskandal um Unterach«, lautete die reißerische Schlagzeile. Bianca legte den Artikel zur Seite. Oberschmid hatte offensichtlich gearbeitet. Der Laptop ruhte im Stand-by-Modus. Der Rest des Zimmers war penibel aufgeräumt und frei von jeglichem Staub. Vermutlich schwang hier die Aicherin ihren Putzfetzen. Ob der Oberschmid sie aus seiner eigenen Tasche entlohnte? Sie schob den Gedanken beiseite und trat, gefolgt von Weyrich, wieder in den Vorraum. Unsicher wandte ihr Kollege sich einer Tür am Ende des Flurs zu. Sie war angelehnt. Bianca war seinem Blick gefolgt.

»Welcher Raum ist dort hinten?«, erkundigte sie sich.

»Das Schlafzimmer. I weiß net, ob wir da hinein sollten«, wisperte er zögernd.

»Na los, Herr Kollege! Nur keine falschen Hemmungen!«, flüsterte Bianca ihm ermutigend zu.

Unsicher schlich er den fliesenbedeckten Flur entlang, vorsichtig einen Fuß nach dem anderen aufsetzend. Die Hand, in der er die Waffe hielt, begann zu zittern. Bianca trat neben ihn, und auf ihr Nicken hin stieß Weyrich die Schlafzimmertür auf, während Bianca den Raum mit ihrer Waffe sicherte. Das Bett war bis auf ein paar zerwühlte Laken leer. Eine offene Packung Kondome, zwei benutzte Sektgläser und Handschellen mit rosafarbenem Plüschbezug bestätigten Weyrichs Vermutung. Der Anblick trieb ihm die Schamröte ins Gesicht.

»Weiter!«, befahl Bianca und deutete mit dem Kinn auf das nächste Zimmer. Auch diese Tür war nur angelehnt. Diesmal übernahm Bianca die Führung. Die Glock schussbereit nach vorne gerichtet, tippte sie sanft mit dem Fuß dagegen. Knarrend öffnete sie sich und gab den Blick auf das Bad frei. Eine Mischung aus teurem Aftershave und süßlichem Parfum schwappte ihnen entgegen. Rechts zwei Waschbecken. Einer der Wasserhähne tropfte. Das Geräusch schien bei der Stille nahezu ohrenbetäubend. Die Dusche zur ihrer Linken war leer. Vorsichtig betrat Bianca den Raum und setzte sogleich geschockt zurück.

»Was is denn?«, zwängte Weyrich sich neugierig an ihr vorbei.

In der riesigen Eckbadewanne lag der Oberschmid Heli. Sein Körper war vollständig unter Wasser, seine Augen waren weit aufgerissen. Einige Sekunden stand Bianca wie angewurzelt still, dann löste sie sich aus ihrer Starre. Unsanft drängte sie ihren Kollegen zur Seite und hievte Oberschmids Kopf aus dem Wasser.

»Schnell!«, keuchte sie. »Ruf den Notarzt! Vielleicht kann man ihn noch retten!«

Weyrich fummelte ungeschickt in seiner Jackentasche nach dem Handy.

»Beeile dich!«, drängte Bianca. »Den bekomm ich allein nicht heraus. Ich brauche deine Hilfe!«

Endlich hatte Weyrich die 144 gewählt. Dann zerrten sie den leblosen Körper gemeinsam aus der Wanne.

»Oh mein Gott! Der atmet nimma!«, keuchte Weyrich verzweifelt. »Kannst du eine Mund-zu-Mund-Beatmung machen?«

Bianca schüttelte zerknirscht den Kopf. »Zu spät! Kein Herzschlag!«, gab sie resigniert von sich. »Außerdem ist er schon ganz ausgekühlt! Ich glaube, der dümpelt schon länger da drinnen.« Sie deutete auf die weit aufgerissenen Augen, deren Blick so leer war, wie er leerer gar nicht hätte sein können.

Bianca erhob sich, ordnete ein paar Haarsträhnen, die aus ihrem Zopf gerutscht waren, und wandte sich von dem Toten ab.

»Und, was meinst d'? Is er a umgebracht worden?«

Bianca zuckte die Schultern.

»Eine kleine Einstichstelle in der Armbeuge links ist mir aufgefallen. Soweit ich mich erinnere, hat er etwas von einer Vitamininfusion gesprochen, die ihm die Frau Doktor Reinisch geben wollte. Vielleicht waren aber auch Drogen im Spiel, oder es hat ihn jemand in der Badewanne ertränkt. Es könnte natürlich auch sein Herz ganz einfach nicht mehr mitgespielt haben, bei seinen diversen sportlichen Aktivitäten«, mutmaßte Bianca.

»Da magst d' recht haben. I sag ja immer, Sport is Mord. Apropos Mord? Jetzt werden wir's wohl nie erfahren, ob er den Fellhofer und den Helminger am Gewissen hat, oder?«

»Ich hoffe, da finden sich nähere Erklärungen. Vorerst heißt einmal abwarten, was die Frau Doktor Reinisch dazu meint.«

Als ob sie auf Biancas Stichwort gewartet hätten, erklang von Weiten das Folgetonhorn eines Rettungsautos. Sie trat vor die Haustür, atmete tief durch und zog sich die Latexhandschuhe aus. Ein dunkelgrüner Jeep mit Blaulicht kam den Berg heraufgeschossen, unmittelbar gefolgt vom Notarztwagen. Weyrich drängte sich an Bianca vorbei, hastete auf die Straße und wies die Einsatzkräfte ein.

»Net hetzen!«, beschwichtigte er den jungen Arzt, der aus dem Wagen stürzte. »Dem is eh nimma zu helfen. So, wie's ausschaut, is er tot. Aber«, er zog die Stirn in Falten, »wo ist denn eigentlich die Gitti?«

»Heut müsst's ihr mit mir vorliebnehmen. Die Frau Doktor Reinisch ist auf einer Fortbildung. Die kommt erst abends wieder zurück. Rainer Weinzettel, mein Name«, stellte er sich vor und schüttelte beiden kräftig die Hand. »Wenn's nichts ausmacht, würde ich jetzt gern an die Arbeit!«

Bianca begleitete den Mediziner nach drinnen, während Weyrich sich dem Fahrer des Notarztwagens zuwandte, der eben ausgestiegen war.

»Ja, hab i mi do net getäuscht. Das is ja der Schratzberger Bua. Stimmt's?«, begrüßte Weyrich ihn lächelnd.

Der Angesprochene nickte grinsend, fischte sich eine Zigarette aus der Mittelkonsole des Fahrzeugs, zündete sie an und schlenderte auf Weyrich zu.

»Kommst du, Herr Kollege?«

Weyrich zuckte entschuldigend die Schultern.

»Klingt zwar wie eine Frage, ist aber ein Befehl!«, meinte er an den Schratzberger gewandt und trollte sich davon. Bianca führte Weyrich wieder ins Arbeitszimmer.

»Nachdem uns der Oberschmid nicht mehr viel erzählen wird, müssen wir uns selber nach Beweismaterial umschauen. Am besten beginnst du hier drinnen, während ich mir die restlichen Zimmer vornehme.«

Bianca beobachtete ihren Kollegen, während sie ein neues Paar Latexhandschuhe aus ihrer Tasche holte und sich überzog. Weyrich nickte kommentarlos und machte sich widerwillig ans Werk.

Im Flur lief der Notarzt Bianca über den Weg.

»Da is wirklich nichts mehr zu machen«, schüttelte er entschuldigend den Kopf. »Herzstillstand! Dabei wirkt er so durchtrainiert. A Jammer! So schnell kann's gehen! Aber«, er sah sich hilfesuchend um, »vielleicht kann i mi kurz hinsetzen, damit i euch die Papierln fürn Bestatter ausfüllen kann.«

Bianca führte ihn ins Wohnzimmer. Der Mediziner stellte seine Tasche ab, angelte einige Formulare heraus und nahm am Esstisch Platz.

»Wann ist er denn gestorben?«, erkundigte Bianca sich, die ihre Inspektion im Wohnzimmer fortsetzte.

»Heut in den frühen Morgenstunden. Das heißt, soweit man sich auf die Temperaturmessungen verlassen kann.«

»Und eine Fremdeinwirkung können wir ausschließen?«, hakte Bianca nach und konzentrierte sich weiter auf den Inhalt des Wohnzimmerverbaus. Außer ein paar alten Decken und jeder Menge Zeitschriften beherbergte er nichts wirklich Interessantes.

»Na ja!«, antwortete der Jungmediziner verlegen.

Bianca unterbrach ihre Arbeit und horchte auf.

»Und da heißt es immer, wir Frauen können keine klaren Antworten geben. Wie darf ich dieses Na ja verstehen?« Sie hob fragend die Arme und trat auf Dr. Weinzettel zu. »Also, Herr Doktor, Fremdeinwirkung, ja oder nein? Da brauche ich schon präzise Antworten, schließlich ist der Verstorbene in eine Mordserie verwickelt gewesen.«

»Was soll i sagen?«, begann dieser zu stottern und wirkte plötzlich nicht mehr so souverän wie noch zuvor. »Am linken Arm war eine Einstichstelle zu sehen. Die könnte von einer Infusionsnadel stammen. Aber das klärt's ihr bitte mit meiner Kollegin, wenn s' wieder zurück is. Und …« Er legte eine Atempause ein.

»Und was?«, bohrte Bianca nach.

»Sein Rücken ist mit zahlreichen Striemen und Kratzern übersät. I hab mir nichts dabei gedacht. Wo mir doch dein Kollege erzählt hat, dass er vermutlich eine heiße Liebesnacht hatte«, grinste der Jungmediziner verlegen.

»So, das hat dir mein Kollege erzählt? Und mit der Erklärung hast du dich zufriedengegeben?«

Dr. Weinzettel wetzte unruhig auf seinem Stuhl hin und her und fuhr sich über seinen spärlichen Bartwuchs.

»Ja«, gab er schließlich kleinlaut zu.

»Es könnte sich aber auch ganz anderes zugetragen haben. Oder?«

Der Arzt nickte erwartungsvoll.

»Zum Beispiel könnte er durchaus Frauenbesuch bekommen haben. Die beiden vergnügen sich mit diversen Spielchen, die die Striemen und Kratzer am Rücken erklären würden. Sie spritzen sich Drogen, um das Erlebnis zu intensivieren, aber der Mörder hat den Stoff manipuliert, und der Oberschmid stirbt daran.«

»Drogen würde ich ausschließen. Da wären seine Pupillen geweitet«, warf er ein.

»Gut! Eine andere Version wäre, dass er nach seiner Liebesnacht ein Bad nimmt. Er ist müde, wahrscheinlich auch ein wenig benebelt vom Alkohol. Auf diesen Augenblick hat der Mörder gewartet. Er schlägt zu und ersäuft ihn in der Badewanne.«

»Das hört sich beinah nach einem Stoff für Hollywood an«, antwortete er und erhob sich von seinem Sessel. »Ertränken halt ich für unwahrscheinlich. Der Oberschmid hätte sich sicher gewehrt, was wiederum Spuren hinterlassen hätte. I bleib bei meiner Variante. Bei dem hat das Herz nicht mehr mitgespielt.« Er verstaute seinen Kugelschreiber in der Tasche und klappte sie zu. »Mehr kann i dazu net sagen, i bin ja schließlich kein Gerichtsmediziner. Also wenn's mi nimma braucht's, würd i mi gern entschuldigen.«

Bianca schüttelte den Kopf. »Geh nur! Da warten sicher noch genügend Leute auf deine Hilfe. Wir müssen auch zuschauen, dass wir fertig werden.«

Dr. Weinzettel lachte, verabschiedete sich und eilte davon.

»Den hast ganz schön vergrausigt!«, schmunzelte Weyrich.

Er war mit einer VHS-Kassette in der Hand zu Bianca in den Vorraum getreten.

»Auf der Alm, da gibt's koa Sünd« sprang Bianca entgegen. Fragend hob sie die Augenbrauen. »Du sollst nach Beweismaterial suchen und nicht deinen geheimen Fantasien frönen.«

»So ein Blödsinn!«, empörte ihr Kollege sich. »Wer weiß, was auf diesen Kassetten drauf ist. Da ist's do g'scheit, dass wir ein paar Stichproben mitnehmen«, verteidigte er sein Tun.

»Na gut! Die darfst dir du unter die Lupe nehmen. Als Abendbeschäftigung!«, grinste Bianca. »Ich trommle uns das Einsatzkommando zusammen. Spurensicherung, Gerichtsmedizin und natürlich die Leichenbestattung. Dann ist unser Part hier erledigt.«

»I versteh zwar net, warum die wegen einem ganz simplen Todesfall kommen sollten, aber bitte, von mir aus.«

Weyrich atmete erleichtert auf. Schließlich musste er pünktlich zu seiner Verbandssitzung. Und Hunger hatte er auch.

»Um auszuschließen«, antwortete Bianca, während sie ihr Handy aus ihrer Uniformjacke kramte, »dass Fremdeinwirkung vorliegt.«

»Was?«

»Na, du hast mich doch gerade gefragt, warum ich das Team ordere. Da fällt mir noch etwas Wichtiges ein. Die Bilder von der Nina und dem Toni, mit denen er sie erpresst hat, müssen wir auch suchen, gell. Es würde mich nicht wundern, wenn wir einige andere Kandidaten finden, die er auf diese Weise erpressen wollte. Denn wie heißt's so schön? Auf der Alm, da gibt's koa Sünd«, zwinkerte Bianca ihm zu. Sie wandte sich von ihm ab und begann, in ihr Handy zu sprechen. Weyrich verzog sich ins Arbeitszimmer und packte die restlichen Kassetten in eine Kiste, die er in der Abstellkammer gefunden hatte. Auch die Ordner hatte er durchgeblättert und ebenfalls verstaut. Die Durchsicht der Dateien am Laptop würde er seiner Kollegin überlassen. Computer waren nicht so sein Ding. Da war die jüngere Generation bedeutend gewandter.

»Wie weit bist du?«, erkundigte Bianca sich. Sie kramte ein neues Paar Latexhandschuhe aus ihrer Tasche und zog sie über. Weyrich deutete auf den Schreibtisch.

»Die Dateien hab i dir überlassen. Da findest du sicher schneller was als i. Sonst ist alles erledigt. I mach jetzt im Schlafzimmer weiter.«

Bianca klemmte sich hinter den Computer. Nach kurzer Zeit wurde sie fündig. Sie entdeckte die Fotodatei mit den kompromittierenden Bildern vom Toni und der Nina. Das Material war so schlecht, dass Bianca nicht einmal mit Sicherheit sagen konnte, ob das tatsächlich die beiden waren, die der Oberschmid da beim Liebesspiel fotografiert hatte.

Sie entdeckte noch andere Fotos mit bekannten Gesichtern, die ihre Vermutung bestätigten. Ob er die alle erpressen wollte? Ihr war nichts zu Ohren gekommen. Andererseits, wer sprach schon über seine außerehelichen Tête-à-Têtes? Da zog man doch eine stille Geldübergabe vor, oder?

»Griaß Gott miteinander!«

Bianca zuckte zusammen. Sie sprang auf und eilte ins Vorhaus. Der Steinlechner Franz, der Postler, stand breitbeinig in der Tür mit einem Brief in der Hand.

»I hab einen Einschreiber für'n Heli. Vormittag hab i ihn net erreicht. Jetzt hab i gedacht, i versuch's noch einmal.«

»Zu spät«, bemerkte Bianca trocken. Sie wandte sich zum Gehen.

»Du, Bianca, schau, was i g'funden hab!« Ihr Kollege tauchte mit zwei Taschen in der Hand aus dem Schlafzimmer auf. In der einen hatte er die quietschrosa plüschbezogenen Handschellen und eine Peitsche aus Latex verpackt. In der anderen steckte ein durchsichtiger Ring aus Plastik. Als er den Franz sah, versteckte er die beiden Taschen schnell hinter seinem Rücken. Zu spät! Der Franz starrte die beiden entsetzt an.

»Der Heli is der Mörder!«, stammelte er schließlich fassungslos, machte auf dem Absatz kehrt und flüchtete, noch ehe Bianca zu einer Erklärung ansetzen konnte.

»Tut mir leid!«, entschuldigte Weyrich sich. »I hab ihn net kommen hören. Schau, das Plastikding hab i gerade unterm Bett gefunden. Weißt d', was das is?«

»Ich bin zwar kein Arzt«, meinte Bianca. Sie nahm den Gegenstand in die Hand, drehte und wendete ihn in alle Richtungen und gab ihn schließlich ihrem Kollegen zurück. »Aber ich glaube, damit hängt man eine Infusion auf. Pack ihn ein! Den zeigen wir der Frau Doktor Reinisch. An die habe ich ohnehin einige Fragen. Als Hausärztin vom Oberschmid muss sie ja wissen, ob er Probleme mit seinem Herzen hatte.«

»Bestimmt!«, nickte Weyrich. »Die besuchen wir gleich morgen in der Früh.«

Eine halbe Stunde später füllte sich der Platz vor dem Haus vom Oberschmid Helmut mit Fahrzeugen. Die Spurensicherung, der Leichenwagen und das Auto vom Lorenz trafen fast gleichzeitig ein. Auch die Presse hatte rasch Wind von der Sache bekommen. Die Meisel war zum Glück nicht unter ihnen. Aber auch die anderen Pressefritzen konnten sie nicht brauchen. Bianca übernahm die undankbare Aufgabe, sie abzufertigen, bevor es wieder zu unliebsamen Ausschreitungen mit ihrem Kollegen kommen würde. Der Franz hatte die Nachricht ebenfalls schneller verbreitet, als er sonst für seine Post brauchte. Schon nach kurzer Zeit fanden sich die ersten Schaulustigen ein. Unter ihnen auch die Bettina Schindlauer, die Nichte von der Zenzi.

»Frau Inspektor! Frau Inspektor!«, wedelte sie mit ihren Armen, als Bianca ihr Gespräch mit einem Reporter beendet hatte. »I muss Sie dringend sprechen! Mei Tant schickt mi!«

»Und warum?«, fragte Bianca neugierig. Sie nahm die Schindlauerin bei der Hand und führte sie etwas abseits von den anderen Gaffern in den Garten. Mussten doch nicht alle mitbekommen, was die Zenzi ihr zu berichten hatte. Noch dazu entdeckte sie auch die Aicherin, die alte Tratschtante, in der Menschentraube, die beständig anwuchs.

»Mei Tant hat einen Traum gehabt. Mittags! Ganz aufgeregt war s'. Gedrängt hat s' mi, dass i losgeh und di such. Vom Franz hab i erfahr'n, wo i di find.«

»Erzähle!«, forderte sie die Schindlauerin auf.

»I soll dir bestellen, dass d' auf a Frau Obacht geben sollst.«

»Obacht?«, wiederholte Bianca erstaunt. »Weißt du, was die Zenzi damit meint? Hat s' sonst noch etwas gesagt?«

»Na!«, schüttelte Bettina enttäuscht den Kopf. »Sie hat g'meint, du würdest di scho auskennen. Jetzt muss i aber eh schnell wieder heim. So lang kann i s' nimma allein lassen.«

Bianca bedankte sich und ließ die Zenzi schön grüßen. Die Botschaft ging ihr noch durch den Kopf, als der Lorenz sie im Flur abfing und in die Küche zerrte.

»Schnell!«, grinste er und drückte ihr einen Kuss auf den Mund. »Dein Kollege beobachtet uns mit Argusaugen. Aber ich wollte nicht fahren, ohne mich gebührend von dir zu verabschieden.«

»Bist du schon fertig?«, erkundigte Bianca sich und zog erstaunt die Augenbrauen hoch.

»Sicher! Du kennst mich doch, meine Liebe. Flott wie immer!«, schmunzelte er keck.

»Und wie immer lässt mich wieder dünsten, was du herausgefunden hast. Oder?«

»Der Kollege hatte recht! Herzstillstand. Todeszeitpunkt vermutlich so gegen sechs, spätestens acht Uhr in der Früh.«

»Und könnte er unter Umständen auch …?«

»Ermordet worden sein?«, kam Lorenz ihr zuvor und schüttelte den Kopf. »Sieht nicht danach aus. Details aber wie immer, nachdem er bei mir am Tisch war. Ciao, Bella, wir hören uns morgen!«

Er drückte ihr einen raschen Kuss auf die Wange und verschwand.

»Den Bericht schicke ich euch morgen«, verabschiedete der Gruber sich und verließ, gefolgt von seinem Team, das Haus.

»Passt«, meinte Weyrich mit einem zufriedenen Blick auf seine Armbanduhr. »I hab scho gefürchtet, dass i net rechtzeitig zu meiner Sitzung komm. Und einen Mordshunger hab i außerdem.«

Um kurz vor sechs Uhr setzte er Bianca vor der Haustür ab und fuhr weiter zum Gasthof, obwohl dieser nur einen Häuserblock entfernt lag.

Und was jetzt? Nachdenklich blieb Bianca vorm Haus stehen. Warten? Warten auf den Bericht von der Spurensicherung. Warten auf den Obduktionsbefund. Warten auf das Gespräch mit der Frau Dr. Reinisch. Immer nur warten. Wie sie dieses Wort hasste. Aber auf die Frau Dr. Reinisch musste sie doch gar nicht warten, schoss es ihr plötzlich durch den Kopf. Die sollte doch heute Abend wieder zurück sein! Sie würde noch heute mit ihr sprechen, das war allemal besser, als zu Hause herumzusitzen und über den Fall zu grübeln.

16. Kapitel
Montag, 17. März – abends

Als Bianca ins Haus trat, wurde ihr schnell bewusst, dass sie ihren Vorsatz, Frau Dr. Reinisch zu besuchen, würde verschieben müssen.

»Sag, stimmt das, was mir die Aicher Anni erzählt hat?«, empfing Rosa sie aufgebracht. »Ihr habt's den Mörder vom Helminger und vom Fellhofer? Der Oberschmid Heli soll's gewesen sein? Und wia gemerkt hat, dass ihr ihm auf die Schliche gekommen seid's, hat er sich in seiner Badewanne ertränkt.«

Obwohl Bianca erschöpft war, musste sie bei Rosas Schilderung hell auflachen.

»Ja sag?«, meinte Rosa empört. »Was ist denn daran so lustig?«

»Entschuldige! Aber ich habe mich gerade an ein Spiel aus Kindertagen erinnert. Stille Post hat es geheißen. Kennst du's?«

Rosa nickte nur, und Bianca folgte ihr in die Küche. Während sie am Esstisch Platz nahm, servierte Rosa ihr unaufgefordert eine Tasse mit dampfendem Kaffee. Dankbar nahm Bianca sie in beide Hände und drückte sie an ihren Körper.

»Aber i versteh den Zusammenhang imma no net. Was hat dieses Spiel jetzt mit unserer G'schicht zu tun?« Verständnislos schüttelte Rosa den Kopf.

»Gar nichts! Aber bei dem ist auch jedes Mal so ein Blödsinn herausgekommen. So wie heute. Dieses Gerücht, dass der Oberschmid der Mörder von den beiden ist, hat unser Postler, der Franz, in die Welt gesetzt. Und die gute Aicherin hat's noch wunderschön ausgeschmückt, indem der Heli sich zum krönenden Abschluss schließlich selbst in seiner Badewanne ertränkt haben soll.«

»Verstehe! Aber sag! Was war jetzt wirklich los?«, forderte Rosa sie neugierig auf.

Sie stellte Milch und Zucker auf den Tisch und setzte sich erwartungsvoll zu ihr. Bianca bediente sich, nahm einen großen Schluck und begann zu erzählen. Sie schilderte Rosa die Ereignisse der letzten Stunden. Die Küsse, die der Lorenz ihr gegeben hatte, behielt sie vorerst für sich. Dafür berichtete sie ihr von der kryptischen Botschaft der Zenzi. Aber auf die Frage, ob die Rosa ihr die Nachricht übersetzen könnte, schüttelte diese nur bedauernd den Kopf.

»Vielleicht meint s', dass d' auf die Nina aufpassen sollst?«

Nina! Auf die hatte Bianca in der ganzen Aufregung komplett vergessen.

»Danke, Rosa, du bist ein Schatz! Die werde ich gleich anrufen, bevor ich eine Runde joggen gehe«, lächelte Bianca zufrieden. Eigentlich wollte sie Rosa noch von ihrem Vorhaben, Dr. Reinisch einen Besuch abzustatten, erzählen, aber Rosa fiel ihr ins Wort.

»Joggen«, blaffte sie. »Bist eh so zaundürr. Spar dir das! No dazu schlagts Wetter bald um. I g'spür's scho den ganzen Tag. Da zieht's imma so in meine Knie. Von Mondsee oben kommt's eh ganz schwarz daher. Bald wird's regnen, und dann wirst drecknass und holst dir am Ende no a saubere Lungenentzündung. Bleib lieber daheim. I mach dir dein Lieblingsessen«, grinste sie verschwörerisch. »Apfelschmarrn! Den magst d' do so gern!«

Bianca nickte lachend.

»Das schon. Aber der hat auch ordentlich viele Kalorien. Da muss ich erst recht eine Runde laufen, dass ich mir die leisten kann. Außerdem brauche ich die Bewegung, um wieder einen klaren Kopf zu bekommen. Im Augenblick hab ich keine Idee, wie wir in dem Fall weiterkommen sollten. Die nächsten Tage heißt's Berge von Oberschmids Unterlagen sichten, auf der Suche nach irgendeinem, wenn auch noch so versteckten Hinweis, der darauf schließen lässt, dass er der Mörder der beiden war. Eine langweilige Arbeit. Aber, was soll's. Bis die Ermittlungsberichte vorliegen, sind wir ohnehin zum Warten verdammt, und diese ewige Warterei macht mich ganz narrisch!«

»Bist ja no jung. Dir rennt nix davon«, versuchte Rosa, sie zu trösten.

»Doch! Die Zeit, Rosa! Die Zeit läuft uns davon. Außerdem dreh ich eh nur eine kurze Runde. Ich möchte noch bei Frau Doktor Reinisch vorbeischauen. Die kann mir sicher weiterhelfen, was den Gesundheitszustand vom Oberschmid anbelangt. Und vor allem, wann sie ihm eine Infusion verabreicht hat und wie's mit seinem Herzen ausgeschaut hat. In spätestens zwei Stunden bin ich wieder zurück, und dann komme ich gern auf deinen traumhaften Apfelschmarrn zurück.«

Noch ehe Rosa etwas erwidern konnte, drückte Bianca ihr einen dicken Schmatz auf die Wange, schnappte sich ihr Handy und wählte die Nummer ihrer Freundin Christina.

»Hallo, Bianca!«, meldete sich diese schon nach dem ersten Läuten.

Bianca begrüßte sie ebenfalls herzlich und erkundigte sich nach Nina.

»Der geht's bestens. Heute ist sie schon in aller Herrgottsfrüh ins Krankenhaus nach Bad Ischl zur Untersuchung aufgebrochen. Eigentlich wollte ich sie begleiten. Stur, wie sie ist, hat sie darauf bestanden, alleine zu fahren. Gegen zwei Uhr ist sie wieder zurückgekommen. Gestrahlt hat sie wie ein Honigkuchenpferd. Die Kleine entwickelt sich prächtig«, schwatzte Christina begeistert drauflos.

»Die Kleine?«, unterbrach Bianca.

»Ja! Stell dir vor, es wird ein Mädchen!« Ihre Freundin senkte verschwörerisch die Stimme. »Ich vertrau dir jetzt ein Geheimnis an. Aber versprich mir, dass du es für dich behältst.«

»Klar!«, bestätigte Bianca gespannt.

Der Akku ihres Handys piepste.

»Sie möchte ihr Kind nach dir taufen. Bianca soll's heißen! Ist das nicht schön?!«, flüsterte Christina verzückt. »Heute Abend will sie zu ihrem Stiefvater fahren und ihm die freudige Nachricht überbringen.«

Bianca hielt entsetzt die Luft an. »Bitte, sag ihr, dass sie damit noch warten soll!« Ihr Akku piepste erneut. »Ich muss vorher unbedingt mit …«

»Scheiße!«, fluchte Bianca laut und sprang vom Küchentisch auf.

Die Verbindung war unterbrochen worden. Ihr Akku war leer.

Auf ihre Freundin war Verlass. Ihr würde schon etwas einfallen, womit sie Nina zum Bleiben überreden konnte. Sie flitzte nach oben, zog sich rasch ihren Trainingsanzug und die Laufschuhe an. Ihr Handy steckte sie ans Ladegerät auf dem Nachtkästchen. Zum Laufen brauchte sie es ohnehin nicht. Und Lorenz würde sich vor morgen in der Früh nicht bei ihr melden. Nur ihr Notizbuch verstaute sie in ihrer Jacke. Das würde sie brauchen, wenn sie bei Frau Dr. Reinisch vorbeischaute.

Sie hätte auf Rosa hören sollen. Kaum war Bianca zur Tür hinaus, setzte auch schon der Wind ein. Böig und eiskalt trieb er düstere Wolken vor sich her. Bald würde es zu regnen beginnen. Bianca zog die Kapuze ihrer Trainingsjacke über den Kopf und rannte los. Eine kleine Runde durch das Freizeitgelände, weiter der See-Ache entlang bis zum Kneipp-Weg und schließlich auf der Straße zurück zur Ordination von Dr. Reinisch. Ob das Wetter so lange aushalten würde? Bianca beschleunigte ihre Schritte. Ihr Magen rumorte. Hätte sie doch Rosas Angebot angenommen. Der Gedanke ließ Bianca das Wasser im Mund zusammenlaufen. Die ersten schweren Tropfen prasselten auf sie nieder, als sie gerade die Brücke über die See-Ache überqueren wollte. Unschlüssig trippelte sie im Stand hin und her. Vor ihr lag der düstere, unbeleuchtete Waldweg. Sollte sie ihren Plan beibehalten oder doch lieber gleich Frau Dr. Reinisch aufsuchen? Nicht einmal fünf Minuten waren es bis zu ihrer Ordination. Sie konnte ihr Haus von hier aus sehen. Der stattliche Bau im klassischen Ausseer Stil mit seiner typischen riesigen Dachgaupe, dem ausladend tiefen Holzbalkon und einer darunterliegenden überdachten Terrasse thronte auf einer Anhöhe oberhalb der Ortsdurchfahrt. Im Obergeschoss war die Ordination untergebracht, während der untere Teil zur Straßenseite hin als Wohnhaus genutzt wurde. Ob Frau Dr. Reinisch schon zurück war? Licht brannte zumindest im Wohnbereich keines. Der Wind peitsche ihr die Regentropfen ins Gesicht. Wie Tausende feiner Nadelstiche brannten sie auf Biancas Haut. Bei diesem Wetter würde sie bald klatschnass sein. Vielleicht besserte die Wetterlage sich über Nacht, dann konnte sie morgen in der Früh ihre Runde nachholen. Kurz entschlossen sprintete sie los.

Bianca hatte Glück, die Tür der Ordination war geöffnet. Rasch schlüpfte sie in den Vorraum. Keine Sekunde zu früh, denn draußen brach ein Wolkenbruch los.

»Komme gegen 19 Uhr. Bitte im Warteraum Platz nehmen« verkündete ein Schild an der Tür.

Das würde Bianca erwarten. Außerdem saß sie lieber hier im Trockenen. Bei diesem Wetter würden sicher nicht viele Patienten kommen. Frau Dr. Reinisch hatte also genug Zeit, Biancas Fragen zu beantworten. Der Sturm heulte ums Gebäude und rüttelte zornig an den Fensterläden. Bianca fröstelte. Das Wartezimmer war nur diffus beleuchtet. Zu gerne hätte sie einen Blick in die Patientenkarteien geworfen, aber die Tür zu den Ordinationsräumen und zur Anmeldung war versperrt. Bianca vertrieb sich die Zeit damit, die zahlreichen Fotografien an den Wänden zu betrachten. Einige dokumentierten den Umbau des Hauses. Auf einem weiteren strahlte ein hübscher junger Blondschopf siegessicher in die Kamera. Der Ähnlichkeit nach zu urteilen, handelte es sich dabei um Philipp Reinisch, den Bruder der Ärztin. Auf einem weiteren war Frau Dr. Reinisch neben einem kleinen dunkelhäutigen Eingeborenen im Lendenschurz abgebildet. Stolz präsentierte er dem Fotografen seine Beute. Bianca trat näher an das Bild heran. Irgendetwas in der Hand der Ärztin erregte ihre Aufmerksamkeit. Sie fischte ihr Notizbuch aus der Jacke, legte es schreibbereit auf dem Pult vor der Rezeption ab und musterte das Bild erneut. In diesem Augenblick flackerte das Licht. Für einen kurzen Augenblick wurde es dunkel. Stromausfall! Bei dem Wetter kein Wunder.

Ein leises Pfeifen ließ Bianca aufhorchen. Wahrscheinlich der Wind, der draußen tobte. Im nächsten Moment spürte sie einen kleinen Stich am Hals, gefolgt von heftigem Brennen. Verwundert wollte Bianca sich noch umdrehen. Doch dazu hatte sie keine Gelegenheit mehr! Schwindel erfasste sie. Bianca taumelte. Ein tiefer, alles verschlingender Strudel tat sich vor ihr auf und riss sie mit sich. Sie fiel! Schnell, immer schneller. Eine Gestalt krallte sich an ihr fest. Zerrte an ihrem Haar. Bianca wand sich los und erkannte den Fellhofer. Anklagend starrte er sie mit weit aufgerissenen Augen an. Sein Gesicht war blau angelaufen. Aus seinem Mund floss Schaum. Bianca wollte aufschreien, aber jemand hielt ihr den Mund zu. Sie drehte ihren

Kopf und erschrak beinahe zu Tode. Der Helminger Toni grinste ihr hämisch entgegen. In seinem Schädel klaffte ein riesiges Loch. Blut und Hirnmasse quollen daraus hervor. Sie hörte die Stimme ihres Vaters: »Das hast du von deiner Ungeduld!«, tadelte er sie. Etwas schlang sich um ihre Beine. Zog sie weiter nach unten. Verzweifelt strampelte sie dagegen an. »Bald bist du bei uns!«, lachte der Oberschmid Heli höhnisch und verpasste ihr eine schallende Ohrfeige. Bianca wollte sich wehren. Doch ihre Arme schmerzten. Sie konnte sich nicht bewegen. Schweiß rann über ihren Rücken. Trotzdem war ihr kalt. Entsetzlich kalt.

Zaghaft versuchte Bianca, ihre Finger zu bewegen. Irgendetwas hinderte sie daran, ihre Arme hochzuheben. Langsam öffnete sie die Augen. Ein unbändiger Schmerz durchzuckte ihren Schädel bis ins tiefste Rückenmark, als würde jemand mit einer Axt darauf einschlagen. Gleißendes Licht! Schwindel! Langsam wurde ihr Kopf wieder klarer. Bianca biss die Zähne zusammen und hob den Kopf. Blaues Kunstleder. Ihre Arme und Beine gefesselt an einer Liege?

Die Erkenntnis traf Bianca wie ein Hammerschlag! Sie war dem Mörder in die Falle gegangen! Würde sie die Nächste sein? Das vierte Opfer? Oder am Ende gar die fünfte Leiche, denn vielleicht war die Nina Gruber auch schon tot. Sie dachte an ihre Familie, an die Rosa und an Lorenz. Nie mehr würde sie diese sehen. Nie mehr Geburtstag mit ihnen feiern, nie mehr Weihnachten. Nie mehr würde sie erfahren, ob aus ihr und Lorenz vielleicht ein Paar geworden wäre. Was hatte der Mörder sich für sie ausgedacht? Warum hatte sie nicht gewartet, so, wie Weyrich vorgeschlagen hatte? Warum hatte sie ihr Handy nicht dabei? Warum war sie ohne ihre verdammte Dienstwaffe losgezogen? Lediglich ihr dummes Notizbuch hatte sie mitgenommen.

Weyrich hatte recht. »Wozu brauchst das depperte Büchl?«, hatte er sie heute gefragt, bevor sie zum Oberschmid losgefahren waren. Ja, wozu? Es würde ihr nun auch nicht mehr helfen. Außerdem lag es im Wartezimmer.

»Hilfe!«, wollte sie schreien, doch es kam nur ein heiseres Krächzen aus ihrer Kehle. »Hilfe!«, versuchte sie es erneut, diesmal kräftiger. Aber wer sollte ihr helfen? Sie war allein, allein mit dem Mörder! Tausend Gedanken rasten durch ihr Gehirn. Wer hatte sie hier gefesselt? Fieberhaft suchte sie nach einer Erklärung. Der Mörder musste ihr gefolgt sein. Aber wer war er? Hoffentlich kam Frau Dr. Reinisch bald von ihrer Fortbildung zurück.

»Zeig dich, du feiger Kerl!«, schrie sie erneut.

Das Krächzen in ihrer Stimme war verschwunden. Laut hallten ihre Worte durch den Raum. Eine Bewegung hinter ihr ließ sie zusammenzucken. Verstohlen versuchte Bianca, ihren Kopf so weit wie möglich nach hinten zu recken. Sogleich zogen sich die Stricke um ihre Arme und Beine fester zusammen und schnitten ihr ins Fleisch. Ihr Herz raste. Die Anspannung war unerträglich. Angst! Unsagbare Angst! Sie zitterte am ganzen Körper. Tränen rannen heiß über ihre Wangen. Doch sie kämpfte dagegen an. Nur keine Schwäche zeigen, ermahnte sie sich.

Bianca hatte keine Ahnung, wie lange sie schon hier lag. Minuten? Stunden? Sie hatte jegliches Zeitgefühl verloren. Ein metallisches Geräusch ließ sie aufschrecken. Sie riss ihre Augen auf. Wieder blendete sie grelles Licht. Ihr Schädel drohte zu bersten.

»Grüß Gott, Frau Inspektor!« Bianca erkannte die Stimme. Erleichtert atmete sie auf. Endlich!

»Frau Doktor Reinisch! Sie schickt der Himmel!«, keuchte Bianca erleichtert.

Die Ärztin lachte höhnisch auf. Sie antwortete nicht, trat an die Behandlungsliege und musterte sie aus kalten Augen.

Fassungslos starrte Bianca sie an. Und plötzlich fügten sich die vielen Puzzleteile zu einem klaren Bild. Wie hatte sie nur so blind sein können. Die Antworten auf ihre Fragen lagen vor ihr. Sie hatte sie nur nicht richtig gedeutet. Die Bilder, die Bilder von Frau Dr. Reinisch an der Wand im Wartezimmer! Ihr Besuch bei dem südamerikanischen Eingeborenenstamm! Der Gegenstand, der Biancas Aufmerksamkeit erregt hatte – ein Blasrohr! Der Stich! Alles lag plötzlich ganz klar vor ihren Augen. Einzig auf das Warum hatte sie noch keine Antwort. Sie war die Mörderin! Vor ihr wollte die Zenzi sie warnen!

Die Medizinerin musterte sie interessiert und amüsiert.

»Ah! Langsam setzt die Erkenntnis ein!«, grinste sie zynisch. »Das Betäubungsmittel lässt nach. Schön! Schließlich möchte ich dir alles erklären. Damit du verstehst, warum auch du sterben musst. Es stört dich doch nicht, dass ich dich duze. Schluss mit Höflichkeitsfloskeln! Zu lange bist du mir mit deiner Schnüffelei auf die Nerven gegangen!« Ihre Stimme klang hart und kalt.

»Aber ich hab doch gar nichts getan! Ich bin unschuldig!«, wehrte Bianca sich zaghaft und drehte ihren Kopf weg von dem hellen Licht.

»Falsch!«, fauchte Dr. Reinisch und schlug ihr mit der Faust ins Gesicht.

Benommen japste Bianca nach Luft. Ihre Wange glühte. Instinktiv ballten ihre Hände sich zu Fäusten. Am liebsten wäre sie aufgesprungen und hätte sich auf die Ärztin gestürzt.

»Ich habe nur meine Pflicht getan!«, zischte sie trotzig und erntete einen weiteren Schlag.

»Pflicht nennst du das? Wenn du nicht aufgetaucht wärst, wäre alles glattgelaufen. Der Herbert, dieser alte Trottel, hätte niemals Verdacht geschöpft. Aber dann erscheinst du. Steckst deine Nase in Angelegenheiten, die dich nichts angehen. Beginnst, alles zu hinterfragen, alles aufzudecken! Du und dieser Doktor Lacher. Aber dem wird das Lachen auch noch vergehen. Der ist nämlich der Nächste auf meiner Liste!« Drohend beugte die Ärztin sich über Bianca. Sie konnte ihren Atem förmlich spüren.

Bianca zuckte zusammen, als hätte jemand ihr einen Pfahl mitten ins Herz gerammt. Dass sie sterben musste, war eine Sache. Aber Lorenz! Verzweifelt versuchte sie, ihre Hände zu befreien. Die Medizinerin quittierte ihre Bestrebungen mit hysterischem Gelächter. Das Licht der OP-Lampe verwandelte ihr Gesicht in eine dämonische Fratze.

»Das kannst du dir sparen. Ich hab dich festgeschnürt wie ein Ferkel am Spieß. Je mehr du an dem Seil zerrst, desto mehr zieht es sich zu. Das habe ich von den Eingeborenen gelernt.«

»Genauso wie das Töten mit einem Blasrohr? Mit dem Sie den Fellhofer umgebracht haben?«, wagte sich Bianca vor.

Sie musste Zeit gewinnen. Sie brauchte einen Plan, wie sie hier lebend rauskommen würde. Nur welchen? Sie hatte keine Ahnung.

Erneut blitzte etwas Metallisches kurz auf. Ein Skalpell? Eine Nadel? Bianca konnte es nicht genau erkennen bei dem blendenden OP-Licht. Panik erfasste sie. Grob packte die Ärztin Biancas Arm, zerrte ihre Trainingsjacke hoch und zurrte den Stauschlauch fest um ihren Oberarm. Bianca versuchte, sich zur Wehr zu setzen. Frau Dr. Reinisch fasste erneut brutal ihren Arm und stach zu. Bianca schloss die Augen, ihr Puls raste. Gleich würde es vorbei sein. Hoffentlich musste sie nicht allzu viel leiden.

»Willst du wissen, warum ich den Fellhofer umgebracht habe? Willst du es wirklich wissen?«, zischte Reinisch und riss sie aus ihren Gedanken.

Bianca nickte. Vorsichtig öffnete sie die Augen und schielte verstohlen auf ihre Gliedmaßen. Eine Infusionsnadel steckte darin. Was immer sie in Biancas Arm zu suchen hatte, es bedeutete nichts Gutes.

»Der Fellhofer hat meinen Bruder am Gewissen«, begann die Ärztin.

Bianca erinnerte sich an die Schlagzeile, die sie heute am Schreibtisch vom Oberschmid Heli überflogen hatte.

»Ich habe mir gedacht, dass der Philipp sich erschossen hat.«

»Dummes, ahnungsloses Ding!«, fauchte die Ärztin und schlug erneut zu.

Blut rann über Biancas Lippe, sickerte in ihren Mund und verbreitete dort einen widerlich süßlich-metallischen Geschmack. Angewidert drehte sie den Kopf zur Seite und spuckte in die Nierentasse, die die Ärztin ihr vor die Nase hielt.

»Der Fellhofer und der Oberschmid haben meinen Bruder in den Selbstmord getrieben«, fuhr sie ungerührt mit ihrer Erzählung fort. »Dieser verdammte Fellhofer! Dieses Drecksstück! Geld hat er gebraucht, für den Bau von seinem blöden Viehstall. Deshalb hat er dem Philipp ein Grundstück aufgeschwatzt. Er wusste genau, dass dieses Stück Land keinen Pfifferling wert war. Aber reden hat er können, gut reden. Und verkaufen erst recht. Für Geld hätte der sogar seine eigene Großmutter verkauft, der Halsabschneider! In den schönsten Farben hat er ihm ein Wellnessresort ausgemalt. Reiche Investoren und Interessenten würden nur darauf warten, dass das Projekt realisiert wird.« Reinisch lachte bitter auf. »Mein Bruder war sofort Feuer und Flamme. Ich hab's ihm nicht ausreden können. ›Wirst sehen, damit verdiene ich ein Vermögen und bin all meine Geldsorgen los. Der Vater wird vom Himmel runterschauen und stolz auf mich sein‹, hat er gemeint.«

Reinisch schlug verzweifelt die Hände über dem Kopf zusammen.

»Und was war mit dem Grund nicht in Ordnung?«, versuchte Bianca, sie wieder in ein Gespräch zu verwickeln.

»Was war damit nicht in Ordnung? Was? Ja, was wohl?«, brauste die Ärztin auf.

Bianca zuckte instinktiv zusammen. Vage glaubte sie sich an ein Gespräch mit Weyrich zu erinnern. Er hatte ihr von dem Grundstück erzählt. Sie hatte es nicht ernst genommen und die Zusammenhänge nicht erkannt. Ein fataler Fehler!

»Wie der Rohbau gestanden ist, hat der ganze Hang zu rutschen begonnen. Lehm und Dreck, wertloser Boden.« Reinisch hieb wütend mit dem Fuß gegen die Liege. »Täglich sind neue Hiobsbotschaften bei ihm eingeflattert. Etliche Häuser im Umkreis der Baustelle haben Schaden genommen. Immer neue Forderungen von Geschädigten. Bis schließlich ein Baustopp verhängt wurde. Ein gefundenes Fressen für die Pressemeute. Die haben sich auf meinen armen Bruder gestürzt wie die Aasgeier.«

»Und der Oberschmid in seiner Funktion als Bauamtsleiter, der …«

»Hör auf!«, unterbrach die Ärztin sie schroff. »Dieses korrupte Schwein hat doch alles schöngefärbt! Die Gutachten über die Bauplatzbeschaffenheit. Allesamt Fälschungen! Er hat die richtigen Leute bestochen. Als dann die Probleme losgingen, war er plötzlich nicht mehr zu sprechen. Er hat meinen Bruder im wahrsten Sinne des Wortes im Dreck sitzen lassen, und deshalb musste er sterben.«

Bianca schluckte schwer. Sie nahm all ihren Mut zusammen.

»Und wie …?«

»Du möchtest wissen, wie ich die beiden erledigt habe?«

»Ja«, sagte Bianca und nickte.

Je länger die Ärztin erzählte, desto länger blieb sie selbst am Leben. Und umso größer war die Chance, dass sie doch noch gerettet wurde.

»Bitte erzählen Sie mir die ganze Geschichte!«

»Nach Philipps Tod«, fuhr Frau Dr. Reinisch bereitwillig fort, »ging ich für einige Monate nach Südamerika. Ich musste weg, brauchte Abstand, um in Ruhe einen Plan zu schmieden.« Sie war ans Fenster getreten und starrte in den wolkenverhangenen Himmel empor. »Meine ehemalige Studienkollegin Judith lebt seit vielen Jahren als Entwicklungshelferin bei einem dieser Eingeborenenstämme. Die habe ich besucht. Sie haben mir das Jagen mit dem Blasrohr beigebracht und eine Menge über ihre Pflanzen- und Tiergifte dazu. Ich war eine begabte Schülerin!«, ereiferte sie sich begeistert. »Eines dieser Gifte habe ich gerade bei dir benutzt. Normalerweise gebrauchen die Eingeborenen es zum Betäuben ihrer Beutetiere. Aber wie man sieht, funktioniert es auch bei Menschen. Ein wenig mehr und du wärst schon tot. Aber wie heißt es so schön? Das Beste kommt am Schluss!«

Sie ließ die Jalousie runtersausen und drehte sich mit einem breiten Grinsen wieder zu Bianca um.

»Den Fellhofer hab ich mit einem vergifteten Pfeil getötet. Dumm, dass er gegen Bienengift allergisch war. Anaphylaktischer Schock. Ein qualvoller Tod! Acht Minuten hat er gekämpft. Ich habe ihm dabei zugesehen! Jämmerlich ist er verreckt!« Bei dem Gedanken daran lachte sie schrill auf. Dabei fuchtelte sie mit Armen und Beinen herum, was vermutlich den Todeskampf vom Fellhofer darstellen sollte.

Blankes Entsetzen erfasste Bianca, eine Woge der Übelkeit kroch in ihr hoch. Die Ärztin war verrückt!

»So eine winzige Menge Gift und so tödlich! Jede Sekunde seines Todeskampfs habe ich genossen!«

Sie schnappte sich einen Stuhl, der an der Wand neben dem Apothekerschrank gestanden hatte, rückte ihn neben die Liege und nahm neben Bianca Platz.

»Der Oberschmid mit seinem übertriebenen Fitnesswahn und seiner Midlife-Crisis hat's mir ganz leicht gemacht.« Angewidert zog sie die Nase kraus. »Ihn zu töten, war langweilig. Aber ich musste schnell handeln, damit ich mein Werk auch zu Ende bringen konnte. Das war ich dem Philipp schuldig, verstehst du?« Sie musterte Bianca mit einem Blick, der keine Widerrede gestattete.

»Ja!«, pflichtete Bianca ihr schließlich bei, um sie nicht weiter zu reizen. »Und wie ist er …?«

Wieder dieser hysterischer Lacher, ehe sie antwortete.

»Dem Oberschmid habe ich statt seiner üblichen Vitamininfusion eine Überdosis Propofol in die Vene gejagt, ihn anschließend in die Badewanne geschleppt und ins Wasser geworfen. Herzversagen! Bei einem Sportler wie ihm nicht unwahrscheinlich. Darauf wird auch dein lästiger Freund, dieser Doktor Lacher, nicht so schnell kommen. Das Mittel baut sich sehr schnell wieder ab. Genial, gell?«, stieß sie Bianca in die Rippen. »A, da fällt mir ein«, sie fasste sich an die Stirn, »das habe ich übrigens auch für dich vorgesehen.«

Eisern legte sich ihre Hand um Biancas Arm. Bianca stockte der Atmen. Diesmal wehrte sie sich nicht. War es nun so weit? Das Ende eines viel zu kurzen Lebens! Ihre Gedanken rasten.

»Tue etwas! Gib nicht auf! Rede mit ihr! Verwickle sie in ein Gespräch! Los!«, flüsterte eine innere Stimme ihr ins Ohr. »Mach schon, bevor es zu spät ist!«, brüllte sie jetzt förmlich.

»Und weshalb musste der Toni sterben?«, stammelte Bianca drauflos, obwohl der Helminger ihr im Moment einerlei war. Sie musste Zeit gewinnen. Sie hatte Rosa versprochen, in zwei Stunden zum Essen zurück zu sein. Rosa kannte ihren Hang zur Pünktlichkeit. Rosa würde sie bestimmt schon vermissen, versuchte sie, sich selbst Mut zuzusprechen. Wie viel Zeit wohl inzwischen schon vergangen war? Oder sollte sie sich besser fragen, wie viel ihr noch blieb? Ein Schauer lief ihr über den Rücken.

»Der Toni war ein Unfall«, hörte Bianca die Ärztin erzählen. »Der Trottel war zur falschen Zeit am falschen Ort.« Freudlos lachte Reinisch auf.

»Er hat das Stalltor beschmiert!«

»Schlau!«, klatschte die Ärztin anerkennend. »Zu schlau!« Ihre Stimme nahm wieder diesen drohenden Unterton an. »Der Idiot hat sich versteckt und mich beobachtet.«

»Deshalb hatte er kein Alibi und ist vor unserem Verhör geflüchtet«, sprach Bianca mit zittriger Stimme weiter.

»Genau! Und zwar direkt zu mir. Angefleht hat er mich, eine Geschichte zu erfinden, die seine Unschuld belegt. Dieses Rindvieh! Um ein Haar wären wir beide aufgeflogen. Ich wusste, dass ihr nach ihm sucht's.«

»Also hat er schnell verschwinden müssen«, sprach Bianca weiter.

»Die Jagdhütte war das perfekte Versteck für ihn. Er ist gleich rauf. Ich habe ihm versprochen, später nachzukommen, und dann würden wir uns gemeinsam ein glaubhaftes Alibi überlegen.«

»Sie haben ihn erschossen!«

»Du musst mich verstehen, ich hatte keine andere Wahl.« Entschuldigend hob sie die Arme. »Mir war sofort klar, dass er über kurz oder lang gesungen hätte wie ein Zeisig. Verwandtschaft hin oder her. Der Toni war ein Schwächling und dumm obendrein. Diese Kombination ist gefährlich, sehr gefährlich! Ein potenzielles Risiko, das ich nicht eingehen konnte. Er musste weg!«

Die Ärztin erhob sich von ihrem Stuhl und ging zielstrebig zu dem Apothekerschrank an der gegenüberliegenden Wand.

»So!«, meinte sie und grinste Bianca hämisch über die Schulter hinweg an, während sie die Tür öffnete und eine Packung Ampullen herausnahm. »Unser Plauderstündchen ist beendet!«

Bianca schluckte schwer. Ihre Kehle war trocken. Sie brannte wie Feuer.

»Herr im Himmel, bitte …«, begann sie zu beten.

Sie musste halblaut vor sich hingemurmelt haben, denn die Ärztin hielt verwundert inne und drehte sich zu ihr um. Überrascht zog sie ihre Augenbrauen hoch.

»Du glaubst an Gott?«, schüttelte sie erstaunt den Kopf. »So hätte ich dich gar nicht eingeschätzt.«

Ihr Gesicht verwandelte sich zu einer Fratze. Ihr Anblick ließ Bianca das Blut in den Adern gefrieren. Erschrocken hielt sie den Atem an.

»Der wird dir auch nicht mehr helfen. Genauso wenig, wie er meinen Bruder geholfen hat«, meinte sie trocken.

»Aber mein Kollege, der Weyrich, er wird nach mir suchen«, startete Bianca einen letzten schwachen Versuch.

»Der Weyrich? Ausgerechnet der Weyrich! Das glaubst du doch selber nicht!«, lachte die Medizinerin herzlich, als hätte Bianca ihr einen guten Witz erzählt. »Der sitzt im Gasthaus, säuft gemütlich ein paar Bier und hat sich seinen fetten Wamst mit einem noch fetteren Schweinsbraten vollgeschlagen. Dem gehst du bestimmt nicht ab. Der genießt seine heilige Ruhe. Oft genug hat er mir die Ohren vollgejammert über seine lästige neue Arbeitskollegin. Und dass er beim Wirt sitzt, das weiß ich, weil ich sein Dienstauto auf dem Parkplatz davor stehen gesehen habe, als ich nach Hause gefahren bin.«

Mit einem lauten Knacken brach sie den Hals der Ampulle

und zog die Spritze auf. Bianca zuckte bei dem Geräusch zusammen.

»Aber ich habe der Rosa versprochen …«

Frau Dr. Reinisch war zu ihr getreten. Mit der einen Hand fasste sie wieder Biancas Arm. In der anderen hielt sie die tödliche Spritze in die Höhe.

»Bis die gute alte Rosa ihren Bruder bewegt nachzuschauen, bist du schon längst über den Jordan. Und keine Sorge. Ich hab mir etwas Schönes für dich ausgedacht. Bei dem Wetter passiert's leicht, dass ein Ast vom Baum runterkracht, genau auf deinen Schädel. Bewusstlos stürzt du in die See-Ache und ersäufst. Welch ein Unglück!«, dabei riss sie in gespieltem Entsetzen ihre Augen weit auf.

»Und der Einstich? Der wird doch alles verraten? Oder erzählen Sie dann auch, dass ich eine Vitamininfusion bekommen habe?«, meinte Bianca bitter.

»Sicher wird es eine Weile dauern, bis sie dich finden. In der Zwischenzeit erfreuen die Fische sich an dir. Von dem Einstich ist dann gewiss nichts mehr zu sehen.«

»Gitti!«

Bianca verdrehte die Augen. Jetzt kam ihr doch glatt in den allerletzten Sekunden ihres Lebens die Stimme ihres Kollegen unter. Alle anderen hätte sie sich einreden lassen. Aber ausgerechnet die von Weyrich?

»Gitti, bist du da?«

Bianca riss entgeistert ihre Augen auf. Das war wirklich der Weyrich! Sie wollte schreien. Doch Reinisch kam ihr zuvor. Brutal stopfte sie ihr eine riesige Rolle Mullbinde in den Mund und klebte sie mit Heftpflaster fest.

»Bin gleich bei dir, Herbert!«, schrie sie nach draußen, während sie die Verschlusskappe des Venflons öffnete und den Inhalt der Spritze in Biancas Vene schoss.

»Träum süß!«, flüsterte sie ihr ins Ohr.

Bianca hörte ihre Worte nur noch aus weiter Ferne. Kälte breitete sich in ihr aus. Über ihren Arm weiter bis zu ihrem Herzen. Schließlich füllte sie Biancas ganzen Körper aus. Wieder öffnete sich dieses schwarze, furchterregende Loch. Sie stürzte hinein und fiel. Etwas zerrte und rüttelte an ihr, dann wurde es plötzlich warm. Wo waren die Bilder, von denen alle sprachen? Sie hatte immer geglaubt, ihr ganzes Leben würde im Schnelldurchlauf an ihr vorüberziehen. Nichts! Auch kein Schmerz! Nur blaues Licht, das sie einhüllte.

17. Kapitel
Dienstag, 18. März

Vorsichtig bewegte Bianca ihre Finger und tastete über das Bett, auf dem sie lag. Es fühlte sich weich an. Erleichtert stellte sie fest, dass sie ihre Arme frei bewegen konnte. Zaghaft öffnete sie ihre Augen. Grelles Licht blendete sie. Die OP-Lampe! Schnell schloss sie ihre Augen wieder. Ihr Herz raste! Sie musste nachdenken.

»So, net schrecken. Nur ein kleines Pickserl. Und dann haben wir's geschafft«, hörte Bianca die Stimme einer Frau.

Mit einem Schlag konnte sie sich wieder an alles erinnern. Entsetzt riss Bianca ihre Augen weit auf und sprang mit einem lauten Schrei aus dem Bett.

»Nein! Du bringst mich nicht um! Du Mörderin!«, keuchte sie und schlug wild um sich.

»I bitt Sie, Frau Inspektor! So beruhigen Sie sich doch!«, versuchte der Primar, der eben ins Krankenzimmer getreten war, zu beschwichtigen. »Niemand will Sie umbringen. Es ist alles in bester Ordnung. Die Schwester will Ihnen nur die Infusionsnadel herausziehen.«

Sanft nahm er Bianca bei der Hand und führte sie wieder zu ihrem Bett zurück. Mit einem Nicken bedeutete er der jungen, völlig verdutzten Krankenschwester, ihre Arbeit zu vollenden.

»Na, sehn S'. Es ist schon vorbei. Werner Sachs heiß ich im Übrigen. Ich bin der Primar der Abteilung«, stellte er sich vor.

»Wo bin ich?«, stotterte sie fassungslos. Tränen der Erleichterung kullerten über ihre Wangen.

Der Primar hatte neben Bianca am Bett Platz genommen. »Wir haben Sie zur Beobachtung die Nacht über hierbehalten, wie es halt nach einer Narkose üblich ist.«

»Narkose?«, wiederholte Bianca verständnislos.

»Na ja, den Erzählungen nach hat eine Kollegin Ihnen wohl etwas viel von einem gewissen Mittel verabreicht. Zum Glück aber nicht zu viel, sodass sie Ihnen nur einen langen Schlaf beschert hat. Den Rest wird Ihnen Ihr Kollege erzählen. Der wartet schon die längste Zeit vor der Tür draußen.«

»Der Weyrich?«

Biancas Gehirnzellen reagierten immer noch sehr träge.

»Den Namen hab ich, ehrlich gestanden, vergessen«, grinste der Primar verlegen.

»A so a festerer, glatzkopfada halt. Ständig hat er herumgenörgelt. Erst wie ihm d' Schwester Nadine a Leberkässemmel aus der Kantine geholt hat, is er freundlicher g'worden«, beschwerte die Krankenschwester sich.

»Sie müssen schon sehr entschuldigen«, klopfte der Primar Bianca beruhigend auf die Schulter, »aber unsere Schwester Beate hat manchmal eine etwas unglückliche Art, sich auszudrücken.« Dabei bedachte er die Schwester mit einem tadelnden Blick.

Bianca prustete lauthals los und erntete dafür einen überraschten Blick der beiden.

»Ich hätte meinen Kollegen nicht treffender beschreiben können. Der Weyrich ist ein verfressener Grantler. Aber unter der rauen Schale«, dabei klopfte sie auf ihre Brust, »hat er einen weichen Kern. Auch wenn er ihn gut versteckt.«

»Beate, könntest du den Herrn Weyrich suchen gehen und ihm bestellen, dass er jetzt kommen darf?«, meinte der Primar erleichtert.

Er zog eine Zeitung aus seiner Manteltasche und faltete sie vor Bianca auf. Die Schlagzeile des Vöcklabrucker Bezirksblattes sprang ihr sofort in die Augen.

»Junge Inspektorin klärt Mordserie in Unterach und entrinnt nur knapp dem Tod!« prangte dort in großen roten Lettern.

»Sie sind heute die Heldin des Tages!«, meinte er und erhob sich. »Hat mich gefreut, Sie kennenzulernen, und passen S' künftig besser auf sich auf!«, verabschiedete er sich.

»Bist d' endlich wach? I hab mir scho gedacht, dass du gar nimma munter wirst. Aber jetzt lass uns gehen. I hab schließlich net den ganzen Tag Zeit, auf dich zu warten. Daheim wird das Mittagessen kalt«, stürmte Weyrich ins Zimmer.

Auch wenn er so ungehobelt war wie immer, konnte Bianca ihm die Erleichterung doch deutlich ansehen.

»Wer wird denn da so ungeduldig sein?«, grinste sie. »Der Part steht mir zu, oder haben wir die Rollen getauscht? Apropos Mittagessen. Ich hoffe, es gibt den versprochenen Apfelschmarrn, den mir die Rosa seit gestern schuldig ist.«

»Ansprüche stellt s' auch noch. I glaub, i hätt mir das mit deiner Rettung besser überlegen soll'n.«

»Wahrscheinlich habe ich die ohnehin der Rosa zu verdanken. Wenn die dich nicht so gedrängt hätte, wärst wahrscheinlich glatt beim Wirt sitzen geblieben«, feixte Bianca.

»Da magst d' net so unrecht haben. Aber die Rosa und dein Märchenprinz waren so saulästig, dass mir am End gar nix anderes übrig geblieben is.«

»Was hat der Lorenz damit zu tun?«

»Der hat angerufen, um dir zu sagen, dass die Spurensicherung eine Schleifspur vom Schlafzimmer ins Wohnzimmer entdeckt hat. Außerdem hat sie Spuren einer Substanz namens Propofol im Leintuch vom Oberschmid nachgewiesen. Und daraufhin wollt di dein Märchenprinz warnen. Aber wia imma is dein deppertes Handy natürlich wieder einmal zum Laden zu Hause gelegen. Also hat er am Festnetz angerufen. Koane fünf Minuten später is die Rosa wia aufgescheuchtes Hendl im Gasthaus erschienen. Die hat mi beim Türl rausgetrieben, dass i mir gedacht hab, der Leibhaftige wär hinter uns her. Sie hat sich's net ausreden lassen und is zur Ordination mitgefahren. Während i mit der Frau Doktor Reinisch beschäftigt war, is die Rosa unbemerkt über den Therapieraum nach hinten und hat dich aus den Fängen dieses heuchlerischen Luders befreit. I nenn s' seitdem nur mehr Miss Marple«, grinste Weyrich.

»Und woher habt's ihr gewusst, dass ich in der Ordination bin? Ich hätte doch genauso gut joggen sein können.«

»Na ja!«, erwiderte Weyrich und kratzte sich verlegen hinterm Ohr. »I hab dein deppertes Notizbüchl auf der Budl von der Anmeldung liegen sehen, und da war mir klar, dass du net weit sein kannst. Wo du do ohne das gar net lebensfähig bist.«

»So, so«, lachte Bianca. »Dann hat mir am Ende dieses depperte Notizbuch das Leben gerettet!«

»Na bitte, wenn'st meinst!«, maulte Weyrich beleidigt. »Aber jetzt steig endlich ins Auto ein, damit wir heimkommen. Weil von Ärzte hab i vorerst einmal genug!«

Zumindest in diesem Punkt waren Bianca und ihr Kollege ausnahmsweise einer Meinung.

Während der Fahrt von Vöcklabruck nach Unterach berichtete Weyrich ihr ausführlich, was sich alles zugetragen hatte und wie letztendlich die ganze Rettungsaktion abgelaufen war. Ein wenig übertrieb er wohl, aber Bianca ließ ihn gewähren. Auch wenn es ihr nicht leichtfiel, über die dramatischen Stunden bis zur ihrer Rettung zu sprechen, so gab sie ihr Bestes. Sicher bedurfte es noch einige Zeit und etliche Gespräche, bis diese Erlebnisse vollständig aufgearbeitet sein würden.

Zu Hause erwartete Rosa sie bereits an der Haustür. Wortlos fielen die beiden Frauen sich in die Arme.

»Danke!«, flüsterte Bianca ihr nach einer gefühlten Ewigkeit ins Ohr, als sie endlich ihre Sprache wiedergefunden hatte, und drückte ihr einen dicken Kuss auf die Wange.

»Und zu mir braucht man eh nix sagen? I bin wieder nur der Depp, der seine Pflicht erfüllt hat, oder?«, beschwerte Weyrich sich, der hinter Bianca stand und darauf wartete, dass er an den beiden vorbei ins Haus konnte.

»Der is grad neidisch, dass d' ihm koa Bussal gegeben hast«, lachte Rosa.

»Soll ich?«, grinste Bianca und schnappte ihren Kollegen am Kragen.

Das war Weyrich entschieden zu viel.

»Lasst's mi in Ruh, ihr zwoa narrischen Weibsbilder! Das hält ja koaner aus!«, grantelte er und zischte an ihnen vorbei.

»Und wie wär's, wenn ich morgen die Leberkässemmel für dich springen lasse?«

»Grad morgen?«, feilschte Weyrich. »Wenn i das gewusst hätt, wär i beim Wirt sitzen geblieben. Bloß zwoa Leberkässemmel?«

»Na gut, du Halsabschneider. Die Ration für's nächste Monat geht auf mich.«

»Das is a Red!«, strahlte er.

Zufrieden verzog er sich in die Stube, während Bianca Macht der Gewohnheit den Weg in Richtung Küche einschlug. Rosa hielt sie zurück.

»Zur Feier des Tages essen wir heute in der Stub'n drüben«, meinte sie und grinste geheimnisvoll.

Bianca staunte nicht schlecht. Die Überraschung war ihnen gelungen. Eine kleine Delegation nahm sie freudig in Empfang. Der Steinlechner Franz hielt stolz die Zeitung mit der

Schlagzeile wie ein Transparent vor seiner Brust, links neben ihm hatte die Aicherin Posten bezogen. Die Helminger Vroni war aufgesprungen und hatte sich den Herbert geschnappt und untergehakt. Und der war über den Ausblick auf Vronis tief dekolletiertes Dirndl so beeindruckt, dass er darüber hinweg die Lilo Meisel völlig vergaß. Die sprang aufgeregt umher und schoss ein Foto nach dem anderen. Auf dem Ohrensessel hatte die Nina Gruber sich ausgestreckt. Flankiert wurde sie von Christinas Dobermännern Siegfried und Roy, die ihre Aufgabe, Nina zu bewachen, sehr ernst nahmen. Die Fellhoferin erhob sich von der Sitzbank. Sie hatte sich fein herausgeputzt, ihr Haar gefärbt und zu einem Knoten hochgesteckt. Die Zenzi protestierte, dass man ihren Rollstuhl doch nach vorne schieben sollte, denn so würde sie überhaupt nichts mitbekommen.

»I hab mir gedacht, du hättest seherische Fähigkeiten«, witzelte Weyrich.

Prompt erntete er einen Seitenhieb von der Vroni. Christina schob die Zenzi neben die Aicherin. Und die begann, ein kleines Gedicht zu zitieren, während die Helminger Vroni einen riesigen Blumenstrauß hinter ihrem Rücken hervorzauberte und ihn Bianca überreichte. Bianca war gerührt. Alle waren sie gekommen. Alle? Einer fehlte. So sehr sich Bianca auch reckte und streckte. Er war nicht hier. Nur schwer konnte sie ihre Enttäuschung verbergen. In diesem Moment berührte sie jemand ganz leicht von hinten an den Oberarmen.

»Ciao, Bella!«, raunte dieser Jemand ihr ins Ohr.

Freudestrahlend drehte sie sich zu ihm um und schloss ihn in die Arme. Sanft suchten sich ihre Lippen. Süß und salzig zugleich schmeckte sein Kuss. Die Delegation klatschte Beifall, und Bianca wischte sich rasch die Freudentränen von ihren Wangen und lächelte verlegen. Das Läuten draußen hatte sie in dem Trubel nicht gehört.

»So viel Gefühlsduselei hält ja koa Mensch aus. I geh aufmachen!«, raunzte Weyrich und verschwand nach draußen.

Kurz darauf kam er in Begleitung von Oberinspektor Haller zurück.

»Da is no wer, der die huldigen will«, stieß er Haller feixend in die Rippen.

Der Oberinspektor trat zu Bianca, kramte umständlich einen Brief aus seiner Jackentasche und überreichte ihn ihr.

»Is das ihre Versetzung nach Tschiputi?«, erkundigte Weyrich sich neugierig.

»Nein, das ist keine Versetzung nach Tschiputi«, erklärte Haller feierlich. »Sondern eine Beförderung zur Gruppenleiterin im Kommissariat der Stadt Salzburg!«

Ein Raunen ging durch die Menge. Bianca warf einen Blick zu Lorenz, dann zu Rosa und ihrem Bruder und schließlich zum Rest der Leute um sie herum. Endlich war es so weit, endlich war ihr Ziel zum Greifen nahe. Aber war es wirklich das, was sie sich wünschte? Was sie erfüllen würde? Bianca schüttelte den Kopf.

»Was soll das heißen?«, fragte Oberinspektor Haller irritiert und ließ den Brief sinken.

»Das heißt, dass ich lieber bleibe. So langweilig ist es im Salzkammergut gar nicht. Und ich glaube, es gibt noch jede Menge hier für uns zu tun! Was sagst du dazu, Herr Kollege?«

»Das seh i a so. Vor allem hast no ein Versprechen einzulösen!«, grinste Weyrich und rieb sich seinen Bauch.

Epilog

»Keiner weiß, wozu ihn die Umstände, das Mitleid,
die Entrüstung treiben können,
er kennt den Grad seiner Erhitzbarkeit nicht.«

»Einen Rachegedanken haben und ausführen heißt, einen heftigen Fieberanfall bekommen,
der aber vorübergeht: einen Rachegedanken aber haben ohne Kraft und Mut, ihn auszuführen,
heißt, ein chronisches Leiden, eine Vergiftung an Leib und Seele mit sich herumtragen.
Die Moral, welche nur auf die Absichten sieht,
taxiert beide Fälle gleich,
für gewöhnlich taxiert man den ersten Fall als den schlimmeren (wegen der bösen Folgen, welche die Tat der Rache vielleicht nach sich zieht).
Beide Schätzungen sind kurzsichtig.«

Friedrich Nietzsche »Zur Geschichte der moralischen Empfindungen«

Glossar

alte Beißzang	streitsüchtige, ältere Frau
am Knack	jemand sitzt einem im Nacken
anaphylaktischer Schock:	akute, pathologische Reaktion des Immunsystems
Bauerntrampel	dumme, einfältige weibliche Person
Budl	Pult, Theke
Dorfratschn	Tratschtante
Flachmann	kleine Flasche, die man in der Tasche tragen kann (meist mit alkoholischem Inhalt)
Fleischhauer	Metzger, Fleischereifachgeschäft
frotzeln	leicht spotten
Gaudi	Spaß
gell	der Sprecher erwartet eine Bestätigung seiner Aussage
granteln	schlecht gelaunt sein
Grantscherm	mürrischer Mensch
Gschrapp	schlimmes, bzw. auch uneheliches Kind
halt die Pappen	den Mund halten
halt`s zsamm	sei ruhig, halt den Mund
Haxl, Haxn	Bein, Fuß
Herzkasperl	Herzinfarkt
hiesig	einheimisch
Kaff	kleiner, langweiliger Ort
Kredenz	Möbelstück mit Ablagefläche und Kästchen
Krimskramsladen	Tante Emma Laden
Kübel	Eimer
Lackl	großer, ungeschlachter Mann od. auch grob, ungehobelt
latschen	läuft ohne Lust und Energie, od. ohne aufzupassen

net zwider	nicht unsympatisch
Parkwachtl	Schimpfwort für Politesse, Hilfspolizistin
Petechien	kleine Einblutungen aus den Kapillaren von Haut und Schleimhaut
Sackl, Sackerl:	Tragtasche, Tüte
Schaumrollen	mit Schlagsahne gefülltes Gebäck aus Blätterteig
Schlamb, Schlampe	unordentliche Frau, Frau mit vielen sexuellen Beziehungen
Schlamphans	Schimpfwort für einen unordentlichen Menschen
Schmarrn	Süßspeise aus zerteilten Pfannkuchen, schmarrn reden = Blödsinn erzählen
Schmier	Salbe
Schwips	leicht betrunkener Zustand
Speis	Vorratskammer
Spezi	Kumpel, Freund
Stadtingerin	Frau aus der Stadt
Stamperl	Schnapsglas
steh um	geh zur Seite
Strawanza	Streuner
sudern	jammern
Tratschtante	Klatschbase
Trottel	dummer Mensch
verziag mi	verziehe mich, ich gehe
zaundürr	spindeldürr
zsamm spinnen	zusammenreimen, ausdenken
Zuagroaste	neu Zugezogene
Zwetschke	Pflaume

Hans
Christ

Mörderkirtag

ISBN 978-3-902784-64-3

Im beschaulichen Pongauer Kurort Bad Höfstein findet der jährliche Kirtag statt. Zeitgleich entdeckt ein Schwammerlsucher im nahegelegenen Wald die Leiche des reichen Steinbruchbesitzers Federmayer. Federmayer, dem die Demütigung von Menschen Freude bereitet, hat sich im Ort viele Feinde gemacht. Postenkommandant Distl ermittelt auf die ihm typische mürrische und gemütliche Weise. Sehr zum Missfallen seiner Kollegen.

www.federfrei.at